그들만의

어드벤처

그들만의 어드벤처 5

김성희 판타지 장편 소설

초판 1쇄 찍은 날 § 2003년 4월 22일
초판 1쇄 펴낸 날 § 2003년 5월 1일

지은이 § 김성희
펴낸이 § 서경석

편집장 § 문혜영
편집 책임 § 권민정
편집 § 장상수 · 유경화
마케팅 § 정필 · 강양원 · 이선구 · 김규진 · 홍현경

펴낸곳 § 도서출판 청어람
등록번호 § 제1081-1-89호
등록일자 § 1999. 5. 31
어람번호 § 제1-0378호

주소 § 경기도 부천시 원미구 심곡1동 350-1 남성B/D 3F (우) 420-011
전화 § 032-656-4452 팩스 § 032-656-4453
http://www.chungeoram.com
E-mail § eoram99@chollian.net

값 7,500원

ISBN 89-5505-599-4 (SET)
ISBN 89-5505-664-8 04810

김성희 판타지 장편 소설

그들만의

어드벤처

5 선택의 갈림길

도서출판 청어람

선택의 갈림길

목차

10장

지키고 싶은 것

선택

"티로는 멀미 안 해— 티로는 멀미 안 해."

맨발로 타다닥 소리가 나도록 선실 여기저기를 뛰어다니는 티로를 보며 레번은 미간을 살짝 찡그렸다.

"그래. 너 멀미 안 해서 좋겠다. 그러니까 입 좀 다물어."

핼쑥해진 얼굴의 그는 인정사정없이 흔들리고 있는 선실에서 넘어지지 않기 위해 움직임을 최소한으로 줄였다.

"이 정도 태풍에 휩쓸릴 마린 호가 아니니 다들 불안해하지 말고 기둥을 꼭 붙잡고 있게."

선장은 그 말을 던지듯 내뱉고는 다시 선실 밖으로 뛰쳐나갔다.

"그런 말을 들으니 어쩐지 더 불안해지는데……."

레번은 거의 기둥에 붙어버린 듯한 유이를 걱정스럽게 바라보았다. 두 사람 모두 배에 익숙하지 않은 터라 멀미 증세를 보이고 있었다.

엎친 데 덮친 격이라고 출항한 지 삼 일도 지나지 않아 태풍이 불어 닥쳤던 것이다.

선장의 말에 의하면 이 정도 바람은 태풍 축에 끼지도 못한다고 했지만 유이와 레번에게 있어서는 악몽 그 자체였다. 배가 기우는 방향으로 달려가는 몸을 제대로 가누기란 곤혹스럽기 짝이 없는 일이었다.

"티로는 멀미 안 해— 티로는 멀미 안 해—"

이러다가 뒤집히는 게 아닐까 싶을 정도로 요동 치는 선실 내에서 티로는 잘도 뛰어다니고 있었다.

"그러다가 다친다. 얌전히 기둥이라도 붙잡고 있어."

파리해진 안색의 레번이 자신도 기둥을 붙잡으며 티로를 향해 차가운 목소리로 명령하자 티로는 입술을 삐죽이며 기둥을 붙잡았다.

천둥 소리가 요란한 하늘은 마치 화가 잔뜩 나 있는 사람처럼 번개를 떨어뜨려 댔다.

"마치 지옥과 같은 밤이로군."

레번은 가벼운 한숨을 내쉬며 무기력하게 기둥에 매달려 있을 수밖에 없었다.

갑판 위에서는 마치 전쟁터를 방불케 할 정도로 분주하게 움직이는 선원들로 정신이 없을 정도였다.

"선장님! 전방에 정체 불명의 배가 이쪽을 향해 빠르게 돌진해 오고 있습니다! 어떻게 할까요?"

"무슨 신호라도 있었던 건가?"

"없었습니다. 게다가 갑판에 선원들이 단 한 명도 없다고 합니다."

"무슨 소리야?! 저게 유령선이라도 된단 말이냐?!"

수많은 항해 경력이 쌓이도록 모험 소설에서 흔히 이야기하는 세이 렌조차 만나본 적 없는 선장으로서는 선원의 말이 실없는 소리로 들릴 뿐이었다.

　"더 이상 가까이 오면 발포한다고 경고해!"

　선장의 명령으로 갑판 위의 선원들은 더욱 분주해졌다.

　콰쾅!

　경고의 의미가 담긴 포성(砲聲)이 마치 천둥처럼 날아들었지만 문제의 배는 마린 호의 경고를 비웃기라도 하듯 더욱 빠르게 그들 곁으로 다가왔다.

　번개가 칠 때마다 보여지는 상대편의 갑판엔 선원은 고사하고 항해 용품조차 눈에 띄지 않았다. 아무것도 존재하지 않는 배에서 적의라는 것이 느껴질 리가 없는데도 으스스한 기운이 몰려와 선원들의 사기를 떨어뜨렸다.

　"선장님! 유령선이 분명합니다! 어떻게 할까요?"

　부선장이 얼빠진 모습의 선장에게 명령을 재촉하자 그는 화들짝 정신을 차렸다.

　"유령선이 존재할 리가 없잖아! 요즘 같은 시대에 그런 흔해 빠진 삼류 모험담 같은 일이 있을 것 같아? 저건 난파선일 뿐이다! 인원을 정비해서 수색해 보도록 해!"

　선장의 단호한 말투에 선원들은 몸을 움츠렸다.

　선원들에겐 몇 가지의 불문율이 전해져 오고 있었다.

　그것을 지키는 것으로 목숨을 건진 선원들의 이야기는 멋진 모험담이란 이름으로 사람들의 입과 귀를 즐겁게 해주었다. 그들의 이야기가 진실인지, 거짓인지를 가려내는 것은 무척이나 어려운 일이지만 선원들은 밑져야 본전이라는 생각에 그 불문율들을 외워두었다.

그 수많은 불문율 중에서 가장 널리 알려진 불문율이 '사람의 그림 자조차 느껴지지 않는 배가 보이거든 무슨 일이 있어도 관여하지 말고 보이는 즉시 도망가라' 라는 이야기였다. 그것은 십중팔구는 유령선이 므로 그 배 안으로 발을 디디는 것은 자신의 심장을 배 밖으로 던져 버리는 자살 행위와 같다고 했다.

선장은 그들로 하여금 죽음에 이르는 길에 스스로 걸어 들어가길 강요하고 있는 것이다.

"말도 안 됩니다!"

누군가가 용기있게 외치자 선원들은 그의 말에 수긍하는 듯 고개를 끄덕거렸다.

"선장님께선 기본적인 불문율도 모르십니까?"

선원들의 날카로운 눈빛에 실망한 그는 미간을 찡그렸다.

"자네들이 가지 않는다면 나 혼자서라도 가겠네."

"선장님, 정말 가실 겁니까? 자칫하다가는 목숨을 잃을지도 모르는 일입니다."

부선장이 걱정스러운 표정으로 선장을 바라보았지만 잔뜩 열받은 상태의 선장에겐 염려 섞인 부선장의 말이 불난 집에 기름을 들이붓는 것처럼 느껴질 뿐이었다.

"겁쟁이의 말 따윈 들을 필요가 없지. 진정한 바다 사나이라면 배짱이 두둑해야 하는 법! 자, 날 따라올 선원들은 앞으로 나오고, 겁쟁이들은 여기에 남아 있게."

선장의 단호한 목소리가 몇몇의 자존심과 호기심을 건드린 듯 한 무리의 사람들이 앞으로 나섰다. 생각보다 나서는 사람이 많다는 것을 깨달은 선장은 그 기세를 몰아 조타수에게 소리쳤다.

"배를 붙여라! 우리가 들어간 지 한 시간이 지나도 돌아오지 않는다면 그땐 모든 판단을 부선장에게 맡기겠다!"

그의 쩌렁쩌렁한 목소리는 곧 천둥 소리에 파묻혔지만 조타수는 선장의 지시대로 마린 호를 정체 불명의 배에 바싹 접근시켰다.

우르르릉! 쾅!

마치 마린 호를 향해 으르렁거리고 있는 거대한 맹수의 포효와 같은 천둥 소리와 날카로운 이빨 같은 번개는 정체 불명의 배가 보내는 마지막 경고같이 느껴졌지만 그들의 선장은 이미 마린 호에서 내린 후였다.

"괜찮을까요?"

선원들이 느끼는 불안은 자신들의 선장에 대한 안부보다 불길한 배로부터 떨어지지 못한 마린 호에 대한 두려움이었다.

"일단은 이 불길한 배로부터 일정한 간격을 두고 대기하도록!"

"…그렇게 해도 되는 겁니까? 선장님께서 기다려 달라고……."

"닥쳐!"

부선장은 선원의 말을 잘라 버리고는 차가운 목소리로 자신의 말을 이어 나갔다.

"이런 날씨에 정체도 모르는 배에 붙어 한 시간이나 허비하는 것은 자살 행위나 다름없어. 일단은 저 배에서 떨어져!"

부선장은 선장 못지않게 항해 경력이 오래된 자였다.

날씨보다 두려운 것이 불안이라는 것을 모를 리 없었다.

선원들이 두려워하는 것에 필요 이상으로 붙어 있을 이유는 없다.

정체 불명의 배가 육안으로 보일 정도로, 그래서 선장이 보내는 SOS

신호를 무시하지 않고 넘어갈 정도의 거리만 유지해 내는 것이 현명한 판단이었다.

선장이 요구한 것은 기다리는 것이지, 그 자리에 멈춰 서서 같이 물고기 밥이 되어주길 요구하는 것은 아니다.

선장 역시 그가 이런 결정을 내릴 것임을 알고 있기에 그를 부선장으로 두고 있는 것이리라.

어느 정도 거리가 생겼다고 생각한 선원들은 말하지는 않았지만 내심 안도의 한숨을 내쉬는 듯했다.

"배가 빠른 속도로 이곳으로 돌진하고 있습니다!"

파수꾼의 당황한 듯한 목소리에 부선장은 고함을 질렀다.

"속도를 높여!"

우르릉! 쾅!

번개는 마치 그들을 노리는 맹수의 이빨처럼 날카롭게 마린 호를 공격해 왔고, 문제의 배는 음침한 기운을 뿜으며 마린 호를 쫓아왔다.

"레니다! 레니다!"

티로는 선실 구석으로 들어가서는 최대한 몸을 작게 웅크렸다.

"레니가 화났어! 레니가 화났어!"

티로는 마치 누군가가 자신의 눈앞에 있기라도 한 듯이, 그래서 그 누군가와 눈이라도 마주칠까 봐 두려워하는 듯한 표정으로 몸을 부들부들 떨어댔다.

"티로?"

유이가 조심스럽게 기둥을 잡고 있던 손을 놓자 곧 그녀의 몸은 주인의 의지를 배신하고 바닥으로 넘어져 버렸다. 그녀가 배가 흔들리는 방향으로 구르려는 것을 레번이 재빠르게 일으켜 세웠다.

"괜찮아?"

레번 특유의 무심한 듯한 목소리에 유이는 새빨개진 얼굴로 고개를 끄덕였다.

"내가 살펴보고 올 테니 기둥이나 잘 잡고 있어."

유이가 뭐라고 말하기도 전에 그녀를 기둥 쪽으로 보낸 레번은 빠른 속도로 티로에게 다가갔다. 그러나 넘어지지 않기 위해 중심을 잡는 모습이 그리 멋있어 보이진 않았다.

"이봐! 괜찮은 거야?"

멀미 기운이 채 가시지도 않은 얼굴로 티로를 바라보던 레번은 구석에서 나올 생각도 하지 않는 그녀를 억지로 밖으로 잡아끌었다.

"캬아악! 싫어! 티로는 안 가! 티로는 안 가!"

날카로운 손톱으로 레번의 팔을 할퀸 티로는 다시 구석으로 쪼르륵 달려가서는 자신의 날개 사이로 몸을 숨겨 버렸다. 화이트 가루의 영향 덕분인지 마치 처음부터 존재하지 않았던 것마냥 레번과 유이의 시야에서 사라진 티로는 계속해서 까마귀 울음소리 같은 듣기 싫은 목소리로 낮게 중얼거렸다.

"레니가 이를 거야! 레니는 고자질쟁이! 레니는 고자질쟁이!"

"레니라면 전에 배에서 봤던 그 뼈다귀 말이냐?"

자신의 팔에서 피가 나고 있음에도 살짝 미간을 찡그려 보였을 뿐 레번은 티로를 책망하지 않았다.

"그 녀석이 무서운 거냐?"

"아니야! 티로는 레니보다 강해! 티로는 레니보다 강해!"

그의 말에 티로는 발끈한 표정으로 날개 사이에서 얼굴을 삐죽 내밀었다.

"그런데 왜 숨는 거냐?"

"티로는 레니가 무서운 게 아니야!"

다시 한 번 버럭 소리를 지르는 티로를 보며 레번은 살짝 미간을 찡그렸다.

"그럼 뭐가 무서운 거냐?"

"레니는 고자질할 거야. 레니는 화났어. 레니는……."

다시 얼굴을 날개로 가린 채 그녀는 아주 작은 목소리로 중얼거렸다.

"그에게 가장 충실한 세이렌이니까."

"그? 그가 누구니? 티로, 그가 누구야?"

기둥에 찰싹 달라붙어 있던 유이가 티로를 향해 부드러운 목소리로 물었다.

"그는 네가 잘 아는 분이잖아!"

티로는 유이의 얼굴을 똑바로 노려보며 다시 한 번 자신의 말을 되풀이했다.

"그는 네가 잘 아는 분이야. 티로는 말 안 할 거야. 티로는 말 안 할 거야. 티로가 그에 대해 떠들고 다니면 티로는 무서운 벌을 받게 될 거야. 티로는 벌받게 될 거야."

그녀는 생각하기도 싫다는 듯 몸을 더욱 작게 웅크렸지만 레번과 유이에게는 그런 그녀의 모습이 보일 리가 없었다.

"티로, 난 그가 누구인지 모르는걸?"

유이가 난감한 목소리로 티로에게 '그'에 대한 설명을 요구하자 그녀는 벌떡 자리에서 튕기듯이 일어섰다.

"거짓말! 거짓말! 거짓말!"

티로의 목소리가 날카롭게 울려 퍼졌다.

"유이는 거짓말쟁이! 유이는 거짓말쟁이!"

티로는 조금 전만 해도 자신이 두려움에 떨고 있었다는 것을 기억하지 못하는 듯 순식간에 유이에게 달려들었다.

"내가 어째서 거짓말쟁이라는 거야? 난 정말 그를 모르는걸."

갑작스러운 티로의 행동에 유이는 흠칫하면서도 고개를 흔들었다.

"유이는 거짓말쟁이! 프리스티스라면 그를……."

우르르릉! 쾅!

다시 한 번 천둥 번개 소리가 요란하게 울려 퍼지자 티로의 안색이 창백하게 굳어버렸다.

"레니가 티로를 찾아낸 거야! 레니가 티로를 찾아낸 거야!"

마치 비명 소리같이 처절한 그녀의 목소리에 대답이라도 하듯이 다시 한 번 번개가 내리쳤다.

"캬아악! 안 갈 거야! 캬아악! 안 갈 거야!"

티로는 흔들리는 배 속에서도 중심을 잃지 않았다. 손톱으로 끼끽― 하는 소리가 나도록 벽을 긁어대던 그녀는 마치 벽을 뚫고 달아날 것만 같은 절박한 표정으로 벽에 온몸을 던졌다. 레번이 티로를 붙잡지 않았다면 그녀는 아마 크게 다치거나 의식을 잃을 때까지 같은 행동을 반복할지도 모를 일이었다.

"진정해. 여긴 우리밖에 없어."

우르르릉! 쾅! 쾅!

"거짓말! 저기 있잖아! 저기 있잖아! 가까이에 왔단 말이야! 티로는 알 수 있어! 티로는 알 수 있어!"

레번의 손아귀에서 벗어나기 위해 발버둥 치던 티로는 중심을 잃고 허우적거렸다.

우르르릉! 쾅!

"카아악!"

티로의 발작이 천둥 번개 소리와 관련이 있다는 것을 깨달은 유이는 고개를 갸웃거렸다.

"네가 이야기한 '그'라는 존재가 저 천둥 번개니?"

"카아악! 바보! 유이는 바보야!"

여전히 레번이 자신을 놓아주지 않자 티로는 유이에게 버럭 소리를 질렀다.

"모르겠어? 그는 쉴……."

티로가 입을 여는 순간 마린 호를 향해 벼락이 떨어졌다.

누군가 뭐라고 할 사이도 없이 갈라진 배는 그대로 강물 속으로 가라앉았고 티로와 유이, 그리고 레번까지 모두 의식을 잃고 말았다.

*   *   *

'여기서 정체가 드러나면 곤란하다구!'

한참 동안 원고를 뜯어고치던 석진은 가벼운 한숨을 내쉬었다.

"왜 프로그래머들이 골초가 많은지 알 것 같군."

자신의 손으로 만들어낸 프로그램이 이런 말썽을 일으킬 거라고는 조금도 예상하지 못했던 탓에 그는 일종의 죄책감을 느꼈다.

"미안하긴 하지만 어쩔 수 없지. 제대로 된 작가라면 물러설 때도 알아야 하는 법이야."

그는 설아에게 들리지도 않을 말들을 내뱉으며 다시 작업에 들어갔다.

편집을 해야 할 부분들은 이미 빈이 그에게 다 골라준 상태였고 그는 최대한 설아를 자극시키는 역할에 충실해야 했다.

'어차피 내 역할은 악역이니까 이런 삭제 작업 하나에 일일이 죄책감을 느낄 필요는 없겠지. 이것도 따지고 보면 검증받지 않은 프로그램을 덥석 사용한 설아 책임도 있으니까.'

프로그램을 만들고 사용해 보라고 내민 사람은 자신이었지만 어디까지나 작동시킨 사람은 설아다. 만든 사람보다 사용한 사람에게 책임이 있다.

석진이 생각하는 것은 거기까지였다.

자신이 저지른 일은 설아가 이야기 밖으로 나오는 것으로 모든 책임을 다하게 된다. 어차피 자신이 할 수 있는 일은 그게 다니까. 처음 상태로 모든 이야기를 복구시켜 주기엔 이야기에서 손상된 부분이 너무 많았다.

한번 수정된 이야기는 원작이 주는 이미지를 그대로 살려내기 힘들다. 원본이 훌륭한지, 수정본이 훌륭한지를 떠나서 하나의 느낌을 그대로 이어 나가는 작업이 어려운 것이다.

난도질당한 이야기를 처음의 상태로 돌린다고 해봐야 그것에 지쳐 있는 작가가 즐기면서 자신의 이야기를 완성시켜 나가기란 낙타가 바늘구멍을 통과할 확률만큼이나 희박하다.

석진은 그런 심리 상태를 아는 건지, 모르는 건지 설아가 깨어난 후에 벌어질 일들에 대해서는 전혀 신경을 쓰지 않는 눈치였다.

"만약 설아에게 밖으로 나오고 나서 다시 쓰라고 하면 화낼까요?"

"뻔하잖아? 그렇게 되면 나라도 때려치우고 싶겠다."

혜령의 당연하다는 듯한 대답에 남주는 가벼운 한숨을 내쉬었다.

"…으음, 역시 이 이야기를 다시 쓰라고 하긴 힘들겠죠?"

남주는 설아가 자신의 이야기 밖으로 나오고 난 후의 일들이 걱정스러웠다.

"어차피 그건 나중에 일어날 일이니까 쓸데없는 걱정은 그만 하고 차라리 설아 방으로 전화나 해봐."

계속 연락이 되지 않던 탓에 혜령 역시 설아의 신변이 걱정스러워진 것이다.

몇 번에 걸쳐 전화를 걸었지만 여전히 신호음만 길게 울릴 뿐이었다.

"안 받아요. 이대로 이야기가 무사히 끝나주면 좋을 텐데……."

"어라? 이게 뭐지?"

혜령이 의아한 표정으로 모니터를 바라보자 남주의 시선이 자연스럽게 모니터로 옮겨갔다.

"왜 그래요?"

"이야기가… 바뀐 것 같은데, 잠시만 기다려 봐."

심각한 표정으로 이것저것을 검색해 보던 혜령의 표정이 점점 어두워졌다.

"왜 그래요? 뭐가 이상한 거예요?"

"젠장! 설아가 문제가 아니야! 가희부터 깨워! 어서!"

혜령은 급하게 프로그램을 중지시키고는 소리를 질렀다.

"어떻게 깨우라는 거예요?"

"잠 깨우듯이 불러봐. 이쪽에서도 접촉 시도를 해볼 테니까!"

그녀의 말이 떨어지기가 무섭게 남주는 가희를 흔들어댔다.

"가희야! 일어나! 가희야!"

"도대체 누구야?! 계속 이 이야기에 손대고 있는 인간이?!"

버럭 화를 내던 혜령은 자리에서 벌떡 일어나 버럭 소리를 질렀다.

이야기가 이렇게까지 변했다면 그건 결코 시스템 오류 따위가 아니란 소리다.

누군가 의도적으로 이야기의 흐름을 바꾸고 있다는 결론이 내려질 뿐이었다.

"…도대체 무슨 일이 일어나고 있는 거죠?"

남주의 불안한 표정을 본 그녀는 있는 대로 미간을 찡그렸다.

"유이를 태우고 있던 배가 침몰했어!"

"네?!"

경악에 찬 얼굴로 소리를 지른 남주는 가희의 양 어깨를 잡고 흔들기 시작했다.

"이가희! 일어나!"

들어갈 때는 쉬웠지만 나올 때는 혜령 마음대로 나오게 할 수가 없는 일이었다.

그런 문제였다면 설아를 이야기 밖으로 꺼내는 데 석진이 그렇게까지 애를 먹진 않았을 것이다. 결국 이야기 속으로 들어간 사람의 문제였다.

이곳으로 돌아오느냐, 이야기 안에 남아 있는 것이냐 하는 문제이기에……

세상이 온통 하얀색이다.

아니, 하얀색이라기보다 이것은… 빛이다.

마치 눈을 감고 있는 상태에서 바로 눈앞에 눈부신 빛이 빛나고 있는 것이 느껴지는 그런 종류의 하얀 빛이 끝없이 펼쳐져 있었다.

"여기가 어디지?"

가희는 몸을 일으켜야겠다는 생각에 손으로 바닥을 짚으려 했지만 손에 닿는 감촉 같은 것이 전혀 느껴지지 않았다. 뭔가가 이상하다고 느낀 그녀는 주위를 두리번거렸지만 그녀의 시야에 들어오는 것은 아무것도 없는 빛의 공간이었다.

"내 몸이 어떻게 된 거지?"

아무것도 없는 공간일지라도 자신의 몸은 볼 수 있을 텐데 그런 것조차 볼 수 없는 완벽한 무(無)의 세계라는 것을 깨달은 가희는 약간 두려운 생각에 빠졌다.

"나… 죽은 건가?"

"죽은 사람은 당신이 아니에요. 바로 나죠."

가희의 말이 떨어지기가 무섭게 귀에 익숙한 소녀의 목소리가 날아들었다.

"당신은 누구죠?"

화들짝 놀란 가희는 목소리가 들리는 방향으로 고개를 돌렸다. 그러나 고개를 돌렸다고 생각했을 뿐 그녀의 시야에 보이는 것은 변하지 않는 빛의 공간이었다.

"제가 묻고 싶은 말이로군요."

다시 한 번 익숙한 소녀의 목소리가 들려오자 가희는 목소리가 들리는 방향으로 몸을 옮겨야겠다는 생각을 했다. 그와 동시에 가희는 자신이 날고 있다는 것을 느꼈다.

"와아─!"

자신도 모르게 감탄사를 내뱉은 가희는 목소리의 주인으로 짐작되는 조그만 빛의 구를 보며 입을 열었다.

"당신은 누구죠? 모습을 드러내세요."

가희의 말이 떨어지기가 무섭게 빛의 구는 그 빛을 잃어갔다. 그리고 그와 동시에 그것은 사람의 모습으로 변해가고 있었다.

"당신은……?!"

소녀로 변한 그녀의 모습은 너무나 낯이 익어 가희는 무척이나 놀란 듯 눈을 크게 떴다.

"저는 유이라고 합니다만……."

말끝을 흐리는 그녀를 보며 가희는 할 말을 잃었다.

'저건… 저건 완전히 나잖아!'

유이는 한참 동안 가희로부터 대답이 나오길 기다리다 좀처럼 그녀로부터 대답이 나오지 않자 다시 한 번 입을 열었다.

"당신은 누구죠? 그리고 여긴 어딘가요?"

차분한 목소리로 질문해 오는 유이를 보며 그건 내가 하고 싶은 말이라고 이야기하고 싶었지만 좀처럼 입이 떨어지지 않았다.

"제가 죽은 건가요? 그렇다면 그 배에 타고 있던 사람들은 모두 어떻게 된 건가요? 말씀해 주세요."

계속되는 유이의 질문에 가희는 가벼운 한숨을 내쉬었다. 이곳에서 자신의 몸이 보이지 않는 이유도 어렴풋이 짐작이 갔다.

사실 자신은 유이의 몸에 깃들어 있었을 뿐 유이가 아니다. 이 세계의 주민도 아니었으며 설아에게 받은 역할도 없다. 그럼 무엇 때문에 이곳에 남아 있는 걸까?

"천사님! 말씀해 주세요."

약간 화가 난 듯 그녀의 침착했던 목소리가 가늘게 떨려왔다.

"천사님?"

가희가 의아한 목소리로 되묻자 유이의 안색이 어두워졌다.

"천사님이 아니라면 당신은 누구시죠?"

어느덧 유이의 목소리에서는 경계심이 묻어 나왔다.

"어쨌거나 이곳은 당신이 있을 곳이 아니에요. 당신은 아직 죽지 않았어요. 돌아가세요."

가희의 말에 유이는 고개를 갸웃거렸다.

"어떻게 돌아가라는 거죠? 전 여기가 어딘지도 모르는데……."

유이의 말이 끝나기가 무섭게 무인도로 보이는 어떤 섬에 반듯하게 누워 있는 자신의 모습이 보였다.

"…제가 죽었나요?"

창백해진 안색의 유이가 다시 한 번 가희를 향해 차분한 목소리로 질문했다.

"그렇지 않아요. 당신에게는 아직 할 일이 남아 있어요."

그것은 가희의 역할이기도 했다.

"당신은 누구시죠?"

약간의 두려움까지 느끼는 것 같은 유이의 목소리에 가희는 안심하라는 듯한 미소를 지었다. 영혼이 몸으로 돌아가기 위해서는 무엇인가 강하게 돌아가고 싶다는 염원이 있어야만 자신의 자리를 찾을 수가 있었다.

유이를 끌어당길 만한 것이라면…….

"어이! 꼬맹아?!"

가희의 고민을 알아차리기라도 한 것일까? 강하게 유이를 끌어당기는 듯한 레번의 목소리가 먼발치에서 날아들었다.

"괜찮냐?! 일어나! 이봐!"

계속해서 들려오는 레번의 목소리에 유이는 목소리가 들려오는 방향으로 몸을 돌렸다.

유이의 기억이 남아 있는 가희 역시 그의 목소리에 반응하듯 유이의 뒤를 따랐다.

"정신 차려! 유이!"

다급하다 못해 애절하게까지 느껴지는 레번의 목소리는 거대한 손으로 시각화되었다.

그 손이 내밀어지길 기대했던 두 사람의 희비(喜悲)가 교차했다.

"유이! 정신 차려!"

그의 말이 떨어지기가 무섭게 거대한 손은 너무나 똑같은 두 사람을 정확히 가려내어 오직 유이에게만 내밀어진 것이다.

이 손을 잡으라는 듯이.

"유이!"

유이는 자신에게 내밀어진 손을 주저없이 잡았고 순식간에 눈부신 빛을 뿜으며 사라져 버렸다. 레번은 당연한 이야기겠지만 유이를 살리려 한 것이다.

"그것은 내가 아니야."

가희는 내밀어지지 못한 자신의 손을 바라보며 씁쓸한 표정을 지었다.

"이곳에서 내가 해야 하는 일이 뭘까?"

영혼을 기다리고 있던 유이의 몸은 계속해서 빛을 뿜어내고 있었다. 그리고 유이가 레번의 손을 잡은 순간 유이의 몸은 어느새 빛을 잃고 영혼이 깃든 자신의 모습을 되찾았다.

"우선… 설아를 만나자."

그녀의 어두워졌던 얼굴이 약간 밝아지더니 이내 빛으로 가득 차 있던 하얀 세계는 설아가 있는 여관의 모습으로 바뀌었다. 설아를 떠올리는 것만으로도 공간이 바뀌어 버린다는 사실에 가희는 신기한 눈으로 주변을 두리번거렸다.

그녀가 묵고 있는 방은 최소한의 가구로 꾸며진 실용적이고 깔끔한 곳이었다.

"아직 안 들어온 건가?"

가희는 침대에 걸터앉아 무작정 설아를 기다렸다. 비록 여관이라고는 하나 주인도 없는 빈방에 앉아 있다는 것이 무척이나 어색했지만 달리 그녀가 있을 만한 곳이 떠오르지 않았다.

"피곤해."

약간은 지친 듯한 설아의 목소리가 문밖에서 들려오자 가희는 자신도 모르게 자리에서 벌떡 일어났다. 문은 소리없이 열렸다 닫혔고 방 안으로 들어온 설아는 유이를 발견하지 못한 듯 무심한 표정으로 대야에 물을 따랐다.

안경을 벗고 세수를 하던 그녀는 문득 거울에 비친 자신의 모습 뒤에 누군가가 있다는 사실을 깨달았다. 그리고는 잘 보이지 않는 그녀를 더 자세히 보기 위해 미간을 찡그렸다.

"…유이?"

거울 속의 여인이 천천히 고개를 흔들었다.

"오랜만이야."

어색하게 미소를 지어 보이는 그녀의 모습에 설아는 화를 내는 것인지, 반가워하는 것인지 모를 미묘한 표정으로 뒤를 돌아보았다.

"어떻게 된 거야?"

안경을 쓰며 평상시의 표정을 유지하는 설아에게 가희는 가벼운 한숨을 내쉬었다.

"정체 불명의 배가 레번 일행을 위협했어."

"…정체 불명의 배?"

원하는 대답이 아니라는 것은 알지만 지금은 그녀가 무엇 때문에 여기에 있느냐 하는 것보다 그녀의 이야기가 훨씬 더 신경이 쓰이는 설아였다.

"네 이야기 속에 나오는 배야."

"그러니까 그게 무슨 배냐고."

"유령선 같은데 자세한 건 나도 잘 몰라."

"모른다니? 그게 무슨 말이야?"

약간 미간을 찡그리는 그녀를 보며 가희는 가벼운 한숨을 내쉬었다.

"이 정보를 주고 있는 사람은 내가 아니라 혜령 선배거든."

"그건 또 무슨 소리야? 알아듣게 설명해. 알아들을 수 있게!"

골치 아프다는 듯 머리를 긁적거리는 그녀를 보며 가희는 또다시 가벼운 한숨을 내쉬었다. 어떻게 설명해야 설아가 오해를 하지 않을까?

"돌아가자."

뭐라고 설명하든지 그녀는 화를 내겠지.

"뭐?"

설아는 어이가 없다는 듯 미간을 찡그렸다.

"이 이야기는 미완성이야."

그녀의 말에 설아의 표정이 점점 험악해져 갔다.

"넌 이해할 수 있을 거라고 생각했는데……."

"이야기는 여기서 잠시 중단시켜."

이해할 수 있었다. 지금이라면 그녀가 무슨 말을 하고 싶은지 충분히 알 수 있을 것만 같았다. 유이로서 느꼈던 감정과 가희 자신이 느낀 감정을 모두 가지고 있는 지금이라면 설아가 자신의 이야기에 얼마나 많은 애정을 갖고 있는지 알 것 같았다.

그리고 가희 역시 이 세계에 대한 애정이 생겨났다.

"나보고 이걸 포기하라는 거야? 너라면 포기하겠어? 이게 네 이야기라도 그렇게 쉽게 말할 수 있어?"

얼굴을 붉히는 그녀를 보며 가희는 다시 한 번 이곳에서 자신이 해야 할 일을 깨달았다.

"내 역할은 뭐라고 생각해?"

난데없는 가희의 질문에 설아는 의아한 표정을 지었다.

"난 네가 만든 캐릭터가 아니야."

가희의 말에 설아는 살짝 미간을 찡그렸다.

"그래서?"

설아의 목소리에서는 얼음처럼 차가운 기운이 묻어 나왔다.

"그런데 무엇 때문에 여기에 받아들여지고 있다고 생각해?"

받아들여지고 있다?

설아는 그녀의 말을 이해하기 위해서인지 잠시 침묵을 지켰다.

"이곳은 함께 만들어야 하는 세계야."

유이의 말에 설나는 의아한 표정을 지었다.

"함께 만드는 세계라고? 넌 여기가 어린이 랜드인 줄 알아?"

"…너야말로 이게 과제라는 걸 잊은 거야?"

가희의 말에 설나는 뜨끔 하는 표정을 지어 보였다.

완전히 잊고 있었던 것이다.

이 프로그램을 구한 것이 과제 때문이었다는 것을.

"공동 과제에 내 이름만 슬쩍 올리라는 건 아니겠지?"

가희의 말에 설나는 머리가 지끈거렸다.

뭔가 굉장히 허탈한 느낌마저 들기 시작했다.

'이렇게까지 열심히 했는데 이 모든 것들이 단순히 과제를 위한 행동들이었다고? 민식이를 이기기 위한?

갑자기 자신에 대한 혐오감이 물밀듯이 밀려왔다.

"난… 형편없는 녀석이었어. 마치 내가 대작가라도 되는 것마냥 이야기를 포기할 수 없다고 떠들어댔지만……."

여러 사람을 고생시켜가며 자신의 이야기를 지켜 나가려고 했었던 그 결심이 단 한마디의 말에 의해 무너져 내리고 있었다. 이것은 자신에게 있어서는 소중한 이야기지만 학점이 달린 과제에 불과했다.

"그렇게까지 말할 거 없어. 일단 이 이야기를 마무리 짓고 네가 원하는 이야기를 쓰면 되잖아. 굳이 이렇게 집착하지 않아도 말이야. 그땐 아무도 방해하는 요소가 없겠지. 마감도 없고, 평가받을 일도 없어."

"그리고 나 외에는 독자도 없겠지. 난 아마추어니까 내 글을 읽어달라고 말하기 전까지는……."

가희는 자신의 말이 얼마나 큰 상처가 될지 알고 있었지만 지금은 무엇보다 이것이 현실이라고 인식시키는 것이 중요했다. 모든 것이 상상대로 이루어지는 프로그램 안에서 마치 자신이 신이라도 된 것 같은 기분에 빠지게 되는 것은 현실로 되돌아오기가 싫을 정도로 위험한 일이다.

한번 실패했다고 해서 다시는 이야기를 만들지 못하는 것은 아니다.

현실로 돌아가지 못할 정도의 위험을 감수하면서까지 실패를 인정하지 않으려 하는 설아의 마음이 문제라고 느껴지는 가희였다.

이야기 안에 자신이 꼭 남아 있어야 할 것만 같았던 느낌.

예전에는 그것이 무엇인지 알지 못했다.

그러나 지금이라면 분명히 말할 수 있을 것만 같았다. 이것은 같은 작가 지망생이기에 그녀만이 느낄 수 있는 위화감이었던 것이다.

"넌 실패했어."

가희의 말이 떨어지기 무섭게 마치 지진이 일어난 것처럼 바닥이 흔들리기 시작했다.

"미안해. 모두들 미안해."

설아의 눈에선 눈물이 떨어지기 시작했다.

비수같이 꽂혀진 가희의 말.

인정하고 싶진 않지만 지금에 와서 느껴지는 어쩔 수 없는 패배감과 상실감이 설아의 머리 속을 온통 헝클어놓고 있었다.

"난… 자신이 없어. 이젠… 그만두겠어."

귀를 기울여야만 간신히 들릴 정도로 작아진 그녀의 목소리에 마치 거울이 깨지듯 바닥이 쩍 갈라지기 시작했다.

실패했다는 이야기를 들으면서까지 자신이 이 이야기에 집착해야 하는 이유는 무엇일까?

이야기는 단순히 이야기에 지나지 않는다.

설령 자신에게는 그렇지 않더라 하더라도…….

'그렇다면 난 어떻게 해야 하는 거지?'

스스로에게 반문해 봐도 답이 떠오르지 않았다. 머리 속을 지배하는 것은 이미 자신이 아닌 어쩔 수 없는 나약함이었다.

"난… 더 이상 이 이야기를 만들 자신이 없어."

돌멩이 하나가 잔잔한 수면에 파문을 일으키듯 그녀의 말 한마디 한마디에 모든 것이 우르르 무너져 내렸다.

눈부시게 아름다운 하늘 역시 거울이 깨지듯 갈라져서는 바닥으로 우르르 무너져 내렸다.

아무런 소리도 들리지 않고 그 누구도 설아 앞에 나타나지 않았다.

"이 이야기는 여기서 끝이야."

설아의 눈에서 쉴 새 없이 눈물이 흘러내렸다. 그녀의 세계에 남아 있던 마지막 존재로 느껴지는 부드러운 바람이 그녀를 위로하듯 뺨으로 흘러내리는 눈물을 닦아주었다.

—마스터, 울지 마세요.

그의 부드러운 목소리에 설아는 차라리 눈을 감아버렸고 마지막이었던 바람 역시 공중에서 흩어졌다.

모든 것은 어둠에 휩싸였고 설아와 가희는 바닥에 서 있는 것도, 공중에 떠 있는 것도 아닌 상태로 서로를 마주 보고 있었다.

"…돌아가자."

가희는 설아에게 손을 내밀었고 설아는 몇 번인가 주저하다가 결국 힘없이 그녀의 손을 잡았다.

—이 프로그램은 실행 도중에 강제 종료되었습니다. 삭제하시겠습니까?

"삭제… 부탁해."

"뭐?"

가희가 당황한 표정으로 설아를 말렸지만 이미 늦어버렸다.

―음성 인식 완료. 삭제 작업이 완료되었습니다. 이 프로그램에 연결되어 있는 데이터 역시 삭제되었음을 알려 드립니다. Gate Out.

안내자의 말이 끝나자마자 눈부신 빛과 함께 가희와 설아의 의식이 아득해져 갔다.

*   *   *

"정신 차려! 가희야!"

거의 멱살을 잡을 듯한 기세의 남주 아래에서 가희는 흠칫 눈을 떴다.

"남주야?"

"아아! 다행이다."

맥이 풀린 듯 그 자리에서 털썩 주저앉은 남주를 보며 가희는 의아한 표정을 지었다.

"안 돼! 이게 무슨 일이야?!"

버럭 소리를 지르는 혜령을 보며 남주는 그렇지 않아도 커다란 눈을 더욱 크게 떴다.

"혜령 선배?"

"말도 안 돼! 데이터가 몽땅 날아가다니! 어떻게 이런 일이……."

그녀의 말이 떨어지기가 무섭게 가희는 자리에서 벌떡 일어나더니 밖으로 뛰쳐나갔다.

가쁜 숨을 내쉬며 설아가 있을 기숙사 방 앞에 멈춰 선 그녀는 조심스럽게 문을 열었다.

"설아야?"

열려진 문 사이로 누군가가 앉아 있는 모습이 보였다.

"설아야?"

다시 한 번 설아를 부르자 앉아 있던 누군가가 그녀 곁으로 다가왔다.

"설아라면… 여기 없어."

"아, 빈이었구나. 그런데 설아가 여기 없다니? 그게 무슨 말이야?"

"잠깐 나갔다 왔는데 사람이 없어."

굉장히 피곤해 보이는 얼굴로 그녀가 내민 것은 작은 메시지였다.

'집에 다녀올게' 라는 간단한 메모는 틀림없이 설아의 글씨였지만 너무나 그녀답지 않은 행동이었다. 앞뒤 설명도 없이 멀다고 평상시에는 잘 가지도 않던 집에 다녀오겠다니……

"찾지 말라는 거겠지. 어차피 월요일이면 싫어도 돌아와야 하니까 그냥 내버려 둬. 정 걱정되면 전화나 해보든지."

어딘지 모르게 화가 난 듯한 빈의 목소리에 가희의 뒤를 따라 들어 온 남주가 버럭 소리를 질렀다.

"설아를 두고 밖에 나갔다 와서는 지금 잘했다고 말을 그 딴 식으로 하냐?!"

"…내가 왜 일일이 네 말에 대답해야 하는 거지? 그럴거면 네가 설아를 지키고 있지 그랬어?"

미간을 찡그리며 시비조로 대답을 요구하는 빈에게 남주는 곱지 않은 시선을 보내며 뭐라고 반박하려 했지만 남주가 입을 열기도 전에 빈이 다시 입을 열었다.

"걔 환자 아니야. 주말에 집에 가는 게 뭐가 나쁜데? 설아가 무슨 빚

쟁이냐? 우르르 몰려가서 무슨 말 할 건데?"

"그거야……!"

격한 표정으로 남주가 버럭 화를 냈지만 그녀의 말은 채 끝나지도 못하고 빈에 의해 잘려 버렸다.

"고작 '괜찮아?' 라고 물어보는 정도겠지."

"당연하잖아!"

"'괜찮아?' 라고 물어보겠다고? 하! 넌 생각이란 게 없는 녀석이지?"

"'괜찮아?' 라고 묻는 게 뭐가 나쁜데? 모르는 척하는 게 더 나쁜 거잖아."

가희가 잘려 버린 남주의 말을 잇자 빈은 가벼운 한숨을 내쉬었다.

"병 주고 약 줘?"

그녀의 말에 모두는 굳게 입을 다물었다. 그녀에게 미안해할 요소라면 세 명 모두가 갖고 있는 공통된 것이었다.

이야기에 끼어들었다는 것은 구제받을 여지가 있을 수도 있지만, 문제는 이야기의 흐름을 망쳐 버린 것이다. 마지막으로 설아가 이야기에서 나온 것은 그녀의 의지였지만 동기는 제대로 된 것이 아니라는 점이었다.

그녀가 납득할 만한 이야기를 해야 하기에 그것이 과제임을 상기시켰고, 그 이야기가 공동의 것이란 것을 알려준 가희는 현실감을 잃어버린 설아에게 현실을 가져다 주었다.

그것이 그녀에게 달갑지 않았을 것이라는 걸 가희 역시 잘 알고 있었지만 어쩔 수 없었다.

그녀로서는 그것이 최선이었으니까.

어차피—가희는 눈치 채지 못했지만—그대로 있었다고 해도 설아는 이야기 밖으로 나오는 방법을 택해야만 했을 것이다.

"그런데 설아네 집 여기서 꽤 멀지 않았어?"

"버스 타고 가면 5분도 안 걸려."

"…고소 공포증있는 애가 잘도 타겠다."

차가 워낙 막히자 하늘을 날 수 있도록 제작된 버스나 택시들이 즐비했지만 이곳 역시 가끔씩 막히고는 한다. 하늘 5차선 같은 경우는 아예 일반 도로가 나을 정도다.

하늘이든, 땅이든, 바다든 인간이 정복하지 못한 곳은 없지만 그 어느 곳도 완벽하게 정복한 곳은 없다. 같은 인간으로부터 견제받아 왔고, 같은 인간으로부터 멸망의 길이 시작되어 왔으니까.

교통사고라는 말은 차가 발명된 이후부터 지금까지 줄곧 사라지지 않는 단어임을 감안하면 역시 하늘이든, 땅이든, 바다든 인간이 완벽하게 정복하고 있는 것은 그 어디에도 없다.

"그렇지만 걸어가면 한 시간이나 걸릴 텐데… 차라리 내가 먼저 설아네 집에 가서 기다리고 있을까?"

가희의 말에 빈은 고개를 저었다.

"지금은 우릴 별로 보고 싶어하지 않을 거야. 자, 너희들도 피곤하지? 나도 피곤해 죽겠어. 가서 좀 쉬어. 어차피 이러고 있는다고 돌아올 녀석은 아니니까."

거의 쫓아내는 듯한 분위기로 그녀들을 밖으로 몰아낸 빈이 아예 현관문을 잠가 버리자 소녀들은 어쩐지 허무한 기분이 들었다.

그 난리를 쳤는데 단 하루도 지나가지 않았다니… 오히려 이 현실이 더 비현실적이게 느껴지는 그녀들이었다.

"아무리 그래도 얼굴은 보고 가야 할 거 아니야."

살짝 미간을 찡그리던 빈은 묵묵히 집안 청소를 시작했다. 뭐라도 해야 할 것만 같은 기분에 가만히 있을 수가 없었던 것이다.

"아, 진짜 저렇게 쫓아내듯이 밖으로 몰아낼 필요는 없잖아."
미간을 찡그리며 화를 내는 남주와는 달리 가희는 한동안 침묵을 지켰다.
집으로 갈 수 있을 정도라면 적어도 몸에 이상은 없단 이야기인지라 안심이 되긴 했지만 그녀가 만들어냈던 이야기는 이제 완전히 사라져 버린 것 같아 묘한 죄책감이 느껴졌다.
"설아 이야기는 완전히 사라져 버린 거야?"
"혜령 선배 말로는 그렇대. 아! 그러고 보니 빈이도 하나 가져갔었는데 그건 괜찮지 않을까?"
서로를 바라보던 남주와 가희는 누가 먼저랄 것도 없이 문을 두드려 댔다.
쾅쾅쾅!
"빈아! 잠깐 나와봐."
"빈아! 빈아!"
아직까지 그녀들이 돌아가지 않았음을 깨달은 빈은 살짝 미간을 찡그렸다.
"왜 그래?"
"설아 이야기 어디에 있어?"
난데없는 남주의 질문에 빈은 문을 열고 밖으로 나왔다.
"왜? 그거라면 아는 사람이 가지고 있어."
"뭐? 아는 사람? 그런 걸 함부로 남한테 주면 어떡해?!"

버럭 소리를 지르는 남주에게 빈은 가벼운 한숨을 내쉬었다.

"그 덕에 설아가 무사히 밖으로 나올 수 있었는지도 몰라."

"그건 또 무슨 소리야? 너 이야기에 뭔가를… 해버린 거야?"

남주의 말에 빈은 어이없다는 표정을 지어 보였다.

"시비 거는 거야?"

"아니, 화내고 있는 거야!"

"나랑 장난치냐? 그거라면… 석진 선배에게 있으니까 괜한 시비 걸지 마. 그런데 그게 왜 필요한 거야?"

별거 아니라는 말투로 석진의 이름을 대는 빈에게 남주는 또다시 소리를 질렀다.

"너 제정신이야?!"

"너 시비 거는 거 맞지?"

서로를 바라보는 눈빛에서 파지직 불꽃이 튀자 가희가 재빨리 두 사람 사이에 끼어들었다. 지금은 서로 으르렁거리고 싸워봤자 감정만 상하리라는 것을 그녀들은 모르고 있는 걸까?

"잠깐만! 우리끼리 이렇게 싸울 때가 아니잖아."

예전 같았으면 두 사람의 다투는 목소리에 묻혀져 버렸을 작은 목소리였지만 지금까지 그녀에게 들어 있지 않았던 단호함이 실린 탓일까, 두 사람의 시선은 어느새 가희에게로 집중되었다.

"서로 다툰다고 일이 해결되는 건 아니잖아?"

가희의 말에 소녀들의 목소리는 한결 누그러졌다.

"석진 선배를 찾아간 이유가 뭐야?"

남주의 질문에 빈은 어깨를 으쓱거렸다.

"네가 그 녀석 이야기를 갖고 있는 거랑 같은 이유야."

"석진 선배를 믿겠다고? 혜령 선배가 지금까지 도와주고 있었다는 거 내가 말 안 했어?"

기가 막힌다는 듯 그녀의 눈꼬리가 올라갔다.

"분명히 말해 두지만 난 혜령 선배도 신용할 수 없어. 너한테 자세히 사정 설명 들어본 기억도 없고! 네가 움직인 것처럼 나도 움직인 것뿐이야."

그녀의 얼굴에선 '뭐, 잘못된 거라도 있어?'라는 표정이 스쳤다. 저렇게 나오면 딱히 할 말이 없다. 뭐라고 반박하겠는가? 친구를 위해 움직였다는데.

"석진 선배에게 확인할 게 있어."

지금까지 조용히 두 사람의 이야기를 듣고 있던 가희는 석진에게 전화를 걸어보라는 듯 자신의 M.C를 내밀었다. 빈은 그것을 받아 들고는 석진과 통화를 시도했다.

몇 번의 신호음이 울리고 수화기를 통해 그의 목소리가 흘러나왔다.

─그렇지 않아도 전화하려고 했었는데 잘했다. 설아는?

얄밉도록 생생한 그의 목소리가 듣기 싫었던지 남주는 저만치 떨어져서 등을 홱 돌려 버렸다.

"집에 간다는 쪽지만 달랑 남겨놓고는 나갔더군요."

─이런. 뭐 좀 물어보려고 했는데 벌써 나가 버린 건가?

가희는 석진의 말에 뭔가 감을 잡았다는 듯한 표정으로 그에게 말을 걸었다.

"설아 이야기가 자동 삭제된 건가요?"

그는 가희의 말에 흠칫 놀란 듯한 목소리로 대답했다.

─그걸 어떻게 알았어? 아니, 그게 중요한 게 아니지. 가희, 너 뭔가

알고 있는 거냐? 복구시키려고 해도 파일 하나 남기지 않고 깨끗하게 지워져 버려서 이 프로그램 자체가 못 쓰게 되어버렸으니……

말끝을 흐리는 석진에게 가희는 가벼운 한숨을 내쉬었다.

"복구할… 수 없는 건가요?"

—데이터가 하나도 없어. 프로그램 자체가 깨끗이 날아갔다니까. 원본은 무사한 거냐? 아무리 생각해 봐도 설아가 프로그램 안에서 뭔가를 하진 않았을 것 같은데……

또다시 말끝을 흐리는 그에게 가희는 아무런 말도 할 수 없었다.

—어쨌거나 내가 할 수 있는 최선은 여기까지다. 내가 할 일은 다 끝냈으니까 난 이만 빼줘. 불만이 있더라도 이젠 할 수 없어. 어차피 프로그램도 삭제된 마당에 더 이상 나에게 볼일은 없을 테지만 말이야.

자신의 말에 아무도 대답을 하지 않자 그는 가벼운 한숨을 내쉬었다.

—어쨌거나 이번 과제는 대단하군. 정작 그 과제를 내준 교수님은 아무것도 모르실 테지만……. 더 할 말 없음 끊는다.

잠시 동안 침묵이 흘렀고 석진은 이제 통화가 끝났다고 생각했는지 전화를 끊어버렸다.

"혜령 선배에게 프로그램 복구시킬 수 있는지 물어봐 줄래?"

가희의 말에 남주는 고개를 끄덕거렸다.

그러나 혜령과의 통화에서도 달라질 건 없었다. 이야기가 깨끗하게 지워져 버린 것이다.

이제 더 이상 설아의 이야기는 볼 수 없는 것일까?

"이렇게 된 거 어쨌거나 과제는 해야 하잖아. 공동 작업은 물 건너 갔을 테고, 프로그램은 없고……. 대충 다른 곳에라도 해둬. 잔소리 좀 듣겠지만 F는 면하겠지."

빈의 말에 가희는 가벼운 한숨을 내쉬며 고개를 끄덕거렸다.

"설아는 어떻게 하려는 걸까?"

"자기가 알아서 하겠지. 배 째라 하고 버틸 정도로 막 나가진 않을 테니까 걱정하지 마. 생각이 있으면 지금쯤 자기도 뭔가 대책을 세우겠지. 하여튼 나중에 돌아오기만 해봐. 내가 가만히 있을 거라고 생각하면 오산이야!"

그녀는 이 자리에 있지도 않는 설아를 향해 이를 뿌드득 갈아댔다.

*　　　　*　　　　*

"엣취! 나 왔어, 좀 비켜줘."

현관을 막고 서 있는 오빠를 향해 설아가 기운없이 인사를 건네자 그는 어리둥절한 표정을 지었다.

"어라? 네가 전화도 없이 어쩐 일이냐?"

"비키기나 해. 나 피곤하니까 말시키지 말고."

한 시간 동안 걷느라고 그렇지 않아도 우울했었는데 기운마저 빠져버린 설아는 자신의 오빠를 노려보며 짜증을 냈다.

"어이, 귀엽고 사랑스러움과는 전혀 거리가 먼 동생아, 네가 지금 이 오라버님께 기어오르는 거냐?"

어느새 설아의 등 뒤로 돌아서서 그녀의 허리를 꺾어버린 그의 이마에는 빠지직 힘줄이 솟았다.

"으아아! 허리! 허리!"

양팔을 허우적거리던 설아는 고통에 찬 비명을 질렀고 거실에서 그 소리를 들은 어머니께서는 고개를 절레절레 흔드시며 현관으로 나오셨다.

"너희는 어떻게 된 게 만나기만 하면 서로 못 잡아먹어서 안달이니?"

"오빠가 먼저 현관에서 못 들어가게 했단 말예요. 이거 봐요. 아직도 버티고 있는 거. 나보고 들어오지 말라는 거 같잖아요."

툴툴거리는 설아를 향해 어머니는 대단히 빠른 속도로 다가와서는 그녀의 등을 퍽 소리나도록 때렸다.

"넌 집에 와서 한다는 말이 '다녀왔습니다'도 아니고 '비키기나 해. 나 피곤하니까 말시키지 말고' 니? 엄마가 그렇게 가르쳤어?"

체구도 작았고, 얼굴도 동안에다 미인형인 어머니는 상냥할 것 같은 외모와는 달리 자식들에겐 매우 엄격한 성격이었다.

"…잘못했어요."

한번 이런 분위기가 시작되면 무슨 말을 해도 소용없다는 걸 잘 알고 있는 설아는 가벼운 한숨을 내쉬었다. 이럴려고 집에 온 것이 아닌데…….

"그리고 민이도 동생 좀 그만 괴롭혀."

"네에—"

생글생글 웃고 있는 자신의 오빠가 얄밉다는 생각이 들었지만 그녀는 자신의 방으로 들어가 버렸다.

"멍멍!"

한 박자 느리게 애완견인 미미가 문을 벅벅 긁으며 짖어댔지만 지금은 한가하게 개를 상대해 주고 싶은 기분이 아니었다.

뭐랄까…….

깊은 바다 속으로 가라앉는 것 같은 기분에 자꾸만 우울해졌다. 그리고 그것보다 더 암울한 것은 이 우울한 기분에서 벗어나기가 싫다는 것이다.

"어이."

"내가 내 방에 들어오기 전에 노크하라고 그랬지!"

불쑥 들어오는 오빠에게 또다시 짜증을 내는 설아에게 그는 피식 미소를 지었다.

"그랬었지."

그리고는 '똑똑똑!' 하고 이어지는 노크 소리.

"오빠, 노크는 밖에서 하는 거지, 안에서 하는 게 아니잖아."

"아! 그렇지."

그는 순순히 밖으로 나가더니 '똑똑똑!' 노크를 했다.

"들어오지 마."

설아는 귀찮다는 듯한 말투로 오빠를 들어오지 못하게 해버렸다. 침대에 털썩 드러누워 버린 그녀는 오빠 때문에 잠시 깨져 버린 우울 모드를 되찾고자 눈을 감았다.

"멍멍!"

"으윽! 내 허리!"

미미가 빼꼼 열려진 문틈 사이로 들어와서는 설아의 허리 위로 점프해 버린 것이다.

"어이… 허리 삐꾸. 괜찮냐?"

그녀의 허리 위에 웅크리고 앉아버린 개는 하품까지 하는 여유를 부렸다.

"어째서……."

그녀는 부들부들 떨며 자리에서 벌떡 일어나 앉았다. 개는 침대로 떨어졌고 여동생의 살기를 느낀 오빠는 본능적으로 몸을 움찔거렸다.

"어째서 우리 집은 개나 오빠나 도움이 안 되는 거냐고!!!"

버럭버럭 소리 지르는 그녀를 피해 개도, 오빠도 저만치 사라져 버렸다.

한참을 씩씩거리던 설아는 문을 '쾅!' 하는 소리가 나도록 세게 닫아 버렸다.

"아무리 분위기 파악을 못해도 그렇지. 이건 너무하잖아!"

우울이고 뭐고 싹 달아나 버린 분위기에 그녀는 가벼운 한숨을 내쉬었다.

분위기가 이렇게 되어버리자 그녀는 오히려 냉정하게 자신을 돌아볼 수 있었다.

뭐가 잘못된 것일까?

"과제라는 걸 잊어버린 거지. 그것도 공동으로 끝낸다는 걸……."

과제를 열심히 한다는 게 뭐가 나쁘지?

"나쁜 게 아니야. 허탈할 뿐이지. 어차피 소설이라는 게 누군가에게 보여주고 평가를 받는 거니까 과제라고 해서 실망한 게 아니야."

단지 그 사실을 잊었다는 게 한심했다.

작가가 어쩌고저쩌고해 봐야 아직은 어린 아마추어일 뿐이다.

무엇 때문에 글을 쓰고 싶어했던 걸까?

남에게 글을 잘 쓴다고 칭찬받은 게 우쭐해서? 아니면 자신이 할 수 있는 일들 중 이게 가장 쉬워 보였으니까?

"그런 게 아니잖아. 글을 잘 쓴다는 칭찬 같은 거 받아본 적도 없는걸."

그렇다면 오기라도 발동한 걸까? 인정받고 싶다고 생각한 오기가 자신도 모르게 지금까지 난 작가가 되고 싶다고 말하게 만들고 있는 걸까?

"정말 그런 걸까?"

가벼운 한숨을 내쉰 그녀는 이제 자신이 없어졌다. 정말 그 누구보다 글 쓰는 걸 좋아한다고 자부했었는데 그런 자신감마저 사라져 버렸다.

"이런 내가 과연 작가가 될 수 있을까?"

학교를 졸업하면 더 이상 학생이 아니다. 어떤 일이든지 시간을 갖고 꾸준히 노력을 하면 반드시 이루어진다고들 하지만……

"바보 같아. '난 내년까지 작가가 될 거야. 안 되면 말고…' 그런 식으로 말할 수 있다면 길에 널리고 발에 차이는 게 작가겠다."

절대로 이 일이 아니면 안 된다는 신념이 있었는데…….

그 마음은 지금도 변함이 없었지만 자신이 없었다.

'과연 이런 내가 작가가 될 수 있을까?

만약 이렇게까지 글에 매달렸는데 작가가 되지 못한다면 먼 훗날 시간만 낭비했었다고 후회하는 건 아닐까?

"후회할 리가 없잖아. 좋아하는 일을 하는 거니까!"

그렇게 단호하게 대답해 봐도 불안한 마음은 쉽게 사라지지 않았다.

누군가 미래를 볼 수 있는 사람이 있어서 다 잘될 거라고 말해 준다면 좋겠다는 생각이 들었지만 현실에서 그런 일이 일어나 줄 리가 없다.

"하아~!"

작가가 되고 싶었던 건 아주 어릴 때부터였다. 책이라는 것이 마치 마법처럼 느껴졌던 순수한 시절의 꿈이 지금까지 이어져 온 것이다.

"어이! 밥 먹으래."

"내가 노크하고 들어오랬지!"

쿠션을 있는 힘껏 오빠에게 던져 버린 설아는 다시 자신에게 달라붙는 개를 꼬옥 안아 들었다.

"기분 나쁜 일이라도 있었냐? 뭐, 나랑은 상관없지만 오랜만에 집에 와서 인상만 쓰다 가면 퍽이나 좋겠다. 어지간하면 집에서는 기분 나쁜 티 내지 마. 너 기분 나쁘다고 남도 기분 나쁘란 법 있냐?"

머리를 쿡쿡 쥐어박으며 구박하는 그를 보며 설아는 자신의 눈에 힘을 줬다.

"동생이 기분 나빠하고 있는데 말을 꼭 그렇게 해야 해?"

"어쩌겠어. 내가 원래 이런 놈인데. 게다가 말이야."

그는 자연스럽게 설아의 머리를 쥐어박으며 자신의 말을 이었다.

"네 오오라가 '아무 말도 듣기 싫어. 건드리지 마' 라고 하고 있는데 무슨 말을 해도 들리겠어? 아무튼 밥이나 먹으러 나와."

그의 말에 설아는 가벼운 한숨을 내쉬었다.

무슨 일이 있었냐고 가족들이 걱정스러운 얼굴로 묻는 것도 달갑지 않았고, 오랜만에 집에 들러서 가족들 걱정시킬 생각도 없던 설아는 결국 성질 죽이고 기분 나쁜 티를 내지 않는 것이 최선이라는 것을 깨닫고는 가벼운 한숨을 내쉬며 주방으로 내려갔다.

"오! 오랜만이네. 딸아, 오늘은 어쩐 일로 집에 다 오셨어?"

사람 좋은 얼굴로 생글생글 웃는 아버지에게 그녀는 미안한 표정을 지어 보였다.

"요즘엔 과제가 많아서 휴일이라고 해도 기숙사에 뼈를 묻을 수밖엔 없어요."

"그렇다면 가게 봐줄 시간도 없겠네?"

"가게는 왜요? 두 분 어디 가세요?"

설아의 말에 어머니의 따가운 눈빛 공격이 날아들었다.

"이래서 딸은 키워봐야 소용이 없다니까."

'윽! 저런 잔소리가 시작된다는 건 뭔가가 있다는 말인데 난 꼭 날을 맞춰도 이럴 때만 골라서 맞추냐. 에휴~ 우울해지기 진짜 힘드네.'

설아는 가벼운 한숨을 내쉬었다. 어머니의 잔소리 연타를 막기 위해서는 눈치로 오늘이 무슨 날인지 알아맞춰야만 했다.

"농담이에요, 농담! 제가 언제 기념일 빠뜨린 적 있어요? 지난번 아빠 생신도 챙겨 드렸고……."

뒷말을 흐리며 힐끔 오빠의 눈치를 살피자 오빠는 고개를 흔들었다. 설아는 식탁으로 다가가 자연스럽게 오빠의 옆에 앉았다.

"엄마 생신도 챙겨 드렸고……."

오빠가 식탁 밑으로 설아의 다리를 찼다. 이건 아니라는 의미일 테지…….

그녀는 비명이 나오려는 걸 참으며 생긋 미소를 지었다.

"어쨌거나 결혼 기념일도 챙겨 드리려고 온 거니까 너무 화내지 마세요."

기념일이라고 해봐야 생일 아니면 결혼 기념일이라고 생각한 설아는 오늘도 무사히 넘어간다고 생각하며 속으로 안도의 한숨을 내쉬었다.

"우리 설아가 많이 컸네."

생긋 미소 짓는 어머니와는 달리 식탁 밑의 오빠 다리는 미친 듯이 설아의 다리를 걷어찼다. 설아는 식탁에 잠시 엎드리는 것으로 고통을 참았지만 곧 이어 이어진 어머니의 잔소리세례에 귀 고문이 시작됐다.

"정말 많이 컸다. 엄마, 아빠 눈치도 살필 줄 알고."

설아는 손을 식탁 아래로 내려 자신의 다리를 쓰다듬었다.

'으으… 멍들겠네.'

"다시 말해 보렴?"

"결혼 기념일 축하해요. 엄마, 아빠."

슬쩍 자세를 바로잡으며 생긋 미소를 지어 보이면서 설아는 뭔가 분위기가 이상하게 흘러간다는 걸 눈치 챘다. 그렇지만 뭐가 잘못된 건지 눈치 채진 못했다.

어느새 설아의 등 뒤로 다가가신 그녀의 어머니께선 설아의 귀를 잡아당기기 시작하셨다.

"아야야ー! 엄마 왜 그러세요?"

"오늘이 무슨 날이라고?"

"으아아ー! 결혼 기념일 아니셨어요?"

설아의 말에 어머니의 손에 자연스럽게 힘이 들어갔다.

"으아아아ー! 이러다 내 귀 빠지겠어요."

"호오? 그래? 그럼 좀 더 당겨야겠구나."

말을 마친 어머니는 빨개진 설아의 귀를 더욱 잡아당겼다.

"으아아! 아파요! 아파! 엄마가 하나밖에 없는 딸 귀를 뽑으려고 해요!"

엄살 반, 진담 반이 담긴 설아의 비명에 그녀의 오빠는 피식피식거리다가는 이내 웃음을 참지 못하고 폭소를 터뜨렸다.

"그래, 오늘이 너 귀 뽑힌 날이다."

그제야 어머니는 슬그머니 그녀의 귀를 놓아주며 상냥한 미소를 지었다.

"생일 축하한다."

"에? 에엑?!"

"생일 축하한다, 사랑하는 딸아."

아버지는 설아의 어깨를 다독거리며 인자한 미소를 지어주었다.

"오늘이 제 생일이었군요."

얼떨떨한 표정으로 생일 축하를 받던 그녀는 자신의 발을 툭툭 건드리는 오빠를 살짝 흘겨보았다.

"오빠, 그럼 귀 뽑힌 날이 아니라 귀빠진 날이잖아. 쳇! 뭐야, 진작 그렇게 말했음 이렇게 쫄지도 않았잖아."

"내가 이렇게 재밌는 걸 왜 가르쳐 주냐?"

'정말 저 인간이 내 오빠란 말이더냐……'

설아는 가벼운 한숨을 내쉬며 오빠에게서 부모님께로 시선을 옮겼다.

"제 생일인데 왜 제가 가게를 봐야 해요?"

그녀의 말에 어머니께선 여전히 상냥한 미소를 지어 보였다.

"너 누구 때문에 세상에 나올 수 있었니?"

"그거야 부모님 덕분에……."

어머니께서는 그녀의 말을 자르며 또다시 질문했다.

"고맙게 생각하고 있지?"

"그, 그럼요."

"이 엄마는 너 낳을 때 하늘이 노랗게 보일 정도로 아팠단다. '아파 죽는다는 게 이런 거구나' 라고 생각했으니까 말이야."

설아는 식은땀을 흘리며 어머니를 바라보았다.

"그, 그건 정말 감사해하고 있어요."

말까지 더듬는 그녀를 보며 그녀의 오빠는 고개를 설레설레 흔들었다.

'저 녀석, 완전히 어머니의 페이스에 휘둘리고 있구나. 이젠 꼼짝없이 가게를 보게 생겼군. 불쌍한 녀석.'

생각 같아선 도와주고 싶긴 하지만 그러기엔 어머니의 보복이 두려웠다.

"이렇게 고생해서 낳아줬으니까 부모님께 감사하고 있어야겠지?"

몇 번이나 강조하듯 말씀하시는 자신의 어머니께 그녀는 고개를 끄덕였다.

"물, 물론이죠."

"아유~ 착한 우리 딸. 그럼 가게 정.도.는 봐줄 수 있겠네? 뭐니 뭐니 해도 오늘은 부모님께 감.사.하.는. 날이니까."

"그, 그건……."

당황한 기색으로 자신의 어머니를 올려다본 설아는 이러지도 저러지도 못하고 식은땀만 삘삘 흘려댔다.

"어머? 어이! 딸! 너 지금까지 말로만 부모님께 감사하다고 말했던 거야? 마음속으로는 요~만큼도 고맙단 생각도 하지 않았으면서?"

어머니는 엄지와 검지로 손톱만큼의 틈을 만들어 보였다.

"아니에요! 물론 감사하고 있죠."

"그런데 가게를 못 봐준다고?"

어머니의 상냥한 얼굴과는 달리 목소리는 마치 저승사자를 연상시키는 공포의 힘이 깃들어 있었다. 설아는 마른침을 꿀꺽 삼키며 어머니를 바라보았다.

방년 17세.

꽃다운 나이에 생일을 암울하게 가게나 보며 넘길 순 없었다.

더군다나 오늘은 기분도 최악이다.

더 이상 어머니께 휘둘리고 살 순 없다.

아주 당당하게 싫다고 말하는 거다.

'어머니, 낳아주신 은혜는 산을 갈아엎고 강을 들이부어 바다를 만든다고 해도 그 은혜를 갚을 수 없겠지만 이런 날 가게를 보고 있을 순 없어요' 라고 어른스럽게 말씀드리는 거다. 물론 서운해하시겠지만 생일에 가게를 보라는 건 너무하잖아.

설아는 주먹을 불끈 쥐며 자신의 어머니를 바라보았다.

"어머니!"

비장하게 자신의 어머니를 부른 설아의 얼굴에는 그런 자신이 대견한지 미소가 걸려 있었다.

"설아야, 문 닫을 때 확인하는 거 잊지 말고, 밥 먹고 바로 가게로 가. 책들 들어온 것도 있으니까 정리 잘하고."

미역국을 국그릇에 더는 어머니를 보며 설아는 다시 한 번 어머니를 불렀다.

"엄마! 난 가게 보기……."

"뭐라고?"

어머니는 살기를 띤 눈으로 설아를 노려보았다. 설아는 너무나도 익숙한 분위기에 자신도 모르게 비굴한 미소를 지어 보였다.

"에헤헤, 난 말이죠, 가게 보기가 너무 좋다구요. 언제든지 맡겨만 주세요."

"어머, 그래? 그럼 앞으로도 종종 부탁해."

어머니는 기분 좋은 듯한 미소를 지으며 자신의 딸을 바라보았고, 그녀의 오빠는 그녀에게만 들릴 정도의 작은 목소리로 치명타를 날렸다.

"바보."

'…쳇! 뭐라고 해도 할 수 없어. 이게 조건 반사라는 거니까.'

설아는 속으로 툴툴거리며 콩밥을 먹기 시작했다.

생일상은 언제나 손수 차려주시는 콩밥과 미역국이었다.

그것에 어떤 의미가 있는 것인지 알 순 없지만 그리 흔하게 먹는 음식이 아닌지라 설아는 밥을 맛있게 먹어치웠다.

뭐, 암울하게 가게나 보게 될 생일이지만 사실 생일인지도 모르고 그냥 넘어갈 뻔한 데다 맛있는 음식도 먹었으니 잘된 거라고 스스로를 위로하는 설아였다. 더군다나 가게라고는 하지만 부모님이 운영하시는 가게란 한가한 고서점(古書店)이기에 힘들지도 않았고 워낙에 책을 좋아하는 설아인지라 가게를 보는 것이 그리 싫지만은 않았다.

"흐음… 꽤 많이 들어왔네. 새로 들어온 책이라고 해서 기대했더니 다 본 거잖아."

설아는 두툼한 책들을 조심스럽게 들고는 가게 안쪽으로 들어갔다.

잠시 집에 오지 않았던 사이에 책들은 더욱 늘어난 듯했다.

"책 냄새는 언제 맡아도 참 좋구나."

오래된 먼지 냄새 같기도 하고, 퀴퀴한 곰팡이 냄새 같기도 한 오래된 책 냄새는 소녀가 좋아할 만한 것은 아니지만 설아에겐 매일 얼굴에 바르는 자신의 스킨 냄새만큼이나 익숙한 냄새였다.

"진짜 옛날 책들이구나."

그녀가 펼친 책들의 마지막 장 혹은 첫 장엔 그 책이 발행된 날짜들이 적혀 있었다. 년도순으로 정리된 책들 사이로 곰팡이라던가 책벌레를 방지하기 위한 약품 처리를 끝낸 책을 꽂아 넣으며 설아는 생긋 미소를 지었다.

어렸을 때 읽은 소공녀, 신데렐라, 백설공주, 피터팬과 같은 동화책부터 시작해서 탈무드, 사람은 무엇으로 사는가, 갈매기의 꿈 같은 소설에 이르기까지……

누군가의 손때가 묻은 낡은 책들은 저마다 예쁜 색깔의 빛을 담고 있다.

책장을 넘기고 있는 동안 꿈꿀 수 있는 그곳만의 세계에 푹 빠져 있는 설아에겐 그 낡은 책 한 권, 한 권이 마법서처럼 느껴졌다.

아마 그래서일 것이다. 이야기를 쓰고 있는 것도, 자신의 이야기를 포기하지 못하는 것도 모두 책이 갖는 매력 때문일 것이다.

자신이 꾸는 꿈을 모두에게 보여줄 수 있고, 그 꿈이 나뉘어져서 다른 사람의 몫이 된다.

꿈이 작은 꿈으로 머무르지 않고 형태를 갖게 된다.

일방적으로 바라보던 외길이 여러 꿈으로 인해 갈림길이 되기도 하고, 미로가 되기도 하고, 대로(大路)가 되기도 한다.

"정말 멋진 일이지. 내가 만든 이야기를 누군가가 들어주고, 거기에 평가까지 해준다는 건 정말 생각만 해도 멋진 일이야."

그녀는 생긋 미소를 지으며 책들을 정리했다.

너무나도 부러운 저 종이 뭉치들, 누군가로부터 시작되었을 꿈의 파편들, 그리고 설아에게 이어지고 있는 반짝이는 파편.

"그렇지만 이건 어쩌면 내 몫이 아닐지도 몰라. 나로부터 시작되는 꿈 같은 건… 처음부터 존재할 리가 없을지도 모르지."

사실 이젠 재능이라든가, 누군가로부터 인정받는다든가 하는 문제는 마치 자신과는 별개의 일처럼 느껴졌다. 그것보다 스스로가 자신의 이야기에 대해 납득했으면 하는 마음이 가장 커져 버렸다.

'난 무엇보다 이 일을 좋아하는구나', '이것이 내가 할 수 있는 최선이었으니까 절대 후회하지 않아!' 이런 마음을 충실하게 느끼고 싶었다.

남에게 평가받기에 앞서 스스로가 만족하는 이야기를 만들고 싶었다.

그것은 글을 쓰는 사람이라면 누구나 느끼는 기분이겠지만, 그리고 모순적이게도 글을 쓰는 누구나 그런 감정을 느끼기에는 너무나 힘든 일임을 잘 알고 있지만 설아는 참참한 기분이 들었다.

그녀는 글을 쓰기 시작한 이후 처음으로 후회라는 감정을 배웠다.

자신의 이야기를 즐기지 못했다. 충실하지 못했다. 무엇보다 행복하지 않았다.

"아!"

어렴풋이 느낀 것이지만 이제야 자신에 대한 감이 오기 시작하는 설아였다.

글 쓰는 걸 좋아하기 때문에 글을 쓰는 거다. 거기엔 어떤 이유도 따를 필요가 없다고 생각했던 그녀의 생각이 흔들리기 시작했다.

'난 이런저런 점이 좋아서 글을 쓴다가 아니라 그냥 좋아하니까 글을 쓴다' 라고 이야기하는 것은… 오래 버티지 못한다는 사실을 깨달은 것이다.

좋아해…….

너무나도 절실하고 강한 버팀목이지만 단 한순간도 그 마음을 잊지 않고 있기란 불가능에 가깝다.

때론 넌더리나게 지겹고 울고 싶을 정도로 때려치우고 싶은 순간이 찾아오겠지.

그때도 과연 자신있게 말할 수 있을까?

난 글 쓰는 것을 좋아하니까 다른 이유는 없다고.

그럴 수만 있다면 정말이지 존경스러울 테지. 그만큼 맹목적이고 순수하다는 거니까.

설아는 푹신한 소파에 드러눕듯이 몸을 기대었다.

뭔가 지금까지 잘못 생각하고 있었는지도 모른다.

'지금부터 내가 어째서 글을 쓰는 걸 좋아하는지 알아가야겠어. 그리고 그런 마음들이 가득 차게 되면 좋은 글을 쓸 수 있겠지. 지금은… 안 돼.'

설아는 가벼운 한숨을 내쉬며 가게 안에 가득 찬 책들을 바라보았다.

계속해서 좋아하는 것에 대한 이유를 늘려가는 것.

현재의 설아가 깨달은 것이 바로 그것이었다.

글을 쓰는 것을 시간이 지나감에 따라 더욱 좋아하게 되겠지.

그렇게 되면 행복해질까? 불행해질까?

지금의 설아로서는 머리 속 가득 자신의 이야기에 대한 생각밖에 들어 있지 않았다.

'강제 종료되어 사라져 버리긴 했지만 정말 신나서 써 내려가기 시작했던 건데……'

그녀는 카운터에 있는 PC를 켜고는 간략히 그 이야기에 대해 적어 내려가기 시작했다.

어쭙잖은 이야기일지라도, 제목조차 정해지지 않은 이야기일지라도 애착이 가는 것만큼은 어쩔 수 없었다. 그렇게 대강의 줄거리를 작성한 그녀는 그것을 물끄러미 바라보다 PC를 꺼버렸다.

"어차피 끝났어. 이젠 데이터도 남아 있지 않아."

그녀는 자리에서 일어나 묵묵히 청소를 계속했다.

가게 문을 닫기까지 몇 명의 손님들이 들어왔었고, 그녀는 좋아하는 책에 둘러싸인 채 피곤한 줄도 모르고 가게를 지켰다.

"일요일도 부탁한다."

생긋 미소 짓는 어머니께 다시 한 번 비굴한 미소를 짓는 설아였다.

어쨌거나 집에 있는 동안은 어머니 말씀에 따르는 것이 신상에 이로울 테니 반항은 무의미한 것이었다.

가게에서 보낸 주말은 생각보다 나쁘진 않았다.

고서점이라는 특성상 손님이 그리 많은 것도 아니었고, 가게 청소는 시간만 지정해 주면 청소기가 자동으로 알아서 해 주니 그녀는 오랜만에 좋아하는 책에 둘러싸여 시간 가는 줄 몰랐다. 그녀가 집에 들르지 않는 동안 가게에는 새로운 책들이 들어와 있었고 그것은 그녀를 지루할 틈이 없도록 만들어 주었던 것이다. 그렇게 황금 같은 주말을 집에서 가게 보기로 보내 버린 설아는 학교에 갈 일이 두려워졌다.

자신의 속마음도 모르고 변함없이 떠오르는 해가 꼴도 보기 싫을 만큼 미웠지만 해가 뜨면 자신도 눈을 떠야 하고, 눈을 뜨면 학교에 가야 한다는 사실은 아침이 찾아오는 것만큼이나 변함이 없었다.

"설아야! 학교 늦겠다! 어서 일어나!"

어머니의 고함 소리가 설아의 방을 쩌렁쩌렁하게 울릴 때까지도 그녀는 침대에서 미동도 하지 않았다. 그러다가 이내 좋은 생각이 났는지 손바닥으로 이마를 비벼댔다.

잠시 후 화가 난 듯한 어머니의 목소리와 함께 설아 방의 문이 활짝 열렸다.

"설아야!"

"으음… 엄마, 나 아파요."

최대한 미간을 찡그린 채 몸을 웅크리는 설아에게 어머니는 한결 부드러워진 목소리로 질문했다.

"갑자기 어디가 아픈데?"

"머리가 아파요."

설아의 말에 어머니께선 그녀의 이마 위로 손을 올려 열이 있나 확인을 해보시는 듯했다. 열심히 손으로 이마를 비벼댄 효과가 있었는지 어머니께서는 가벼운 한숨을 내쉬는 듯하였다.

"약 먹어. 해열제 갖다 줄게. 어쨌거나 학교는 가야지."

"으어어어—! 엄마, 나 죽을 것 같아. 하루만 쉬면 안 될까요? 네?"

딸의 애절한 눈빛을 눈치 채신 걸까?

어머니께서는 상냥한 미소를 지었다.

"그렇게 말하는 거 보니까 꾀병이구나? 어서 일어나지 못해?!"

상냥한 얼굴과는 너무나도 대조적인 어머니의 목소리에 설아는 흠칫했지만 여전히 자리에서 일어나진 않았다.

"꾀병 아니에요. 정말 많이 아프다니까요."

반쯤 울상이 된 그녀의 모습이 딱해 보였는지 어머니께선 그녀를 일으키며 다시 한 번 이마를 짚어보았다.

"이 정도론 안 죽어. 어서 일어나. 난 다른 건 다 참아도 지각하는 것만큼은 못 참아. 정 안 되겠으면 양호실 가서 한숨 자."

설아는 야속한 어머니의 말씀에 기분이 상해 버렸다.

'죽더라도 학교에서 죽어라' 라고 말씀하시고 싶었던 걸까?

어째서 이렇게까지 학교에 가기 싫어하는데 그 이유 한번 물어봐 주시지 않는 걸까?

설아는 이대로 버텨봤자 어쩔 수 없다는 것을 깨닫고는 자리에서 일어났다.

아이들이 학교 가기 싫다고 말하는 것을 어른들은 금방이라도 그 아이가 탈선하려는 징조로 보는 듯했다.

정말이지 전혀 이해가 가지 않는 이야기지만 어른에겐 학교라는 곳이 착한 아이와 그렇지 못한 아이를 구분 짓는 잣대가 되는 것 같았다.

"아아, 한심해."

떠밀리듯 씻고, 식사를 마치고, 아침에 늦장을 부린 탓에 죽기보다 싫은 버스에 올라탄 그녀는 어머니께서 잡아먹을 듯한 눈으로 '확인 전화 해볼 거다!'라고 날카롭게 쏘아붙인 것을 기억해 냈다.

설마 정말 확인 전화를 하기야 하겠냐만은 만일에 하나 전화를 했을 때 자신이 없다는 걸 들키는 날에는 그날이 바로 제삿날이 되는 거다.

더군다나 이미 학교에 가겠다고 버스에 올라탄 이상 학교가 아닌 다른 곳으로 향할 배짱 따윈 개미 눈곱만큼도 가지고 있지 않았다.

"정말 평상시와는 조금도 다를 게 없는 학교구나."

떨어지지 않는 발걸음을 학교로 돌린 그녀는 한숨을 푹푹 내쉬며 교실로 들어섰다. 언제나와 같은 자리라는 것은 옆 자리의 사람도 언제나와 같은 사람이라는 뜻이다.

그녀는 가희가 불편해하진 않으려나 생각하다 이내 고개를 저었다. 지금은 어색하지만 자신에게 있어 가장 친한 친구가 서로라고 생각하는 그들에게 있어 이 순간은 아주 짧게 흘러갈 것만 같았다.

어색한 순간이 지나면 그땐 지금보다 몇 배로 친하게 지낼 수 있을 테니 시간을 갖고 천천히 대화해 나가다 보면 어색함도 풀릴 수 있을 것이다. 그렇게 가볍게 생각하기로 한 설아는 흘깃 가희를 바라보았다.

그녀 역시 설아를 바라보고 있었던 듯 서로 눈이 마주쳤다. 그러나 그것은 갑작스레 나타난 민식에 의해 자연스럽게 분산됐다.

"설아, 너 대단하던데……."

놀리는 것 같기도 하고, 빈정거리는 것 같기도 한 그의 말투에 그녀는 살짝 미간을 찡그렸다.

"뭐가 대단하다는 거야?"

"뭐, 여러 가지로. 과제는 해 왔어?"

민식의 말에 설아는 더욱 인상을 구겼다.

"무슨 과제?"

스스로 질문하면서도 지금 상황이 어디서 많이 본 듯한 상황이란 생각에 '어디서 봤더라' 라고 고개만 갸웃거릴 뿐이었다.

"난 이번엔 제법 만족스럽게 나왔던 것 같아. 설아, 넌 어땠어?"

민식이 의욕을 보이며 설아를 바라보자 그녀는 말도 안 된다는 듯한 표정으로 민식을 바라보았다.

'이건 그때… 꿈속 상황이랑 똑같잖아!'

어디선가 불길한 기운이 설아의 등줄기를 훑고 지나가는 것만 같았다.

"과제… 구상 잡은 거 말하는 거야?"

설아의 말에 가희는 고개를 끄덕거렸다. 뭔가 그때의 꿈과는 다른 것 같기도 했지만 여전히 불길한 기분이 가시지 않았다.

"너희들끼리 뭘 그렇게 속삭거리는 거야? 나도 좀 알자."

밉게 보이기 시작하면 아무리 예쁜 짓을 해도 밉다는데 그 말이 딱 맞는 말인 듯했다.

별다른 말을 한 것도 아닌데 괜히 그의 얼굴이 보기 싫었던 설아는 마치 까마귀를 쫓듯이 손을 휘휘 저어댔다.

"이제 곧 수업 시간이야. 저리 꺼져."

그녀의 말에 민식은 기분이 상한 듯 미간을 찡그리다 이내 뭐가 그리 재밌는지 피식 미소를 지었다.

"이번 수업 시간 기대해도 좋아."

뭔가 의미심장한 말인 것 같지만 곧 그 녀석 특유의 잘난 척이겠거니 생각하며 그냥 넘겨 버리는 설아였다.

수업종 소리가 울리고 이야기 완성은커녕 프로그램 자체를 지니고 있지 않은 설아는 거의 '내 배 째라!' 하는 표정으로 교수님께서 들어오시길 기다렸다.

"주말 잘 보냈나?"

점잖은 인상의 중년 교수가 들어오자 학생들은 모두 조용히 그의 얼굴을 바라보았다.

"수업을 시작하기 앞서 지난 주말 학교에 도둑이 들었다는군."

교수님의 말씀에 가희와 설아는 심장이 내려앉는 느낌을 받았다.

'설마 우리가 교무실에 몰래 쳐들어갔었던 거 들키진 않았겠지?'

불안한 표정으로 서로 눈빛을 교환하던 그녀들은 교수님의 호명에 다시 한 번 심장이 오그라드는 충격을 받았다.

"가희 양, 설아 양, 자네들은……."

교수님은 잠시 헛기침을 하시고는 자신의 말을 이어 나갔다.

"프로그램이 없으면 재신청을 하거나 날 찾았어야지. 그렇게 있으면 하늘에서 프로그램이 떨어지나?"

다행히도 교무실 침입 사건은 들킨 것 같진 않았다. 그녀들은 안도의 한숨을 내쉬며 교수님께 고개를 숙여 보였다.

"이번은 학생 수를 제대로 파악하지 못한 내 잘못도 있으니 자네들에게 기회를 주겠지만, 다음번에 또 그러면 이 학교에 다니는 동안 내 교과목 학점 걱정은 하지 않아도 좋을 걸세. F 학점을 매번 준비해 둘 테니 말일세."

"죄송합니다."

"죄송합니다, 교수님."

두 소녀는 거의 동시에 그렇게 외치고는 교수님께서 건네는 프로그램을 받았다.

"다음 시간까지 제출하게. 어쨌거나 이번 과제는 준비도 못했을 테니 말일세. 뭐, 내가 인심을 후하게 쓴다고 해도 늦어질수록 채점에 야박해지는 건 다 알고 있을 테니 편애니 뭐니 하는 쓸데없는 뜬소문은 만들지 말게."

"네!"

학생들을 바라보며 진지한 표정으로 말하는 교수에게 학생들은 기운찬 함성 소리와 함께 고개를 끄덕거렸다.

"어쨌거나 학교 측은 도둑 때문에 피해 본 게 없는 듯하니 이번 일은 그냥 이대로 덮을지도 모르겠군. 당분간 몸조심하고들 있게나."

"네!"

그의 말에 다들 우렁차게 대답하자 교수는 수업을 진행시켜 나갔다.

"자, 그럼 번호 순서대로 발표를 부탁하겠네."

교수님의 말씀이 끝나기도 전에 민식이 튀어나왔다. 그는 프로그램을 실행시키더니 이내 자리에 앉았다. 영화를 보는 기분이 되어 프로그램 속의 내용을 천천히 감상하려 했지만 시작 장면부터 설아의 표정이 구겨지고 말았다.

"이 프로그램은 4명의 소녀가 이야기 프로그램 안으로 들어가서 벌어지는 이야기입니다. 그들은 각자의 파트를 맡게 됩니다."

등장인물과 다른 이름을 가졌을 뿐 이야기 자체는 완벽하게 일치했다. 설아는 새파랗게 질린 안색으로 민식을 노려보았지만 그의 표정은 유들유들했다.

"저건……."

설아는 말을 채 잇지 못했다.

어떻게 이런 일이 가능한 걸까?

"이건 표절이야!"

가희가 흥분을 감추지 못한 채 버럭 소리를 지르자 프로그램은 중지되었고 모든 이의 시선이 그녀를 향해 집중되었다.

"무슨 소리인가?"

"이건 설아 거예요, 교수님! 이건 표절입니다!"

웅성웅성거리는 학생들 틈에서 민식은 어이가 없다는 표정으로 가희를 바라보았다. 가희 역시 지지 않으려는 듯 눈을 매섭게 뜨고는 그를 노려보았다.

"증거는?"

교수님께서 조용히 자리에서 일어나 가희와 민식을 번갈아 보았다.

"그건 없지만 증인은 있습니다. 저건 등장인물부터 설아 이야기와 똑같아요! 표절이 확실합니다!"

"앞부분 몇 분 정도만 보고 표절이라고 말할 수 있는 건가? 게다가 자네들은 프로그램도 받지 않았는데 어떻게 민식 군처럼 원고를 할 수 있었다는 건가?"

교수님의 말씀에 가희는 숨이 탁 막히는 것만 같았다.

사실을 밝히기 위해서는 프로그램 안으로 들어간 이야기를 해야 할 것이고 그랬다간 석진 선배에게 프로그램을 받은 이야기도 해야 하는데 석진 선배가 시치미를 떼기라도 했다간 이쪽 입장이 매우 난처하게 되어 버린다.

"말은 경솔하게 하는 게 아니네. 어떤 오해가 있는지는 잘 모르겠네만 가희 양, 민식 군에게 사과하게. 표절이라는 단어가 작가에게 얼마나 큰 상처가 되는지 잘 아는 사람이 그러면 쓰나."

교수님의 말투는 매우 부드러웠지만 얼마나 화가 났는지는 그의 목소리를 미루어 짐작할 수 있었다.

"우연히 소재가 겹쳤나 본데 그런 일은 얼마든지 있을 수 있는 일이 잖아. 그런 일로 표절이라고 몰아붙이는 건 정말이지 가희, 너답지 않은 일이야."

피식 웃으며 말을 끝맺는 민식을 보며 가희의 주먹이 부르르 떨렸다.

"뭐, 그래서 친구는 골라서 사귀라고 하잖아? 수준 낮아지니까 어지 간하면 너도 다른 단짝을 찾아봐."

짜악—!

그의 이죽거림을 참지 못한 가희의 손이 공기를 가르고 민식에게 날 아들었지만 빨갛게 부어버린 뺨의 몫은 그들 사이에 끼어든 설아의 것 이었다.

"설아야?! 괜찮아?"

어쩔 줄 몰라 하는 가희를 향해 고개를 끄덕인 설아는 민식을 향해 생긋 미소를 지어 보였다. 마치 그에게 미안하다는 듯한 미소를.

"그래. 우연히 소재가 겹칠 수도 있지. 어차피 사람 머리에서 나오 는 거고 어느 쪽이 더 기발한가 하는 상상력의 차이는 있겠지만. 오해 해서 미안해."

"알면 됐어."

화가 난 것인지 그렇지 않으면 굳어 있는 것인지 알 수 없는 묘한 표 정을 지으며 그녀를 향해 등을 돌린 민식을 보며 좋게 해결됐다고 생 각했는지 교수님께선 설아에게 양호실에 갈 것을 권유했다.

"설아 양, 양호실에 가서 냉찜질이라도 하고 오게. 그대로 뺨이 붓거 나 멍이라도 들면 곤란하지 않나."

"괜찮습니다, 교수님. 그보다 전 민식 군의 이야기를 더 보고 싶습니다만……."

썰렁해진 교실 분위기를 수습하게 위해서인지 교수님은 가희와 설아를 자리에 앉히고는 다시 그의 이야기를 실행시켰다.

설아는 마치 그 이야기가 처음 대하는 흥미로운 이야기라도 되는 듯한 표정으로 유심히 보고 들었다. 그리고 이야기가 끝난 시점에서 민식은 자리에서 일어났다.

"기간이 짧아 완성시키진 못했지만 제 이야기는 여기까지입니다."

첫 번째로 과제를 평가받는 사람답게 많은 박수갈채가 쏟아졌다.

"그럼 민식 군의 이야기로 토론을 시작하지. 질문있는 사람은 손을 들어보게."

설아가 손을 들어 보이자 민식은 그녀를 지목할 수밖에 없었다.

"딱 세 가지만 묻겠습니다. 먼저 과제는 지난 시간에 토론했던 내용과 이어져야 하는 걸로 기억합니다만, 민식 군의 주장은 전통 판타지에 관한 이야기였던 걸로 기억합니다. 저 이야기가 민식 군이 말씀하신 전통 판타지입니까?"

설아의 얼굴은 무표정했고 그와 대조적으로 민식의 표정은 약간 일그러졌다.

"전통 판타지에서 약간 벗어나긴 했습니다만 이것으로 끝이 아니니 뒤로 갈수록 제가 주장하는 판타지 쪽으로 가까워질 것입니다."

그의 말에 교수님께선 고개를 갸웃거렸다. 확실히 저 이야기 속에 들어 있는 것들은 전통 판타지와는 거리가 멀다.

오히려 설아가 주장했던 새로운 종류의 판타지라고 생각하면 또 모를까.

"두 번째 질문입니다. 밤낮의 경계를 둔 이유는 뭡니까? 밤에 돌아다니는 것을 죄라고 생각하는 사람들의 사고방식치고는 너무 움직임이 자연스러웠던 것 같습니다만 그렇게 할 거라면 밤낮의 경계를 두는 것은 무슨 이유에서입니까?"

그런 이유 따위 처음부터 존재할 리가 없었다.

그 밤과 낮의 경계는 석진이라는 추적자를 따돌리기 위한 수단이었을 뿐 의미 같은 건 처음부터 없었다.

그렇게 구분을 지어둔 이유는 그저 뭔가 있어 보이라고 설치해 둔 거고, 나중에는 캐릭터를 보다 안전하게 지켜내려는 수단으로 가만히 놔둔 것일 뿐이니까.

지금 생각해 보면 '정말 말도 안 되게 만들어놨다' 라고 생각할 수밖에 없는 것이지만 그땐 나름대로 유용하고 절실한 이유였다.

그저 캐릭터 간의 이름을 바꾼 것일 뿐이라면 이런 이유 같은 걸 알 수 있을 리가 없다. 더군다나 학교에서도 그는 매우 우수한 학생으로 평가받고 있다.

쓸데없는 군더더기를 자신의 작품에 허용했을 리가 없다.

그가 아무런 대답을 하지 않자 설아는 마지막으로 입을 열었다.

"그 프로그램은 교수님께서 주신 것이 아니라 복사본 같은데 왜 복사본을 가지고 과제를 하신 겁니까? 아! 이건 내용과는 관계없는 질문이지만 궁금해서 그러는 거니까 이해해 주십시오."

그는 목례까지 해 보이는 설아를 향해 불끈 주먹을 쥐었다.

"차라리 내가 표절했다고 말을 하지 그래?"

그의 말에 그녀는 놀란 토끼처럼 눈을 동그랗게 떴다.

"무슨 말씀을 하시는 겁니까? 저는 단지 궁금한 걸 물었을 뿐인데요. 그렇지 않으면 제목도 정하지 않은 제 이야기를 보기라도 하셨단 말씀입니까? 사실 민식 군의 이야기를 끝까지 보지 않았기 때문에 자세한 건 잘 모르겠지만 그다지 제 이야기와 비슷한 것 같진 않군요."

'다만 똑같을 뿐이지' 라고 속으로 중얼거린 설아는 자리에 앉았다. 교실은 찬물을 끼얹은 듯 조용해졌다.

"더 이상 질문 없으십니까?"

그의 말에 누군가가 손을 들었다.

"설아 양께서 질문하신 것에 대한 답변을 자세히 하지 않으셨습니다."

하나의 불신감은 전염이 된 것인지 모두의 눈초리에 의혹을 달아주었다.

"대답할 가치가 없습니다. 다른 질문 없으십니까?"

민식의 말에 교실은 다시 한 번 술렁거렸다. 그리고 교실 안에 있는 모두는 자신들의 불신을 확신으로 바꾼 듯했다.

"자, 그럼 다음 번호 학생 나오도록."

썰렁한 분위기를 바꾸기 위해 교수님께서는 보다 빠른 진행을 선택하셨다.

증거도 없는 상태에서 우수한 학생을 더 이상 궁지에 몰아넣기 싫었던 것이다.

"교수님, 죄송하지만 몸이 안 좋아서 그러는데 양호실에 다녀와도 될까요?"

설아에게 그는 고개를 끄덕였다.

"다녀오게."

교수님의 말씀에 그녀는 가볍게 목례를 해 보였다.

"감사합니다."

빰을 때리는 것보다 속이 시원해진 설아였지만 어딘지 모르게 무척이나 속이 쓰렸다.

조금 전까지만 해도 거의 느껴지지 않았던 빰의 통증이 지금에서야 느껴지는 듯 화끈한 느낌과 함께 욱신거리기 시작했다.

그녀는 교실 밖을 나서며 가벼운 한숨을 내쉬었다.

'잘한다. 설아야, 이렇게 되려고 이야기를 포기한 거냐?'

자조(自嘲) 섞인 표정으로 스스로를 돌아보던 설아는 가벼운 한숨을 내쉬었다.

그렇게라도 사라지지 않고 남아 있는 자신의 이야기를 보며 기뻐해야 할지, 슬퍼해야 할지 감이 잡히지 않았다. 그녀는 팔짱을 끼며 창문 밖을 내다보았다.

"날씨 한번 더럽게 좋네."

설아의 기분이 좋거나 나쁘거나 아랑곳없이 햇살은 따스했고, 날씨는 화창했다.

"그 자식이 미쳤구나?!"

수업 시간에 있었던 일을 들은 빈의 첫 반응이었다.

"어쩌지? 난 그게 그런 식으로 이용당할 줄은 꿈에도 생각하지 못했는데⋯⋯."

가희가 침울한 목소리로 말하자 남주는 미간을 찡그렸다.

"약점 잡았다, 이거지?"

"이번 일 선배는 알고 있어?"

빈의 질문에 가희는 고개를 저었다.

"일단은 우리끼리 먼저 알고 있어야 할 것 같아서 말 안 했어. 솔직히 말하자면 누가 아군인지, 적군인지도 모르겠으니까."

어떻게 된 건지 본인에게 묻기 전까진 알 수 없다. 솔직히 대답해 줄지도 의문이고, 그가 솔직하게 대답한다고 해서 그 대답을 솔직하게 받아들일 수 있을지도 의문이다.

만일 처음부터 석진과 민식이 짜고 설아를 물 먹이려고 든 거라면, 그래서 그녀들이 거기에 말려든 거라면 바보 같지만 전멸하는 것이다.

그녀의 이야기는 그녀의 것이 아닌 게 되고 영원히 도둑맞게 되는 거겠지.

마치 설아를 관찰하는 것처럼 보이던 석진은 이번 일을 알고 있을지도 모를 거란 생각이 들었다.

신뢰는 쌓는 게 무척이나 어렵지만 불신은 떨치는 게 어렵다. 한번 누군가를 불신하게 되면 그가 아무리 좋은 일을 해도 쉽사리 믿음이 가지 않는다.

그녀들은 서로를 바라보며 가벼운 한숨을 내쉬었다.

"어떻게 할 생각이야?"

남주가 소녀들을 향해 질문하자 빈은 눈을 부릅떴다.

"찾아올게."

"응?"

"그 프로그램은 내가 찾아올게. 교수님께서 가져가신 거야?"

뭔가 비장한 표정을 짓는 빈에게 가희는 고개를 저었다.

"평가라면 이미 받았는걸. 좋든 싫든 프로그램은 민식이 가지고 있을 거야. 완결을 내야 하니까."

빈은 그녀의 말에 가벼운 한숨을 내쉬었다. 석진을 의심해야 할지, 그를 믿어야 할지 의심스러웠지만 일단 프로그램이 민식에게 있다면 그것을 되찾기 위해선 석진의 도움이 필요했다.

"석진 선배를 만나서 민식이가 가지고 있는 프로그램을 받아올 테니까 가희는 설아 기분 좀 풀어줘."

"뭘 어떻게 하려고?"

남주가 불안하다는 표정으로 빈을 바라보자 그녀는 걱정 말라는 듯이 어깨를 으쓱해 보였다.

"중단된 이야기는 제대로 바로잡아야지. 뒷이야기 궁금하지 않아?"

이야기하는 사이에 수업 시간을 알리는 벨소리가 들려왔다. 인적이 뜸한 복도 구석에 있던 그들은 가벼운 한숨을 내쉬었다.

"나 갈게."

"그래. 그럼 나중에 봐."

"나도 간다."

남주와 가희는 서둘러 교실로 돌아갔다.

수업이 시작되고 나서 한참이 지나도록 설아의 자리는 비어 있었다.

오늘 하루 수업이 끝나도록 그녀는 교실로 돌아오지 않았다. 몇 번인가 양호실로 내려가 볼까 생각했었지만 설아가 달가워하지 않을 것만 같아 가희는 민식이만 주시했다.

가희의 시선을 느꼈을 법도 하건만 그는 여유롭기 짝이 없었다.

수업 시간 내내 양호실에 있었던 그녀는 수업이 끝나자마자 기숙사로 향했다. 이왕 맞을 매 빨리 맞는 게 낫다고 가희와 남주에게 시간 될 때 자신의 방으로 와줄 것을 부탁했다.

"이제 사과하는 일만 남았나?"

그녀는 가벼운 한숨을 내쉬며 자신의 방에 드러누웠다.

수업 시간에 있었던 일이 바로 조금 전에 일어났던 일처럼 느껴졌다 가도, 몇십 년 전에 있었던 일처럼 느껴지기도 했다. 모순된 기묘한 느낌.

'왜 그게 내 이야기라고 외치지 못한 걸까?'

용기가 없었던 탓일까?

모두가 믿지 않을 것 같았기 때문에?

집에 다녀온 뒤로 자신의 마음속에 엉켜 있던 생각의 실타래가 조금씩 끝이 보이는 것 같았지만 다시 엉켜 버리고 말았다.

교수님께 그 이야기는 자신의 이야기가 아니라고 주장했던 꿈이 반대가 되어버렸다.

그 이야기를 설아, 그녀 자신의 것이라고 납득시켜야 하는 상황이라니…….

"더군다나 나 스스로 자신의 이야기에서 도망치고 있다는 점은 조금도 변하지 않았어. 한심하구나. 나란 애는 언제부터 이렇게 형편없어진 걸까?"

설아는 우울한 표정으로 눈을 감았다.

멋있는 작가가 되고 싶었다.

모두에게 인정받고, 자신의 이야기를 완벽하게 지배해서 척척 원하는 방향으로 멋지게 이야기를 이어 나가는 그런 작가를 내심 동경했는지도 모른다.

그렇지만 동경과는 반대로 자신은 이야기 속에 녹아 있는 작가가 되고 싶었다.

이야기를 지배하는 것이 아니라 이야기 속에서 살아가는 그런 작가가 현재 목표였다.

함께 살아가는 것을 느끼고, 때로는 다투고, 그렇게 생명력 넘치는 캐릭터를 원했다.

설아는 마치 자신이 처음 글을 쓰던 때보다 지금이 훨씬 뭔가를 모르는 듯한 느낌을 받았다. 글이라는 것은 마치 늪과 같아서 한번 빠지면 한참 동안 헤어 나올 수가 없다. 발버둥 치고 있어봤자 오히려 더욱 빠르게 바닥으로 가라앉는다.

"…골치 아프네. 남들이 보기엔 별문제도 아닐 텐데 혼자 끙끙거리는 것도 싫고……."

"절실한 거겠지. 남들이 별거 아니라고 해도 본인이 생각하기엔 소중한 거니까 고민하게 되는 건데 그게 왜 우스워? 진지하면 안 돼? 절실해하면 안 돼?"

갑작스럽게 들이닥친 사람을 보며 설아는 자리에서 벌떡 일어났다.

허리까지 내려오는 검은 생머리를 포니테일로 묶은 채 까만 눈동자로 자신을 바라보고 있는 소녀는 자신보다 한두 살은 많아 보였다.

"누구세요? 여긴 어떻게 들어오셨죠?"

설아의 말에 소녀는 아차 하는 표정을 지어 보였다.

자신은 그녀의 이야기 속에서 정말 잘 아는 사이라는 착각이 들 정도로 자주 봤지만 정작 그녀는 자신을 모른다는 것을 간과해 버린 것이다.

"문이 열려 있어서 들어왔어. 주인 허락도 받지 않고 들어와 버렸네. 미안."

그녀의 대답에도 여전히 풀리지 않는 의문이 남아 있었다.

그것은 바로…….

"누구세요?"

"아, 난 혜령이라고 해. 배혜령. 네가 깨어났다는 소리를 듣고 한번 와본 거야. 불쾌했다면 사과할게."

그녀의 말에 설아는 잠깐 고민에 빠졌다.

"죄송하지만 제가 아는 분인가요? 아니면 저도 모르는 사이에 제가 유명 인사가 된 거라 서로가 초면인데도 불구하고 저를 만나러 오신 건가요?"

설아다운 말투에 혜령은 '풋!' 하고 웃음을 터뜨렸다.

"풋! 정말 이야기가 그렇게 되나?"

그녀는 잠시 설아를 바라보다 익숙한 프로그램을 내밀었다.

"네 질문에 대한 대답이라면 아마 후자일 거야."

"…정… 말인가요?"

설아의 얼굴에 핏기가 가셨다. 그녀의 말이 사실이라면 자신을 못 잡아먹어서 안달인 사감 선생님의 귀에 들어갔을 가능성도 있다는 말이기에.

"왜 그래?"

설아는 문득 빨간색 경고 딱지가 덕지덕지 붙어 있는 자신의 책상 쪽 벽을 바라보았다.

'하나, 둘, 셋… 일곱. 아? 다행이다. 아직 안 들켰구나.'

안도의 한숨을 내쉬는 것도 잠시, 그녀는 또다시 현실적인 자신의 모습에 가벼운 한숨을 내쉬었다.

일상이란 이렇게 사소한 일에서 평상시의 자신을 드러내 보이게 되는 법이다.

"그런데 이건 뭔가요?"

아주 자연스럽게 프로그램을 받아 든 설아는 의아한 표정으로 혜령을 바라보았다.

"네 이야기가 들어 있던 곳. 주인 허락도 없이 봐서 미안해."

"아……."

익숙하다고 생각했지만 설마 그 프로그램이 자신의 것일 줄이야…….

"어떻게든 복구시키려고 했지만 이미 데이터가 날아가 버린 뒤라서 손쓸 도리가 없었어. 정말 미안해."

그러고 보니 그녀의 목소리 역시 낯선 것이 아니었다.

"혹시… 저에게 말을 걸어주셨던 그분이세요?"

혜령은 그녀의 질문에 고개를 끄덕였다.

"그땐 네가 포기할 거라고 생각했어. 그렇지만… 넌 잘해줬지."

생긋 미소를 짓는 그녀에게 설아는 고개를 흔들었다.

"사실은 도망가고 싶었어요. 이 프로그램을 사용한 사람도 저고, 이야기를 만든 사람도 저니까 남의 탓도 못하잖아요. 잘못한 사람은 아무도 없는걸요. 이야기에 간섭을 하고 있다는 건 알고 있었어요. 그것도 절 꺼내기 위해서라는걸. 전 구석으로 계속 숨고, 숨다가 더 이상 숨을 곳이 없으면 그제야 주변을 둘러보죠."

"그래도 잘했잖아. 더 이상 숨지 않았으니까."

혜령의 말에 설아는 쓸쓸한 미소를 지었다.

"그 프로그램… 제가 지운 거예요."

"뭐?"

"복구할 수 없는 게 당연해요. 제가 그만둔 거예요. 주변을 두리번거린 건 앞으로 나가기 위함이 아니라 도망을 가기 위해서였죠. 떨치지도 못하고, 버릴 수도 없는데… 도망이라도 가지 않는다면 도대체 어떻게 하라는 거죠?"

설아는 가벼운 한숨을 내쉬었다.

문제가 뭔지 드디어 깨달아 버린 것이다.

글이라는 것은 처음부터 마음대로 써지지 않는 데다가 끝을 내고 나면 아쉬움에 입이 쓰다. 그리고 미처 끝나지 않은 마음속의 이야기는 오가지도 못하면서 내내 자신을 괴롭힌다. 그러면서도… 어째서 버리지를 못하는 걸까?

"제목조차 정하지 못한 이야기인데 난……."

버리지 못하는 것은 이미 그녀 스스로가 택해 버린 길이기에…

너무나 좋아하는 것이기에…

손을 내려놓을 수가 없다.

"어떻게 해야 좋은 걸까요? 난… 내 이야기가 계속 멈춰진 상태로 반복되는 것이 견디기 힘들었어요."

그녀의 말을 묵묵히 듣고 있던 혜령은 의아한 표정을 지어 보였다.

"모르셨어요? 이야기는 끝난 게 아니었고, 이건 제 이야기의 원본이죠. 제 의식은 이곳에 담겨 있었고 이것을 수정하기 위해 이야기를 되돌리면 그만큼의 이야기가 사라져 버리고 말죠. 아무런 수정 없이 이야기를 앞으로 감아버린다면 예외겠지만……."

그녀의 말에 혜령은 깜짝 놀란 표정으로 설아를 바라보았다.

자신이 이야기를 되돌릴 때마다 그녀는 같은 일을 반복했던 걸까?

"…몰랐어."

"알고 있었다고 해도 똑같이 할 수밖에 없는 상황이었겠죠."

그녀는 생긋 미소를 지으며 혜령을 바라보았다.

낯익은 풍경과 낯익은 사람들, 무의식적으로 자신을 기억하고 있던 라드니르, 아직까지 만나보진 못했지만 자신이 만들어냈던 무수한 캐릭터들이 자신의 손에 들려 있는 이 작은 칩 안에 담겨 있었던 것이다. 이제는 모두 사라져 버렸지만…….

"이럴 줄 알았으면 프로그램 하나 정도는 복사해 두는 건데……."

혜령의 말에 설아는 씁쓸한 미소를 지었다.

"이름만 바뀌고 나머지는 모두 멀쩡한 프로그램이 하나 정도 남아 있긴 해요."

"그게 정말이야?"

반색을 하는 혜령에게 그녀는 고개를 끄덕거렸다.

"네. 그렇지만 돌려받을 수 있을 것 같진 않아요."

"누가 가지고 있는데?"

"…민식이가 가지고 있어요. 어떻게 그 녀석이 그걸 가지고 있는지 모르겠지만, 아! 민식이라고 하면 모르시죠?"

"알아. 석진이 사촌 동생이잖아."

무심한 말투로 대답하는 혜령과 경악하는 설아의 표정이 무척이나 대조적이었다.

"민식이가 석진 선배 사촌 동생이었어요?"

"아, 오해하지 마. 그 프로그램은 석진이 준 게 아니라 내가 준 거야. 복사한 걸 그대로 두면 위험할 것 같아서 폐기시켜 달라고 했거든."

그녀의 말에 설아의 눈에 순간 불꽃이 일었다.

"그걸 민식이에게 줬다는 건 그 자식이 제 사정을 훤히 알고 있다는 거겠죠?"

"그렇겠지."

죄책감을 느끼며 혜령이 고개를 끄덕이자 설아의 등 뒤로 불꽃이 화르륵 일기 시작하는 것 같았다. 지금까지 나약해 보이는 분위기를 풍기던 그녀는 언제 그랬냐는 듯 살기를 내뿜었다.

"진짜 비겁한 놈이었잖아. 남이 얼마나 힘들게 썼는지 알면서 그 딴 짓을 했단 말이야? 나참, 그러고도 자기가 작가 지망생이라고? 욕을 바가지로 퍼부어도 시원하지 않을 판에 나란 녀석도 한심하게 웅크리고 있었단 말이지?!"

혼자서 버럭버럭 열을 올리던 설아는 몇 번 심호흡을 내뱉더니 갑자기 고개를 휙 돌린 채 혜령을 바라보았다.

"저걸 보고도 자기 과제라고 교수님께 제출할 정도라면 제가 이대로 주저앉을 거라고 생각한 거겠죠?"

살기를 내뿜는 설아의 모습에 혜령은 식은땀을 흘리며 말을 더듬었다.

"그, 그렇겠지?"

"제가 끝까지 이야기를 포기하지 않았다면 아마도 이렇게 넘보는 일도 없었겠죠?"

"그건… 모르는 일이지."

묘하게 불타오르는 설아를 진정시키기 위해 혜령은 어색한 미소를 지으며 그녀의 말을 받았다.

"아니에요! 제가 야무지게만 했다면 저딴 날파리가 들러붙진 않았겠죠."

순식간에 날파리로 전락해 버린 민식을 향해 이를 갈던 설아는 혜령의 말에 강하게 반박했다. 그리고는 벽으로 가서 쿵! 소리가 나도록 세게 머리를 들이박아 버렸다.

"괜, 괜찮아?"

갑작스런 설아의 행동에 놀란 혜령은 의아한 표정으로 그녀를 바라보았다.

"괜찮지 않아요. 아무래도 이걸로는 시원해지지 않을 것 같거든요."

설아는 옆구리에 자신의 손을 올려 팔짱을 끼더니 이내 벽에 머리를 박았다.

쿵! 쿵! 쿵!

혜령은 미처 설아를 말릴 생각을 못했는지 식은땀만 흘릴 뿐이었다. 이마가 빨갛게 부어올랐지만 설아는 아무렇지도 않다는 듯 생긋 미소를 지었다.

"해야 할 일이 생각났어요."

"응?"

"이야기 끝은 내야죠."

설아의 말에 혜령은 생긋 미소를 지었다.

"내가 듣고 싶은 말이 그거였어."

우선은 가희와 빈, 남주에게 양해를 구한 다음 프로그램 속으로 들어가는 것이 중요했다. 프로그램은 4명이 모여야만 실행이 가능하니까 말이다.

"문이 왜 열려 있지? 설아야, 들어간다."

남주의 목소리에 설아는 호흡을 가다듬었다.

상식적으로 생각해 볼 때 이 프로그램에서 자신을 꺼내느라 그토록 애를 먹었는데 다시 프로그램 안으로 들어가 주진 않을 것 같았지만 방법은 이것밖에 없었다.

"설아야, 나도 왔어."

"다들 들어와. 빈이는?"

"아, 잠깐 들를 데가 있대. 조금 있으면 오겠지. 그런데 혜령 선배도 와 있었네요. 두 사람 아는 사이였어?"

남주의 말에 혜령은 어색한 미소를 지으며 고개를 저었다.

"난 프로그램을 돌려주러 왔을 뿐이야."

"아? 혹시 복구된 거예요?"

가희가 반색을 하자 혜령은 미안한 표정으로 고개를 흔들었다.

"데이터가 하나도 남아 있지 않아서 복구가 불가능해. 석진이가 와도 마찬가지야. 어디에 문제가 있는 게 아니라 삭제된 거니까."

"그렇군요."

실망하는 기색의 가희를 보며 혜령은 어색한 표정으로 입을 열었다.

"그래도 프로그램 하나는 건져 올 수 있잖아. 민식이가 내놓지 않겠다면 석진이의 멱살을 잡고서라도 뺄으라고 해야지."

그녀의 말에 남주와 가희는 힐끔힐끔 설아의 눈치를 살폈다.

설아에게 이야기를 다시 쓰라고 하고 싶었지만 지금의 그녀가 그 이야기를 어떻게 받아들일지가 걱정이었던 것이다. 게다가 이야기를 실행시키기 위해서는 4명이 이야기 속으로 들어가야 하는데 그러기 위해선 초기의 4명 모두의 마음이 일치해야만 가능하다. 만약 누구 한 사람만 거부해도 프로그램은 실행되지 않는다.

일단 민식에게서 프로그램을 찾은 다음 모두와 상의하자고 생각한 남주와 가희는 어색한 미소를 지으며 고개를 끄덕였다. 그리고는 동시에 빈을 떠올리며 가벼운 한숨을 내쉬었다.

'빈이 녀석 잘하고 있을까?'

"이제 볼일은 다 끝났을 텐데?"

갑작스럽게 찾아온 빈을 바라보며 석진은 달갑지 않다는 듯한 표정을 지었다.

"아직 계산이 남았어요. 프로그램을 돌려받지 않았으니까."

손을 내미는 그녀에게 그는 영문을 모르겠다는 표정으로 어깨를 으쓱거렸다.

"내용도 없는 걸 가져가서 뭐 하게?"

"그런 건 필요없어요. 내용있는 걸 달라는 말입니다!"

빈의 말에 석진은 어이없는 표정을 지어 보였다.

"어이! 지금 이걸 복구시켜 달라는 거야? 나참, 어이가 없네. 컴맹인 설아가 그런 이야길 하면 이해나 되지만 넌 알 만큼 아는 애가 억지를 쓰는 거야?"

그는 손톱만한 칩을 탁자에 탁 소리가 나도록 내려놓고는 자리에서 일어났다.

"어쨌거나 난 할 만큼 했고, 할 일도 많으니까 이만 가봐야겠어. 앞으로는 쓸데없는 일로 불러내지 마."

성큼성큼 걸어나가려는 석진을 붙잡으려던 빈은 무심결에 발을 앞으로 내밀었고 그 발에 걸린 석진은 쿵! 하는 소리와 함께 요란하게 넘어졌다.

"…어이!"

화가 난 듯한 석진에게 뭐라고 할 말을 찾지 못한 빈은 주변을 두리번거리며 그와 시선을 마주치지 않기 위해 애썼다.

"어머? 저기 좀 봐. 둘이서 싸우나 봐. 말려야 하지 않을까?"

"내버려 둬. 예쁜 여자애가 곤경에 처한 거라면 몰라도 괜히 남 싸우는 데 끼어들면 다치기만 할 뿐이야."

"뭐야? 예쁜 여자애~?!"

괜히 상관없는 커플들이 자기들 때문에 다투는 게 민망했는지 두 사람은 잠시 헛기침을 했다. 이곳이 남학생 기숙사 휴게실임을 깜빡 잊고 있었던 것이다.

휴게실에서라면 오후 8시까지 외부인의 출입이 허용되기 때문에 커플들의 데이트 장소로 이용되기도 하고, 부모님들께서 찾아오시기도 하는 곳인지라 보는 눈이 많았다.

다시 휴게실 밖으로 나가려는 석진을 보며 빈은 한 가지 좋은 생각이 떠올랐다.

"흑흑흑! 선배님, 정말 너무해요."

밖으로 나가려던 석진은 갑자기 눈물을 흘리는 척하는 빈을 보며 흠칫 그 자리에 멈춰 섰다. 사람들은 흘끔흘끔 빈과 석진을 바라보며 저마다 수군거리기 시작했다.

"저기 좀 봐. 저 사람이 무슨 짓을 했길래 너무하다는 걸까?"

"저 애한테 고백이라도 받은 거 아니야?"

"에―? 쟤는 남자잖아. 그럼 혹시 말로만 듣던 그……?"

"에이, 설마~!"

"사랑에는 국경도, 신분도, 성별도 없는 거야. 아, 멋지지 않아?"

웅성웅성, 수군수군, 속닥속닥…….

상황이 자신도 예측하지 못한 곳으로 흘러가자 그녀는 조금 당황하긴 했지만 더욱더 큰 소리로 흐느끼기 시작했다.

"흑흑, 어떻게 그럴 수가 있어요. 흑흑… 믿었는데, 그래서 그걸 준 건데……."

그녀의 말에 석진은 그 자리에서 돌이 되어버렸다.

"들… 었어?"

"들… 었어? 저런 파렴치한 녀석을 봤나!"

"그런데 뭘 줬다는 거야?"

수군수군거리는 사람들의 대화 내용을 들으며 석진은 그대로 닭이 되어버릴 것만 같았다.

"이봐, 지금 그래서 뭘 어쩌라는 거야?"

그의 말에 사람들의 시선이 사나워지기 시작했다.

지금 저들의 눈에 비친 석진의 모습은 한 순진한 소년(?)의 순정을 짓밟은 파렴치한으로밖에 보이지 않을 것이다. 그는 분위기를 눈치 챈 것인지 가벼운 한숨을 내쉬며 테이블에 머리를 박아버렸다.

"그러니까 돌려주세요. 민식이가 가지고 있는 프로그램 말이에요. 계속 모르는 척하실 겁니까? 난처해지는 건 선배뿐일 텐데요."

작은 목소리로 속삭이는 그녀에게 석진은 살짝 미간을 찡그렸다.

"뭐? 민식이?"

새로운 이름이 들려오자 사람들은 귀를 쫑긋 세우는 듯했다.

"오! 삼각관계다."

"쳇, 그래도 미련은 있다는 건가?"

사람들의 웅성거림에 석진은 자리에서 벌떡 일어나서는 주변을 살벌한 눈으로 노려보기 시작했다.

"차라리 야오이를 한 편 쓰지 그래? 이 녀석은 이래 봬도 여자란 말이다! 게다가 내가 어딜 봐서 이런 여자랑 사귈 것 같아?! 난 눈이 높다고!"

버럭 소리를 지르는 그를 보며 사람들의 시선이 빈에게로 옮겨갔다.

잠시 동안 침묵이 이어지자 석진은 가벼운 한숨을 내쉬었다.

"어이! 뭐가 뭔지는 잘 모르겠지만 프로그램이든 뭐든 간에 이야기는 들어봐야 할 것 같으니까 일단 따라와."

빈이 그를 따라 밖으로 나가자 사람들은 또다시 웅성거려 댔다.

'여자를 울리면 그게 더 나쁜 녀석이잖아' 라든가 '도대체 어디가 여자라는 거야?' 라는 이야기들로 한참 동안 시끄러웠다는 걸 그들은 눈치 채지 못했다.

"자, 말해 봐. 민식이가 뭘 가지고 있다고?"

"정말 모르고 있는 겁니까? 민식이가 설아 이야기를 자신의 과제로 제출했다는 거!"

평상시의 말투로 되돌아온 빈을 바라보며 그는 미간을 찡그렸다.

"알아듣게 설명해 봐."

"민식이가 프로그램을 받아 갔다기에 틀림없이 선배가 시킨 걸 거라고 생각했었는데 아니란 말입니까? 하긴… 생각해 보면 선배가 모른다는 쪽이 당연한 거겠죠."

프로그램은 혜령에게 받은 것이고, 석진은 빈과 같이 있었다.

프로그램을 챙긴 이후에 처리 여부를 두고 상의할 수는 있었겠지만 그전에 석진으로부터 프로그램을 챙기라는 명령을 받았다고 보기엔 조금 무리가 있었다. 시간상의 갭도 있고, 빈으로부터 받은 프로그램이 있는데 굳이 원본도 아닌 것을 받아올 필요가 없다.

오히려 자신이 간신히 수습한 사건을 사촌 동생이 들쑤셔 버린 것이니 그의 성격상 당장 뛰어가서 민식을 패대기쳐 버릴 가능성이 컸다.

여기까지 상황 파악을 한 빈은 회심의 미소를 지었다. 학생 주임에게 끌려가지 않는 범위 내에서 죽지 않을 만큼만 패주는 합법적인 방법을 발견한 것이다.

"간단해요. 설아가 만든 이야기가 뭐 때문인지 모르겠지만 동시 삭제 됐는데……."

"그건 알고 있어. 아마 같이 접속해 있었기 때문인 것 같은데 정확한 원인은 나로서도 알 수 없지만……."

석진이 빈의 말을 자르자 그녀는 약간 기분 나쁜 표정으로 다시 잘려 나간 자신의 말을 이었다.

"혜령 선배에게서 받은 설아 프로그램을 처분한다고 가져간 민식은 불행인지 다행인지 그 시간대 프로그램을 켜지 않은 거죠. 그리고 그걸 자신의 과제로 제출해 버렸어요."

"굉장히 요약된 이야기 같은데. 요는 민식이 그 프로그램을 가지고 있다는 거냐?"

어쩐지 무덤덤한 말투로 되묻는 그를 보며 빈은 자신의 기대가 살짝 빗나간 것을 느꼈다.

혹시나 자신의 짐작이 틀린 것이거나 새삼스럽게 자신의 사촌 동생을 지키려는 형제애가 발동된 것이라면 자신에게 유리할 것은 아무것도 없었다.

"따라와."

"네?"

"프로그램 찾을 거지? 그럼 따라와."

무성의하게 느껴지는 그의 말투에 빈은 그를 따라가야 할 것인지, 말아야 할 것인지를 고민하다가 이내 저편으로 멀어지는 석진을 발견하고는 할 수 없이 그의 뒤를 쫓아가기 시작했다.

남학생 기숙사 본관에 이를 때까지 아무도 그녀를 저지하지 않았다.

중성적인 외모 탓에 그녀를 여학생으로 생각하는 이가 아무도 없었던 것이다.

덕분에 그녀는 본인 스스로도 별 위화감 없이 기숙사 안으로 들어갈 수 있었다.

그곳에 들어가기 위해 개에게 쫓기는 일까지 겪었던 남주가 알면 펄쩍 뛸 일이었지만 그녀는 석진의 뒤를 따라 아주 쉽게 민식의 방 앞까지 갔다.

"어이!"

석진은 민식의 방문을 두드렸지만 안에서는 아무런 말도 들리지 않았다.

"어이! 장민식!"

다시 한 번 소리쳐서인지 안에서 작은 대답이 들리는 것만 같았다.

"지금은 귀찮으니까 나중에 봐, 형."

석진은 그의 대답이 거슬렸는지 발로 문을 뻥 소리가 나도록 차버렸다.

그 정도로 열릴 문이 아니었지만 상대는 석진이었다. 그는 문을 몇 번 건드리더니 이내 활짝 열어버렸다.

"내놔."

그가 손을 내밀며 무시무시한 눈으로 노려보자 민식은 의아한 표정으로 그를 바라보았다.

"뭘 달라는 거야?"

"프로그램. 네가 가질 물건이 아닐 텐데?"

민식은 시치미를 떼며 석진을 향해 기분 나쁘다는 듯 인상을 찡그렸다.

"무슨 프로그램? 그런 거라면 형 방에 가면 많잖아. 왜 내 방에서 찾는다고 야단이야? 형이면 동생 방에 함부로 들어와도 돼?"

그의 말에 석진은 잠시 심호흡을 내쉬며 성질을 가라앉히더니 민식을 향해 피식 미소를 지었다.

"네가 지금 형에게 대드는 거냐?"

'퍽!' 하는 소리와 함께 날아든 석진의 말에 민식은 눈에 불꽃이 튀었다.

"도대체 무슨 말을 듣고 와서 행패를 부리는 거야?"

"행패?"

'퍽!' 하는 소리와 함께 또다시 석진의 주먹이 날아들었다.

"무슨 짓이야?! 형은 동생 말보다 저 녀석들의 말을 더 믿는 거야?"

"너 잠시 나가 있어라. 내가 갖다 줄 테니까 잠시만 밖에 가 있어."

하도 살벌한 분위기인지라 빈은 차라리 밖에 나가고 싶던 차에 석진의 말을 듣고 냉큼 밖으로 나가 버렸다.

"그 프로그램은 네 몫이 아니다."

"형이 언제부터 그렇게 정의의 사도가 된 거야? 그런 게 아니면 새삼스럽게 양심의 가책이라도 받은 거야? 사실 그 프로그램이야 실험용 아니었어? 왜 갑자기 그렇게 설아 쪽 편을 드는 거야?"

석진은 이렇게까지 망가진 동생의 모습이 한심했는지 가벼운 한숨을 내쉬었다.

"…실험용 쥐가 되고 싶냐?"

석진의 냉소 섞인 말투에 민식은 흠칫한 표정으로 석진을 바라보았다.

"…설마 아직도 시험 단계라는 거야?"

"나는 저 프로그램을 손본 적이 단 한 번도 없어."

설아의 허락도 없이 그녀의 이야기를 수정한 이후 그는 자신에게 이렇게 냉정한 면이 있었던가 하고 놀랄 만큼 여러 가지 뻔뻔스러운 변명들을 만들고 있었다. 그러나 금방이라도 자신을 찾아와 따지고 난리를 칠 것 같았던 설아가 오늘 하루 내내 자신을 찾지 않고 의외로 얌전히 있었다. 심지어 수업 시간에 그 이야기가 자기 것이 아니라며 부정하기까지 했다. 분명히 석진에게서 받은 프로그램이 있었을 텐데도 과제를 제출하지 않았던 걸 보면 설아에게 무슨 일인가가 벌어지고 있다는 말이다.

그는 식은땀을 흘리며 순순히 프로그램을 석진에게 내밀었다.

"가져가."

"실험용 쥐가 되고 싶지 않다면 끼어들지 마."

협박인지 충고인지 모를 그의 말에도 민식은 아무런 반박을 하지 않았다.

"젠장, 내 꼴도 우습지만 설아도 불쌍하군. 이번에도 실험용 쥐가 되게 생겼으니……."

민식의 말에 그는 가벼운 코웃음을 치며 밖으로 나가 버렸다.

"여기 있어."

석진은 프로그램을 들어 보이며 빈의 시선을 자신에게로 고정시켰다. 그것을 받으려 손을 뻗던 빈은 석진이 냉큼 프로그램을 자신의 주머니에 넣어버리는 것을 보고는 살짝 눈살을 찌푸렸다.

"지금 저랑 장난치자는 겁니까?"

"설마~ 단지 궁금한 게 있을 뿐이야."

생긋 미소를 짓는 석진을 험한 눈길로 노려보던 빈은 자신의 옆구리에 팔짱을 끼며 그다지 내키지 않는다는 표정을 지어 보였다.

"뭡니까? 궁금하다는 게."

"이걸 가지고 뭘 할 생각이야? 대답 여하에 따라서 프로그램의 주인이 바뀔 거야. 신중하게 대답하는 게 좋아."

미소를 짓고 있는 얼굴과는 달리 그의 목소리에서는 찬바람이 이는 듯했다. 빈은 석진을 똑바로 바라보며 당연한 말을 왜 묻느냐는 듯한 표정으로 입을 열었다.

"당연히 이걸 가져야 하는 사람에게 돌려주려는 거죠. 프로그램을 만들었다고 그 이야기가 선배 거라고 생각해요?"

그녀의 말에 그는 프로그램을 내밀었다.

"가져가. 대신 이제 무슨 일이 있어도 날 끌어들일 생각은 마."

'다시 이야기 속으로 들어간다 해도 이젠 내 알 바 아니다' 라는 기색이 역력한 그를 보며 빈은 고개를 끄덕거렸다. 어쨌거나 이야기 밖으로 설아가 나온 이상 석진의 도움은 필요하지 않다는 생각에서였다.

그녀가 어떤 결정을 내리든지 이 이야기만큼은 꼭 찾아주겠다고 생각했기 때문에 우선은 그에게서 이야기가 담긴 프로그램을 되찾는 게 중요했다.

"그럼 잘해봐."

석진은 다시 몸을 돌려 자신의 방으로 들어가 버렸고 빈은 이제 자신이 맡은 일이 무사히 끝났음에 안도의 한숨을 내쉬었다.

'그런데 어째서 내가 여기에 있는 걸 수상하게 생각하는 녀석이 단한 명도 없는 거야? 이거 은근히 기분 나쁜데……'

본인이 그렇게 생각하거나 말거나 빈은 자신의 중성적인 외모 덕에 기숙사를 무사히 빠져나올 수 있었다.

설아, 자신의 이야기 속으로 들어가다

"에엑?! 그러니까 그 고생을 또 하자는 소리야?!"

빈은 하마터면 석진에게 돌려받은 프로그램을 떨어뜨릴 뻔했다.

"응. 어쨌거나 이야기는 완성시켜야지."

설아의 말에 남주와 가희는 안도의 눈빛을 보냈다. 그녀가 이야기를 완성시키길 바란 건 혜령 역시 마찬가지였기에 그녀는 용건이 끝났음에도 설아의 방에 계속 남아 있었다.

"내가 뭐 도와줄 건 없어?"

그녀의 말에 설아는 생긋 미소를 지었다.

"전 선배님께서 이야기를 지켜봐 주셨으면 해요. 사실 누군가가 보고 있다면 그것만으로도 굉장히 위안이 될 테니까요."

혜령은 어색한 미소를 지으며 고개를 끄덕거렸다.

"설아야, 꼭 해야겠어?"

빈의 말에 설아는 눈을 초롱초롱하게 빛냈다.

"한 번만 부탁해요, 언. 니."

"…집어치워. 어울리지도 않는 애교를 부린다고 내가 해줄 것 같아?"

빈은 말은 그렇게 하면서도 설아에게 순순히 프로그램을 내밀었다.

"미안, 프로그램 안에 들어가자마자 너희들은 바로 돌려보내 줄게."

미안한 표정으로 자신의 친구들을 바라보는 설아에게 그녀들은 진지한 표정으로 입을 열었다.

"이번에는 마지막까지 우리들도 함께야."

"그래, 내가 없으면 또 혼자서 끙끙거릴 텐데 이 언니가 돌봐주지 않으면 누가 널 돌봐주겠냐? 음화화홧!"

가희와 남주의 대화를 듣고 있던 빈은 가벼운 한숨을 내쉬며 그녀들의 말에 끼어들었다.

"저 녀석들 말리려면 역시 이 언니가 필요하겠지?"

"뭐시라? 누가 언니라고?"

남주가 도끼눈으로 쳐다보자 설아는 얼른 빈과 남주의 사이에 끼어들었다.

"말은 고마운데 난 처음부터 내 이야기 속의 캐릭터가 되고 싶진 않았어. 역할이 없잖아. 이 안에 있는 이야기가 내가 이야기 속에서 빠져나오기 직전의 것이라면 난 사람이 없는 쪽이 좋아. 괜히 등장인물이 많아지면 골치 아프거든."

설아는 소녀들에게 자신이 원하는 것을 제대로 말하고 있다는 것을 깨닫고는 자신이 성장했음을 느꼈다.

'더 이상 달아나지 말자'고 결심한 이상 그녀는 더 이상 휘둘리고 싶지 않았다.

"그렇다면 우리는 대기 상태로 있을게. 그 정도는 괜찮겠지?"

아무래도 안심이 되지 않은 탓일까.

다시 한 번 이야기 속에 남으면 안 되냐고 묻는 빈의 말에 설아는 생긋 미소를 지어 보였다.

"내가 친구들은 잘 만났구나."

빈은 프로그램을 실행시키기 앞서 설아의 주문에 따라 이야기 속에 남아 있는 몇 가지 오류를 수정했다. 그중 가장 큰 변화가 밤에 대한 금기를 없애 버렸다는 것이다.

이제는 누군가의 눈을 피해 숨을 일이 없을 테니 그만큼 이야기 속에서 자유로울 수 있다는 생각에 설아는 기분이 뿌듯해졌다.

"그런데 아크레가 죽었다는 건 여전히 변화가 없잖아. 이제 누구를 주인공으로 만들 거야?"

설정에 대해 수정을 하다가 문득 궁금한 생각이 들었는지 빈은 설아를 향해 의아한 표정을 지었다. 다른 소녀들 역시 궁금한 것은 마찬가지였는지 다들 그녀에게로 시선을 집중시켰다.

"만나보고 정할 거야."

"응?"

"아직 레번을 만나보지 못했어. 라이더도 주인공이 될 만한 조건을 갖고 있지만 레번 역시 조건만 따지자면 괜찮은 캐릭터거든. 이번에 만나보고 정할래."

생긋 미소 짓는 그녀를 향해 빈은 미간을 찡그렸다.

"그래서야 네가 프로그램 안에 있었을 때와 다를 게 없잖아."

"으음… 그렇다고 해도 좋아. 사실대로 말하자면 난 확인하고 싶은 건지도 몰라. '내가 만들어낸 가상의 인물이 과연 얼마만큼이나 나를 납득시킬 수 있을까 하는 것에 대해."

설아의 말에 가희는 어쩐지 알 것 같다는 표정을 지었고, 남주 역시 원고를 하면서 비슷한 느낌을 받은 적이 있었는지 아무런 부정의 말도 하지 않았다.

"레번이라는 남자가 과연 주인공에 어울릴 수 있는 사람인지 만나보고 정하겠다고 하는 것도 어쩌면 그런 생각에서일지도 모르지."

빈은 그녀의 말에 가벼운 한숨을 내쉬었다.

"어쨌거나 이야기를 만들어가는 사람은 너야. 그것만큼은 잊어먹지 마. 넌 네 이야기에 너무 끌려 다니는 경향이 있으니까. 게다가 넌 네 이야기 속의 주민이 아니야. 현실 세계의 사람이지. 그것도 잊어버리면 안 돼. 아무리 아쉬워도 마무리는 잘해야 하는 법이니까."

빈의 충고에 설아는 고개를 끄덕였다. 예전 같았으면 강하게 반발했을 말들이었는데도 지금은 그녀의 충고가 편안하게 다가왔다.

이것이 타협인지, 그렇지 않으면 성장이라는 건지 잘 알 수는 없었지만 이런 변화가 그리 기분 나쁘지만은 않은 설아였다.

"그럼 이제 슬슬 시작해 볼까?"

설아의 말에 혜령은 그녀들에게서 적당한 거리를 유지했다.

프로그램이 실행됨과 동시에 눈부신 빛이 설아의 방을 가득 채웠고, 설아를 비롯한 네 명의 소녀는 그 자리에서 털썩 쓰러져 버렸다.

"이제 새로운 이야기의 시작인가?"

혜령은 기대에 찬 표정으로 프로그램이 실행되고 있는 모니터를 바라보다 이내 소녀들을 편안한 상태로 눕혀주었다.

설아와 그녀의 친구들은 모두 프로그램 안으로 들어간 것이다.

"으아아아!"

제트 코스터를 탄 것만 같은 기분에 설아는 한참 동안 비명을 질렀다.

이야기의 진행 정도는 어디까지나 이 프로그램이 얼마만큼 복사되어 있나 하는 것과 직결된다.

설아는 잠시 자신이 만들어낸 세계를 되돌아보기로 했다.

그녀의 친구들은 관찰자로 남겠다는 말대로 설아의 이야기 속에 들어왔음에도 모습을 드러내지 않았다.

"이제부터는 혼자서 돌아다니는 건가."

약간은 긴장된 표정으로 무심코 혼잣말을 중얼거리자 부드러운 손길이 설아의 어깨를 감쌌다.

"모습만 안 보일 뿐 우린 이 자리에 존재하고 있어. 우리의 도움이 필요해지면 언제든지 말만 해. 모습이 안 보인다는 이점이 있으니까 상황에 따라서는 우리가 너보다 강할지도 모르니까 말이야."

빈의 말이 끝나자 가희가 묘하게 신난 듯한 목소리로 말을 이었다.

"이러고 있으니까 우리 그림자 같지 않아? 어쩐지 멋있어."

"으음… 그다지 멋있어 보이진 않는데?"

설아가 식은땀을 흘리며 목소리가 들리는 방향으로 고개를 돌리자 다시 한 번 가희의 목소리가 날아들었다.

"멋있어! 멋있어! 절대로 멋있어."

"…네가 애냐?"

"정말 엉뚱하다니까."

남주가 설아의 말에 동의한다는 듯 한마디 거들고 나서자 가희는 아무런 말도 하지 않았다.

"그런데 설아야, 이상한 게 있어."

"뭐가?"

빈의 말에 설아는 그녀의 목소리가 들리는 방향으로 시선을 돌렸다.

"이야기가 생각보다 진전이 많이 되어 있는걸."

"혼자 있을 때 본 거겠지. 어쨌거나 원본이랑 이어져 있었을 테니까."

남주가 기분 나쁘다는 듯 말을 잇자 설아는 가벼운 한숨을 내쉬었다.

"이야기가 어디에서 멈춰 있는 거야?"

설아의 질문에 빈은 난처한 듯한 목소리로 대답했다.

"그건 네가 더 잘 알지 않아? 뭔가 짐작 가는 거라도 없어?"

작가가 멈춰 버린 이야기는 그대로 있어야 하는 것이 당연한 것인데도 설아의 이야기는 현재 진행 중이었다. 어떻게 해서 이런 일이 가능한 것인지 알 수 없지만 설아는 불길한 느낌에 가벼운 한숨을 내쉬었다.

'설마… 여기에 내가 한 명 더 있다던가 하는 건 아니겠지?'

예전에 자신과 똑같은 사람을 만난 적이 있는 설아로서는 과거의 자신과 마주치게 된다는 어이없는 일이 발생하진 않을까 내심 불안해졌다.

"잠시 이 세계를 지켜보는건 어때? 적어도 이곳이 어떻게 돌아가고 있는지는 알아야 하잖아?"

남주의 질문에 설아는 가벼운 한숨을 내쉬었다.

"그래도 될까?"

만일 그럴 리는 없겠지만 이 이야기 속에 또 하나의 자신이 존재한다면 그녀가 이끄는 대로 이야기를 내버려 둘 수는 없는 노릇이다.

만약 그녀가 이야기를 이끌어가게 그냥 내버려 둔다면 석진에게 쫓겨 이야기를 억지스럽게라도 진행시켜 나가던 지난 이야기와 다를 바가 없었다.

'나 스스로 이야기를 만들어 나가기로 결심했는데……. 이건 말도

안 돼.'

그녀는 자신이되 결코 현재의 자신이 아니었다.

'그렇지만 나 자신이 스스로를 방해하는 것도 우스운 일이잖아. 난 그녀가 단순히 내 의식이 둘로 나누어진 거라고만 생각했는데…….'

그녀는 마음 한구석이 묵직하게 가라앉는 걸 느꼈다.

'정말 나라는 애는 편하게 작업할 수는 없는 건가. 그런데 지금 또 하나의 나는 뭘 하고 있는 거지?'

설아는 바닥에 털썩 누워서는 하늘을 커다란 스크린 삼아 또 한 명의 설아의 행방을 쫓았다.

"날씨 좋다~"

햇빛은 쨍쨍~ 모래알은 반짝~

보이는 건 온통 모래뿐…….

"허어~ 사막이로세."

설아는 꽁꽁 묶인 채로 사막 한가운데 버려진 자신이 신세에 걸맞지 않게 생글생글 미소까지 지어가며 여유를 부렸다.

"어째 지나가는 개미 한 마리 없냐…….'

뭐, 여유를 부린다고는 해도 깨어나고 삼십 분째였지만 도움을 요청할 수도, 그렇다고 자력으로 이 상황에서 벗어날 수도 없는지라 어쩔 수 없이 얌전히 있을 수밖에 없었다.

다행히도 그녀는 사막의 지독한 더위를 느끼지 못했다.

"그래도 죽일 생각은 아니었나 봐."

비록 사막의 한가운데에 버려지긴 했지만 죽지는 않을 테니 그게 어디냐며 스스로를 위안하던 설아는 누군가가 자신을 향해 다가오고 있음을 느꼈다.

"이봐요—"

설아는 어렴풋이 보이고 있는 검은 실루엣을 바라보며 있는 힘껏 소리를 질렀다.

"이봐요오—!"

검은 실루엣은 사람의 형체는 아니었지만 설아의 목소리를 들은 것인지 빠르게 그녀를 향해 다가오고 있었다.

"내키시면 밧줄 좀 풀어주세요—!"

누군가가 자신을 향해 다가오고 있다는 사실에 신이 난 설아는 30분 만에 처음 만난 생명체에게 또다시 소리를 질렀다.

그러나 잠시 후……

"으아아! 오지 마! 취소다—! 저리 가버렷!!"

설아의 시야에 검은 실루엣의 정체가 또렷하게 들어왔던 것이다.

'타다닥! 타닥!' 하는 소리와 함께 그녀의 곁으로 다가온 것은…

"으아! 살충제!!"

길쭉한 더듬이, 윤기나는 검은 날개, 늘씬한 다리.

바로 소녀들의 자지러지는 비명 소리가 나는 곳에 주로 출몰하는 종족이 이놈의 바퀴벌레였다.

타다닥! 타닥!

날갯짓도 요란한 거대 바퀴벌레를 보며 설아는 차라리 기절이라도 해버리고 싶었지만 너무나 튼튼한 자신의 신경이 원망스러웠다. 아무리 봐도 저놈의 바퀴벌레는 자신보다 훨씬 커 보였다.

"흐에에~ 저리 가앗!"

발길질까지 해 보였지만 이놈의 바퀴벌레는 거머리 사촌이라도 되는 건지 설아로부터 떨어질 줄을 몰랐다.

뮤우~

"으아아― 저리 가!"

뮤뮤?

통통거리는 소리와 함께 설아의 다리에 말랑말랑한 감촉이 와 닿자 그녀는 온몸에 소름이 쫙 끼쳤다.

뮤우?

"이젠 눈앞에 헛것까지 보인다―! 으아아!"

거의 반쯤은 울상을 짓던 설아는 갑자기 몸을 흠칫하더니 그 헛것을 뚫어져라 바라보았다.

뮤~ 뮤!

"에엑?! 뮤~?"

설아는 기가 막힌다는 표정으로 거대 바퀴벌레를 바라보았다.

"뮤가 여기에 있다면 저 바퀴벌레가 서, 설마 라드니르는 아니겠지?"

바퀴벌레는 그녀의 말이 맞다는 듯 타다닥 날갯짓을 하며 그녀 주변을 날았다.

"에라이~!"

설아는 바퀴벌레를 발로 차려는 듯 다리를 뻗었지만 그는 재빠르게 설아의 발길질을 피해냈다.

"폴리모프할 게 없어서 하필이면 바퀴벌레냐? 응?!"

설아는 잔뜩 미간을 찡그리며 그를 노려보았다.

"차라리 얌전하게 말로만 있지 갑자기 웬 바퀴벌레냐고."

'타닥― 타다닥―' 거리는 날갯짓으로 대답을 대신하는 그에게 설아는 버럭 소리를 질렀다.

"이번엔 내가 바퀴벌레 말까지 알아들어야 하는 거야?!"

타닥— 타닥— 타다닥—!

"으아아! 몰라! 모른다고!"

타닥— 타다닥—!

뮤우— 뮤!

뮤까지 가세해서 통통거리기 시작하자 설아는 밧줄에 묶여 있는 그대로 몸을 틀어 그들로부터 등을 돌렸다.

"으으! 시끄러운 축생들 같으니라고."

"괜찮으십니까?"

"괜찮을 리가 없잖아! 바퀴벌레한테 잡아먹히는 줄 알았다구! 으으… 그런 걸로 죽으면 얼마나 쪽팔리는 줄 알아?"

"살아 있는 사람을 바퀴벌레가 잡아먹으려 들겠습니까?"

"꼬박꼬박 말대꾸할 거야?!"

짜증스러운 목소리로 버럭 소리를 지르던 설아는 뭔가 이상하다는 것을 느꼈는지 다시 힘겹게 몸을 돌렸다.

"저는 그저 대답을 해드린 것뿐입니다만……?"

약간은 허스키하다 싶을 정도의 낮은 목소리 톤이었지만 차분한 분위기가 꽤 듣기 좋은 미성이었다.

"누구세요?"

설아는 눈을 동그랗게 뜨고는 눈앞의 이방인을 바라보았다.

루비 빛 눈동자는 아무런 감정도 실려 있지 않아 조금은 냉정해 보였지만 설아에게는 상당히 친숙한 느낌의 사람이었다. 허리까지 내려오는 윤기있는 검은 머리카락은 여자인 설아조차 부러워할 정도로 부드러워 보였지만, 그의 새하얀 피부는 검은 머리카락과 대비되어 그의 안색을 조금은 창백하게 보이도록 만들었다.

병약해 보이면서도 우아한, 쿨하면서도 아름다운 상반된 이미지를 동시에 갖춘 듯한 그의 모습에 설아는 할 말을 잃었다.

"저를 모르시겠습니까?"

그는 설아에게 다가가 여전히 무표정한 얼굴로 밧줄을 풀어주었다.

"전 처음 뵙는 분 같은데 절 아세요?"

"아… 그렇군요. 처음 뵙는 것이니만큼 절 못 알아보시는 것도 강연하군요."

당연한 사실을 설아가 지적하기 전까지는 미처 깨닫지 못했었다는 말투로 고개까지 끄덕거리던 그는 정중한 목소리로 자신의 말을 이었다.

"이 모습으로 뵙는 것은 처음이지만 당신께선 이미 저를 알고 계십니다."

"네? 제가 당신을 알고 있다니요?"

설아가 무슨 말인지 못 알아듣겠다는 표정으로 반문하자 그는 가벼운 한숨을 내쉬었다.

"이해하기 쉽게 설명해 드리도록 하겠습니다. 딱 한 번뿐이니 한눈팔지 말고 봐주십시오."

설명을 듣는 게 아니라 본다고?

그녀는 호기심으로 반짝거리는 두 눈을 그에게로 고정시키고는 군침을 꿀꺽 삼켰다.

푸르륵!

늘씬하게 뻗은 다리, 루비 빛의 눈동자, 그리고 휘날리는 검은 갈기의 친숙한 야생마는 어이없어하는 그녀의 표정을 보고는 긴 울음소리를 냈다.

크르르룽—

이런 목소리로 우는 소는 단 한 마리밖에 없을 것이라는 생각을 하면서도 설아의 입 밖으로는 그의 이름이 나오지 않았다.

타닥— 타닥— 타다닥.

조금 전까지 설아의 발길질세례를 받았던 거대 바퀴벌레의 등장으로 설아는 마침내 굳게 다물었던 입을 열었다.

"라… 라니?"

뮤—!

뮤가 고개를 절레절레 흔들며 틀렸다는 듯 긴 울음소리를 내자 설아는 자신의 이마를 탁탁 소리가 나도록 치더니 가볍게 손뼉을 쳤다.

"라니르."

뮤우~ 뮤!

뮤가 다시 한 번 고개를 흔들자 설아는 생긋 미소를 지었다.

"라디니르."

이번에는 틀림없다는 듯한 표정으로 입을 열자 뮤는 고개를 저었다.

"라드니르입니다만……."

안 되겠다 싶었던지 청년이 자신을 라드니르라고 밝히자 설아는 눈을 크게 떴다.

"아! 맞다. 라드니르."

설아는 다시 한 번 손뼉을 치며 잘생긴 미청년을 향해 생긋 미소를 지었다.

"그런데 당신은 누구세요?"

"네?"

"아까 그 세 마리는 라드니르지만… 당신은 누구시죠?"

"믿지 못하시겠지만 제가 라드니르입니다."

설아는 그의 말에 식은땀을 삐질삐질 흘렸다.

검은 장발에 루비 빛 눈동자, 새하얀 피부, 그의 외모는 분명 자신이 생각했던 라드니르의 특징을 고스란히 갖추고 있었지만……

설아는 다시 한 번 자신을 라드니르라고 밝힌 그를 뚫어져라 바라보았다. 어딘지 모르게 풍겨져 나오는 카리스마까지도 그녀가 생각했던 것 이상이었다.

'호오— 생각했던 것보다 잘 나왔다는 건 이런 걸 두고 하는 말이겠지?'

설아에게 있어 라드니르는 자신의 상상을 뛰어넘은 존재였다.

"평상시는 인간의 모습을 즐겨 하지 않지만 이렇게 해두지 않으면 당신께서 위험하실 때 별 도움이 되지 않을 것 같아서 어쩔 수 없었습니다."

설아의 반짝거리는 눈동자가 부담스러웠던지 그는 시키지도 않은 변명을 늘어놓으며 은근슬쩍 그녀의 시선을 회피했다.

'확실히 내가 좋아하는 캐릭터라 다르긴 다르지만…….'

설아는 어린아이처럼 입술을 삐죽 내밀고는 라드니르에게 말을 걸었다.

"계속 그렇게 하고 있을 건가요?"

"이런 모습이 도움이 된다면……."

라드니르의 무표정한 얼굴을 보며 설아는 살짝 미간을 찡그렸다.

'마음에 안 들어.'

"이젠 어디로 가실 겁니까?"

라드니르의 질문에 설아는 가벼운 한숨을 내쉬었다.

"우선은 그늘이 있는 곳으로 가서 생각 좀 해보죠."

두 사람의 설아는 각자 서로의 무기력함을 느끼며 고민에 빠졌다.

"설아야, 이젠 어쩔 거야?"

한참 동안 과거의 설아를 바라보던 그녀는 가희의 목소리에 현실로 돌아왔지만 뭐라고 대답을 해야 할지 망설여졌다.

"너도 만났었던 거지? 지금의 너를."

또다시 이어지는 가희의 질문에 설아는 아무 말도 할 수 없었다.

과연 그녀가 현재의 자신인지, 그렇지 않은지에 대한 것 역시 아무런 확신도 들지 않았던 것이다. 그와 마찬가지로 하늘 가득 펼쳐진 소녀의 모습을 보며 그녀가 과거의 자신인지, 그렇지 않은지에 대해서도 아무런 확신이 들지 않았다.

"역시… 그녀가 누구인지는 직접 만나서 알아보는 수밖엔 없겠어."

만일 그녀가 정말 과거의 자신이라면 이 이야기에서 확실하게 손을 떼도록 할 수밖에 없었다. 지금의 설아로서는 과거의 자신이 현 시점에서 아무것도 할 수 없음에 자포자기하고 있을 거라는 사실을 잘 알고 있었던 것이다.

"음… 설아야, 만일 저 애가 정말 너라면 충격받지 않을까? 어쨌거나 또 한 사람의 자신이 존재한다는 건 충격적인 일이잖아."

가희가 걱정스런 목소리로 묻자 설아는 살짝 미간을 찡그렸다.

"걱정하지 마. 만약 저 애가 정말 나라면 충격받기보단 자신이 한 사람 더 있다는 사실을 믿지 않을 테니까. 그게 더 골치 아픈 일이긴 하지만 어쨌거나 충격은 받지 않을 테니까……."

말끝을 흐린 설아는 가벼운 한숨을 내쉬었다.

'그러고 보니 그때 나랑 똑같이 생긴 사람도 내가 혼자 있을 때 나타났었지? 하긴 뒷수습할 거 생각하면 사람이 많으면 많을수록 나만 힘들어지겠지.'

이왕 만나보기로 한 거 사람이 많을 때보다 그녀가 혼자 있을 때를 기다리는 게 좋을 거란 생각이 든 설아는 한참 동안 예전의 기억을 더듬어야만 했다.

"무슨 생각을 하고 계시는 겁니까?"

라드니르의 목소리에 설아는 시큰둥하게 대답했다.

"아무 생각도 안 하고 있는데요?"

"그러면 안 되는 거 아닙니까?"

라드니르의 말에 그녀는 생긋 미소를 지었다.

"당연히 안 되죠."

대답과는 달리 너무나 여유만만해 보이는 그녀의 표정에 라드니르는 의아한 표정을 지었다.

무엇 때문에 그렇게 멍하게 있는 것인지 설명해 보라는 듯한 그의 눈빛에 설아는 자신의 머리를 검지로 톡톡 두드렸다.

"멈췄어요."

"⋯⋯?"

"여기가 멈춰 버렸으니 별수없잖아요."

그녀는 생긋 미소를 지으며 자신의 말을 이었다.

"일단은 머리를 비워봐야겠어요. 잠시 혼자 있게 해주겠어요?"

설아의 말에 라드니르는 고개를 갸웃거렸다.

가만히 있으면 안 된다면서 머리를 비우겠다는 건 무슨 의미인지⋯⋯.

라드니르는 한참 동안 설아를 바라보다 이제 자리에서 일어났다.

이내 날은 어두워질 테고 살아 있는 이에게 사막의 밤은 꽤 혹독하다는 것을 알고 있는 라드니르는 가벼운 한숨을 내쉬었다.

설아는 그를 향해 고맙다는 듯 고개를 끄덕이고는 조용히 눈을 감았다.

그리고 또 한 명의 설아는 마침내 과거의 자신과 접촉할 순간을 잡았다.

그녀가 혼자 남을 때까지 기다려 왔기에 약간의 초조함마저 느껴지는 설아였다.

"이봐요. 당신은 누구죠?"

작지만 뚜렷한 설아의 목소리에 그녀는 두 눈을 뜨고 주변을 두리번거렸지만 아무런 대답도 하지 않았다. 설아는 그녀가 자신의 목소리를 씹는다고 생각했는지 다시 한 번 그녀에게 말을 걸었다.

"이봐요. 내 말이 들리지 않아요? 당신은 누구예요?"

"그러는 너야말로 누구야?"

설아는 그녀가 자신의 과거일지도 모른다는 사실을 잠시 잊은 것인지 다소 예의없는 그녀의 말투에 살짝 화가 치밀어 올랐다. 그녀는 그녀대로 아무것도 없는 허공에서 자신과 똑같은 목소리가 들려오자 잔뜩 긴장한 표정으로 자신의 주변을 살펴보기 시작했다.

"난 설아. 윤설아예요."

그녀가 경계할지도 모른다고 생각했지만 이래서는 아무것도 변할 것이 없다는 생각이 든 설아는 그녀 앞에 모습을 나타냈다.

"저건 나잖아!"

그녀는 또 다른 자신의 모습을 보고 흥분한 듯 버럭 소리를 질렀다. 설아는 그런 그녀가 자신이라는 생각을 하고 있지 않은 듯 단단히 화가 난 표정으로 그녀를 노려보았다.

"저거… 저거라고 했어? 방금?!"

할 수만 있다면 머리라도 한 대 콱 쥐어박아 버리고 싶은 마음을 꾹 눌러 참던 그녀는 이쯤에서 라드니르가 등장한다는 사실을 깨닫고 서둘러 몸을 감추었다.

"무슨 일이십니까?"

인기척도 없이 불쑥 자신의 앞에 나타난 라드니르를 향해 그녀는 자신과 똑같이 생긴 설아를 손가락으로 가리켰다.

"저기! 저기! 나랑 똑같은 애가 있잖아요!"

그녀의 말에 라드니르는 걱정스럽다는 듯 설아의 이마에 손을 올렸다.

"열은 없는 것 같은데… 어지럽지는 않으십니까?"

"뭐?"

"헛것이 보이는 걸 보니 좀 쉬셔야 할 것 같습니다."

라드니르의 말에 그녀는 미간을 찡그리며 설아가 있던 자리를 노려보았다.

"헛것이라니… 저 애 안 보여요? 저기 있잖아요! 저기! 어… 라? 어디 간 거지?!"

설아가 당황한 표정으로 소녀가 서 있던 자리로 가자 라드니르는 혹시나 주변에 숨어 있는 적이 있는지 살피기 시작했다.

그러나 작가가 숨겠다고 마음먹은 이상 누가 그녀를 찾을 수 있겠는가.

결국 라드니르는 아무것도 느끼지 못한 채 미심쩍은 표정으로 그녀를 바라볼 뿐이었다.

"정말이라니까요!"

라드니르가 자신의 말을 믿어주지 않는 듯하자 그녀는 다시 한 번 자신의 말이 사실임을 주장하기 위해서인지 소리를 버럭 질렀고, 라드니르는 그런 그녀를 보며 가벼운 한숨을 내쉬었다.

"이제 어디로 갈지 정하셨습니까?"

"지금 내 말 안 믿는 거지?"

설아가 미간을 잔뜩 찡그리며 따지듯이 묻자 라드니르는 생긋 미소를 지어 보였다.

"그럼 지금 그 말을 믿으라는 겁니까?"

"응."

단호하게 고개를 끄덕이는 그녀를 보며 라드니르는 피식 미소를 지었다.

"그럼 그렇게 하도록 하겠습니다."

"…안 믿는 거지?"

"…그럼 믿으라는 겁니까?"

설아는 그의 말에 생긋 미소를 지어 보였다.

"그러니까 결국 못 믿겠다는 거네?"

그녀의 말에 라드니르가 아무런 대답을 하지 않자 웃고 있던 설아의 눈이 조금씩 위로 올라가기 시작했다.

"에라이~!"

그녀의 발길질을 너무나도 쉽게 피해낸 라드니르는 다시 한 번 그녀를 향해 생긋 미소를 지었다.

"어디로 가실지 정하지 못하셨다면 제가 모시도록 하죠."

그녀가 아무런 대답을 하지 않자 라드니르는 그것을 승낙으로 받아들였다.

"내가 가고자 하는 곳으로 시간과 공간의 힘을 빌려……. 워프!"

그가 말을 끝내자마자 설아의 주변으로 눈부신 빛의 기둥들이 생겨났다. 그 기둥들을 중심으로 빛의 벽이 생겨나더니 하나의 건물이 생겨났다.

"제가 문을 열 때까지 눈을 감고 계시는 것이 좋을 겁니다."

라드니르의 말에 설아는 악착같이 눈을 뜨고 있었지만 그녀의 시야에 들어오는 것은 아무것도 없었다. 게다가 억지로 빛을 주시하고 있었던 덕분에 쉴 새 없이 눈물이 흘러내려 설아의 눈은 마치 토끼눈처럼 새빨갛게 충혈되어 버렸다.

"이제 눈을 뜨셔도 됩니다."

"눈이라면 아까부터 계속 뜨고 있었어."

아까부터 눈물을 닦느라 두 손으로 눈을 비벼대는 것이 도저히 눈을 뜨고 있는 모습이라고 생각하기 힘든 몰골로 대꾸하는 설아를 보며 그는 가벼운 한숨을 내쉬었다.

"여기라면 당분간 지내기 괜찮으실 겁니다."

스르륵 문이 열리자 주변은 평범한 저택 안으로 바뀌었다.

"꾸익~ 주인님, 꾸익~ 오셨습니까?"

오크가 검은 정장을 갖춰 입은 채 라드니르를 향해 공손히 인사를 하는 것은 그다지 평범하지 않았지만…….

"오랜만이군요, 주인님."

메이드 복장을 하고 있는 트롤이 라드니르를 반기자 저쪽에서 뭔가 쿵쿵거리는 소리가 들려오기 시작했다.

"이봐, 주인님이 오셨는데 언제까지 숨어 있을 셈이야?"

"내버려 둬. 저 녀석은 수줍음이 많잖아."

트롤과 오크가 복도 한 귀퉁이를 바라보며 한심하다는 듯한 대화를 나누자 설아는 자기도 모르게 복도 한 귀퉁이로 시선을 옮겼다.

그리고 차마 못 볼 것을 보고야 말았다.

정말 수줍다는 듯 숨어서―커다란 덩치가 다 가려질 리가 없건만 자신은 숨었다고 굳게 믿고 있는 듯했다―눈을 초롱초롱하게 빛내고 있는 골렘과 눈을 마주치고 말았던 것이다.

"신경 쓰지 마십시오. 원래가 낯가림이 심한 친구라 한동안은 자진해서 모습을 드러내지 않을 겁니다."

라드니르의 말에 설아는 어색한 미소를 지었다.

'골렘이 낯가림한다는 게 말이 돼? 정말 취향도 독특하다니까.'

설아는 라드니르를 흘깃거리며 가볍게 고개를 흔들었다. 이것들이 모두 자신의 머리에서 나왔다는 사실을 잊은 듯했다.

"손님을 안내해 드리도록 하겠습니다."

트롤의 말에 설아가 탐탁지 않은 표정을 짓자 그는 정중한 태도와 말투로 그녀를 안심시켰다.

"걱정하지 마십시오. 이 저택 안에 있는 모든 존재들에게는 이성이 존재합니다. 이 친구들을 보면 아시겠지만 대화도 가능하니 불편한 점이 있다면 언제든지 말씀해 주십시오."

"언제든지… 말이죠?"

설아의 말에 트롤은 상냥한 미소를 지으며―그러나 설아는 그가 자신을 겁주고 있는 거라고 생각했다―고개를 끄덕거렸다.

"물론입니다."

"그럼 지금 말씀드릴게요. 불편하다고."

생긋 미소를 지으며 자신을 바라보는 설아를 향해 트롤은 식은땀을 삐질삐질 흘리기 시작했다.

"죄, 죄송합니다! 저택 관리인이 손님께서 불편해하시는 것조차 눈치 채지 못하다니 관리인으로서 실격입니다."

"꾸익~ 저택 관리인은 꾸익~ 나다. 꾸익꾸익~ 오버하지 마."

"어디가 불편하신 겁니까? 그러고 보니 바닥이 반짝거리지 않는군요. 어이! 청소는 네 몫이잖아! 쓸모없는 골렘 같으니! 어서 청소를 시작해!"

트롤은 오크의 말을 가볍게 씹어버리고는 골렘을 향해 버럭 소리를 질렀다.

"아… 아니, 그런 것이 아니라……."

트롤의 태도에 당황한 설아가 황급히 고개를 흔들자 트롤의 얼굴에선 식은땀이 마치 비처럼 쏟아져 내렸다.

"청소가 아니라면 혹시 시장하신 겁니까? 으아아! 그러고 보니 독버섯 전골을 준비하다가 말았군요. 어서 내오도록 하겠습니다."

'그걸 누가 먹어!'

설아는 우왕좌왕하는 그에게 차마 소리를 지르지는 못하고 다시 한 번 고개를 붕붕 흔들어댔다.

"그런 게 아니라……."

"우아아! 그럼 뭡니까? 실내 인테리어? 아니면 자수가 들어간 앞치마?"

패닉 상태가 되어 주절거리는 트롤을 보며 라드니르는 가볍게 고개를 흔들었다.

"자, 가시죠. 제가 안내해 드리겠습니다."

"아아… 트롤 씨는?"

"이대로 두면 잠시 후에 진정될 겁니다. 이쪽으로 오십시오."

라드니르의 말에 설아는 망설이듯 트롤을 바라보다 이내 라드니르를 따라 2층으로 올라갔다. 저택의 복도는 온통 거울로 되어 있어 조금

부담스러운 감은 있었지만 전체적으로 반짝반짝 빛이 난다는 느낌이 들 정도로 깨끗한 곳이었다.

"이곳은 초대받지 않은 자에겐 무서운 곳이지만 손님의 자격을 갖추신 분에게는 편안한 휴식처일 뿐입니다. 긴장하실 필요가 없죠. 불편한 점은 트롤에게 말씀해 주십시오."

라드니르의 무뚝뚝한 말에 그녀는 미간을 찡그렸다. 저렇게나 산만한 트롤에게 불편한 점을 말할 바엔 차라리 참고 말겠다는 생각이 들었던 것이다.

"편히 쉬십시오."

어느새 설아라고 적힌 방 앞에 도착했다. 라드니르가 돌아가려 하자 설아는 그의 옷깃을 붙잡았다.

"어째서 이 방에 제 이름이 있는 거죠?"

"……?"

"이곳에서 제 이름을 알고 있는 분은 아무도 없을 텐데요?"

설아의 말에 라드니르는 의아하다는 듯한 얼굴로 문과 그녀를 번갈아 바라보았다.

"어디에 설아님의 이름이 쓰여져 있다는 겁니까?"

"여기! 안 보여요?"

설아가 까치발을 해 보이면서까지 글자를 가리켰지만 여전히 라드니르의 눈에는 보이지 않는 듯했다.

"많이 피곤하신 것 같은데 이만 물러가도록 하겠습니다. 편히 쉬십시오."

그 말을 끝으로 라드니르는 순식간에 사라져 버렸다.

"여길 들어가야 하나?"

내키지 않는다는 표정으로 손잡이를 잡는 순간 설아가 서 있던 곳의 풍경이 방 안의 모습으로 바뀌었다.

"헤에— 이거 정말 신기하네."

그저 손잡이를 잡는 것만으로 문 안과 밖으로 순간 이동이 가능하다는 사실이 마냥 신기했던지 그녀가 다시 한 번 손잡이에 손을 뻗는 순간 방 안에서 인기척이 느껴졌다.

아무 말 없이 그녀를 바라보고 있던 또 한 명의 설아는 자신의 한심한 행동을 보며 가벼운 한숨을 내쉬었다. 아무래도 자신과 똑같은 얼굴을 한 소녀가 이런 유치한 행동을 하고 있다는 것이 약간 탐탁지 않은 것이다.

"그쯤 해두지 그래?"

흠칫한 표정으로 뒤를 돌아본 그녀의 시야에 곧 익숙한 얼굴이 들어왔다.

"넌……!"

"그래, 설아야. 그런데 넌 누구지?"

침대 위에 걸터앉은 설아는 그녀를 매섭게 노려보고 있었다.

"누구길래 남의 이야기를 망치고 있는 거야?"

"…무슨 이야기?"

그녀는 새끼손가락으로 귀를 파더니 다시 한 번 말해 보라는 듯 팔짱을 꼈다.

"왜 남의 이야기를 망치냐고 물었어."

자신과 똑같은 얼굴로, 똑같은 말투로 자신의 이야기를 남의 이야기라고 말하는 설아를 보며 그녀는 과거의 설아가 그러했듯 아마 기가 탁탁 막힐 거라는 걸 설아는 잘 알고 있었고, 바로 그런 점을 이용해 그녀가 자신의 이야기에 집중하도록 만들 생각이었다.

즉 그녀에게 자신에 대한 어떤 힌트도 남기지 않을 작정이었다. 과거의 자신이 그러했듯 자신을 또 다른 인격 정도라고 생각하도록 내버려 둘 생각이었던 것이다.

"남의 이야기?"

"그래, 남의 이야기. 넌 도대체 누구야?"

그녀는 미간을 찡그리며 천천히 설아를 뜯어보았다. 마치 보석을 감정하는 세공사 같은 눈길로 자신을 바라보는 게 부담스러웠다. 과거의 자신은 스스로에게 지지 않기 위해 큰 소리로 설아가 누구인지에 대해 따지기 시작했다.

"그러는 너야말로 누구야? 설아는 나야. 네가 아니라. 이 이야기도 네 이야기가 아니라고. 도대체 넌 뭐야?"

그녀의 말에 설아는 어이없다는 표정으로 그녀를 바라보았다. 분명히 과거의 자신이 정체 불명의 소녀에게 했던 말과 정확하게 일치하는 말이었다.

게다가 아무리 상대가 과거의 자신이라고는 하지만 이 이야기를 이대로 망쳐 버리는 것을 바라보고만 있을 수는 없었다.

설아는 과거의 자신을 향해 말도 안 된다는 표정을 지어 보였다.

"그럼 네가 나란 말이야?"

"무슨 소리 하는 거야?!"

골치 아프다는 표정으로 서로를 바라보던 그녀들은 누가 뭐라고 할 것도 없이 버럭 소리를 질렀다.

"넌 내가 만든 캐릭터가 아니야!"

"난 너 같은 애를 만들어낸 기억이 없어!"

서로 같은 말을 하고 있다는 것을 깨달은 두 사람은 잠시 동안 침묵했다.

"내가 진짜 설아야."

설아의 말에 과거의 설아는 미간을 찡그렸다.

"증거있어?"

"본인이 본인이라고 하는 데도 증거가 필요하다는 거야?"

설아의 매서운 눈빛에 과거의 설아는 예전에 자신이 그러했듯 살짝 미간을 찡그렸다.

"아니, 필요없어. 그렇지만 내가 설아가 아니라는 말을 하려거든 증거를 대야 할 거야. 네가 널 설아라고 주장하듯이 나 또한 설아거든."

그녀의 말에 설아는 어깨를 으쓱거리며 팔짱을 꼈다. 분명히 저 말을 내뱉기 위해 자신이 최대한 머리를 굴렸었다는 걸 기억해 낸 탓이었다.

"안됐지만 넌 가짜야."

반복되는 설아의 말에 과거의 설아는 어이없다는 듯한 표정으로 질문했다.

"그래? 증거는?"

"나야. 본인이 여기 있는데 더 이상 무슨 증거가 필요하지? 내가 진짜 설아니까 안됐지만 넌 가짜야."

그녀의 말에 과거의 설아는 피식 미소를 지었다.

"으음… 그러니까 난 가짜고, 넌 진짜구나… 라고 말할 거 같아? 그런 말 할 거면 얼굴이나 가리고 해. 너무 유치해서 내가 다 창피해지니까."

과거의 설아의 말에 그녀는 웃음이 터져 나오려는 것을 간신히 참아 냈다. 말은 저렇게 해도 사실 지금쯤 상당히 찜찜해할 것을 그녀는 잘 알고 있었던 것이다.

"…그럼 넌 내가 가짜라는 증거 있어?"

"내가 언제 너보고 가짜라고 했어?"

과거의 설아의 말에 그녀는 기세 좋게 소리쳤다.

"거봐. 역시 넌 가짜였어. 진짜라면 날 부인하지 못할 이유가 없잖아?"

모든 일이 순조롭게 흘러가자 그녀는 의기양양한 표정으로 설아를 바라보았고, 설아는 그런 그녀를 향해 가벼운 한숨을 내쉬었다.

"이봐, 내가 가짜라면 왜 널 인정한다는 거지? 오히려 널 가짜라고 우겨야 정상 아니야?"

과거의 설아의 말에 그녀는 허점을 찔려 굉장히 놀랐다는 듯이 동그란 두 눈을 크게 뜨며 괴성을 질렀다.

"뭐야! 그 말은……?!"

"세 가지 중에 마음에 드는 한 가지를 골라."

과거의 설아는 침대로 가서 걸터앉았다.

"세 가지?"

설아는 어정쩡한 자세로 서서는 물끄러미 과거의 자신을 바라보았다.

"첫째, 넌 나다."

"말이 된다고 생각해?"

설아는 과거의 자신으로부터 날카로운 지적을 당하자 속으로 뜨끔하긴 했지만 초지일관 어이없다는 표정으로 과거의 자신을 바라볼 뿐이었다.

"나도 별로 마음에 드는 생각은 아니니까 그렇게 열받아할 필요는 없어."

다행히도 그녀는 자신의 가설이 탐탁지 않았던지 아무렇지도 않게 슬쩍 넘어갔고, 설아는 그런 그녀를 향해 시치미를 떼며 질문했다.

"그래서 두 번째는?"

"난 너다."

설아는 과거의 자신을 향해 미간을 찡그리며 두 눈에 힘을 주기 시작했다. 그녀가 하는 말은 과거의 자신이 내뱉었던 말인만큼 다음에 돌아올 말 역시 알고 있었다.

과거의 설아는 분명히 자신에게 가짜냐는 질문을 던질 것이다.

"장난치냐?"

과거의 설아는 자신을 향해 생긋 미소 짓는 여유까지 보이고 있었다.

"마지막이야. 이게 가장 마음에 드는 가설인데 들어볼 거야?"

그녀의 질문에 설아는 말해 보라는 듯 고갯짓을 해 보였다.

"세 번째, 넌 가짜다."

그 말을 끝으로 과거의 설아는 문밖으로 뛰어나갔다.

'과연 너무나도 나다워서 할 말이 없구나.'

설아는 과거의 그녀를 향해 혀를 내둘렀다. 그리고는 빠르게 그녀를 쫓아가기 시작했다.

"어딜 가는 거야?"

등 뒤에서 들려오는 자신의 목소리에 과거의 설아는 온몸에 소름이 돋을 지경이었다. 무작정 뛰쳐나온 것까진 좋았지만 이곳에 있는 모든 벽들은 거울이라는 것을 완전히 잊고 있었던 것이다.

'제기랄……'

설아는 과거의 자신을 더 이상 쫓지 않고 다시 방으로 들어가 버렸다. 이곳에 있는 모든 사물에게 마법이 걸려 있는 만큼 섣불리 움직였다간 자신에게 감시자를 붙이는 꼴밖에 되지 않음을 설아는 누구보다도 잘 알고 있었던 것이다.

과거의 설아는 그녀가 없다는 것을 아는지 모르는지 여전히 달리느라 정신이 없었다.

"어이! 어디 가냐니까?"

자신의 목소리는 맞지만 약간은 호의가 담긴 듯한 자신의 목소리에 설아는 의아한 표정을 지었다.

"호오— 표정을 보니까 알겠다. 화장실이지?"

거울 속의 설아는 자신과 똑같은 얼떨떨한 표정을 짓고 있었지만 '그녀'가 아니라는 생각이 들었다.

"꽤 놀란 모양이지? 주인님이 말씀하셨잖아. 이 저택에 있는 것들에게는 일정 수준의 이성이 있다고 말이야."

거울의 복도는 복도에 비춰지는 대상의 입을 빌려 설아와 대화를 나누는 듯했다.

"화장실에 갈 거라면 저런 녀석 수다에 귀를 기울일 필요는 없어. 내가 보내줄 테니까."

굵직하고 무뚝뚝한 목소리가 날아들자 설아는 주변을 두리번거렸다.

그러나 자신의 눈에 들어오는 것이라고는 온통 자신의 모습뿐이었다. 그녀는 자신의 모습을 보면서 흠칫흠칫거리는 스스로를 깨닫고는 이내 가벼운 한숨을 내쉬었다.

'거울 보고 깜짝깜짝 놀라다니… 내가 무슨 몬스터 같잖아.'

"여기야, 여기. 이거 서운한데……. 날 밟고 있으면서도 나의 존재를 망각하고 있는 거야? 으으… 기분이 바닥으로 떨어지는 것 같은걸."

설아는 그 말에 깜짝 놀라 바닥을 내려다보았다.

"에? 지금 바닥이… 말하고 있는 거야?"

"응. 뭐, 세상을 살다 보면 그런 일이 종종 있을 수도 있다구. 벽이 말을 하는데 바닥이라고 조용히 있으란 법 있냐? 오크가 미인대회에 출전해서 대상을 받을 정도의 확률이긴 해도 바닥도 말을 할 수 있어."

'없어! 이런 일 같은 거 절대로 일어날 리가 없잖아.'

설아는 속으로 그의 말을 반박했지만 겉으로는 생긋 미소를 지어 보였다.

"기분은 좋아지셨나요?"

"좋아지고 나빠지고 할 것도 없어. 원래가 바닥인걸."

설아가 서 있는 자리는 어느새 의자로 변하더니 천천히 움직이기 시작했다.

"어디로 가는 거죠?"

"화장실. 네가 가고 싶어했잖아."

'내가 언제… 난 그런 말 한마디도 한 적 없는데……. 쳇! 이 집은 벽이고 바닥이고 왜 이리 산만해.'

설아는 속으로 한참을 툴툴거리다 이내 바닥이 멈추자 가벼운 한숨을 내쉬었다.

설아로서는 그녀가 누구인지 알 수는 없었지만 그녀는 반드시 설아가 혼자 있을 때만 나타난다는 것은 어렴풋이 눈치 채고 있었다.

'내가 헛것을 보고 있는 걸까?'

그녀와 관련된 것들은—설아를 제외하고는—마치 존재하지 않는다는 것처럼 진행되는 분위기에 더욱 신경이 쓰이는 설아였다.

"정말 곤란하게 됐는걸."

설아는 미간을 찡그리며 가벼운 한숨을 내쉬었다.

'친구들이 있었다면 도움이 되었겠지만…….'

어쩔 수 없는 일이라며 설아는 또다시 가벼운 한숨을 내쉬었다.

그녀에 대해 확인해 보고 싶은 일이 있긴 했지만 아직은 그럴 용기가 나지 않는 과거의 설아였다. 인정하긴 싫지만 설아는 현재 이 세계에서 자신과 똑같이 생긴 그녀가 가장 두려웠다.

말도 안 되는 가설이긴 하지만 만일에 하나 그녀가 가짜가 아닌 진짜 설아라면…….

"난 대체 뭐지……."

대답은 두 가지뿐이었다. 가짜거나 혹은 두 사람이 동일 인물이라는 것.

"말도 안 돼! 내가 닌자도 아니고 분신술 쓰냐?"

설아는 스스로를 향해 버럭 소리를 질렀다.

바닥은 그녀가 뭐라고 말해 주기를 기다렸다는 듯이 다시 그녀를 앉히고는 퉁명스럽게 질문했다.

'아직 있을까?'

"이봐. 방으로 갈 거 아니야?"

"아… 네."

그다지 내키지 않아 하는 듯한 그녀의 대답에 벽은 무뚝뚝한 말투로 그녀에게 말을 걸었다.

"내가 마음에 들지 않는다면 널 여기로 데려온 바닥을 불러줄 수도 있어. 그렇게 해줄까?"

"아니요, 괜찮아요."

바짝 기합을 넣은 그녀를 보며 그는 그제야 만족한 듯 움직이기 시작했다.

방문 앞에 선 그녀는 눈을 질끈 감고는 손잡이를 향해 손을 뻗었다.

"어서 와~"

말끝에 하트라도 붙여놓은 듯한 상냥한 목소리에 자신도 모르게 온 몸에 소름이 돋아버린 과거의 설아였다.

"이봐, 남의 얼굴로 그런 섬뜩한 짓은 하지 말아줘."

생글생글 미소를 짓던 설아는 과거의 자신을 향해 미간을 찡그렸다. 사실 설아는 과거의 자신의 기억을 떠올리며 약간은 감상에 젖은 기분이었다.

지금 이 자리에 있는 자신이 미래의 자신이라는 걸 깨달았다면 마음이 조금이라도 더 편안했을까?

"모처럼 상냥하게 구는 건데 그런 말은 너무 심하잖아."

설아는 과거의 자신이 아무런 반응을 보이지 않자 가벼운 한숨을 내쉬며 침대에 걸터앉았다.

"네가 나간 뒤 곰곰이 생각해 봤는데… 뭔가 문제가 생긴 것 같아."

"문제?"

조금 전과는 달리 그녀에게서 적의를 찾아볼 수 없게 되자 과거의 설아는 그녀를 두려워한 자신에게 약간 실망감을 느꼈지만 이내 그런 생각을 떨쳐 버린 듯했다.

과거의 설아가 느끼는 감정이 현재의 자신의 감정처럼 너무나 가깝게 느껴지자 설아는 과거의 자신에게 약간의 측은함이 느껴졌다.

과거의 자신은 아직까지도 자신을 두려워하고 있을 것이다.

자신이 바로 미래의 모습인데도 말이다.

"난 가짜가 아니야."

과거의 설아의 말에 그녀는 어깨를 으쓱거렸다.

"아직도 그 이야기야? 말해 두지만 나 역시 가짜가 아니야."

"어이! 사람 말은 끝까지 듣는 게 예의라는 것도 모르니? 내가 언제 너한테 가짜라고 한 적 있어?"

약간은 기분 상한 듯한 말투에 과거의 설아는 망설임없이 고개를 끄덕거렸다.

"응, 있어."

"…언제까지고 지나간 일에 연연하면 큰 사람이 될 수 없어."

과거의 설아는 당당한 그녀의 말에도 불구하고 고개를 설레설레 흔들었다.

"내 키는 가망없어. 이게 다 큰 거야."

"…나의 꿈을 망가뜨리지 말아줘. 이래 봬도 168㎝까지 클 예정이라구."

설아는 과거의 자신과 마치 만담이라도 하고 있는 것만 같은 기분에 어깨를 으쓱거리며 자신의 말을 이어 나갔다.

"게다가 네가 말하면 정말 그럴 것 같아 무섭다구."

"쓸데없는 소리 말고 문제가 뭐야?"

과거의 설아는 미래인 자신과 적당한 거리를 유지한 채 비교적 편안한 자세를 유지했다.

"너와 내가 동일 인물일 가능성은 충분해. 아마도 버그겠지. 처음 프로그램에 들어왔을 때 여기저기 손봤으니까 어느 정도 에러는 예상하고 있었지만… 충격이네. 나랑 똑같은 존재라니……."

설아는 과거의 자신을 천천히 뜯어보기 시작했다.

괜시리 마음이 약해지려 하고 있었다.

과거의 자신은 어떻게든 스스로 이야기를 꾸려 나가려고 하고 있었다.

그것은 현재의 자신이 안타까울 정도로 잘 알고 있는 감정이었다.

그리고 현재로서는 자신이 그 이야기를 이어 나가야 한다고 생각하고 있으니 과거의 자신이 안타까울 수밖에 없었다.

"정말 골치 아프게 됐군."

설아의 말을 들은 걸까?

과거의 설아가 어두워진 표정으로 설아에게 말을 걸어왔다.

"버그 문제라면 이쪽에선 해결할 수 없는 거잖아. 내용상의 오류라면 모르겠지만……."

말끝을 흐리는 과거의 설아에게 그녀는 가벼운 한숨을 내쉬었다.

"그러니까 문제지. 이제 어쩔 거야?"

"뭘?"

"…이야기 안에 작가가 둘씩이나 나서는 거 봤냐?"

설아의 질문에 과거의 설아는 '그게 어때서' 라는 표정으로 일관했다.

"공동 집필이라면 과거부터 많이 있어왔던 거잖아. 그게 어때서?"

"네가 뭘 착각하나 본데 내가 이야기하는 작가는 화자(話者)야."

설아는 냉정하게 잘라 말하며 과거의 자신을 흘깃 바라보았다.

과거의 설아 역시 흠칫한 표정으로 설아를 바라보았다.

현재 자신 앞에 서 있는 그녀가 가짜라면 몰라도 또 하나의 자신이라면 문제는 꽤 심각하다는 걸 과거의 설아 역시 느끼고 있는 듯했다.

사공이 많으면 배는 산으로 간다는 말처럼 이야기꾼이 많으면 이야기는 그 생명을 잃게 되는 법이다. 이야기꾼은 보다 많은 이야기를 들려주고 싶어하지만 같은 이야기라도 두 사람이 떠들어댄다면 듣는 사람도, 말하는 사람들도 집중력을 잃게 되고 결국은 자신이 무슨 이야기를 하려 했는지조차 잊게 되기 때문이다.

그렇기에 모든 이야기의 화자(話者)는 한 사람이 될 수밖에 없다. 그것은 시점이라거나 주인공과는 다른 것으로 이야기 전체의 커다란 주제와 연관되어진다.

"일단 정확하게 짚고 넘어가자."

곰곰이 생각에 빠져 있던 그녀는 과거의 설아의 말에 천천히 고개를 들었다.

"넌 내가 또 다른 너라는 걸 인정할 수 있어?"

"…인정해야지. 어쨌거나 내가 만들어낸 존재는 아니니까."

설아의 대답에 과거의 자신은 고개를 저었다.

"난 인정할 수 없어."

이미 알고 있는 대답이었지만 설아의 눈빛이 매서워졌다.

자신에게 스스로를 거부당한다는 것은 꽤 잔인한 일이었다.

마치 자신에게 무슨 결함이라도 있는 것처럼 느껴지도록 만드는 과거의 자신으로부터 설아는 알 수 없는 서운함을 느꼈다.

"뭐?"

"난 널 나라고 인정할 수 없어. 솔직히 넌 너무 수상해."

"뭐가 수상하다는 거야?"

설아는 과거의 자신을 향해 진지한 표정으로 질문했다.

"네가 정말 나라면 지금까지 뭘 하다 이제야 나타난 거지?"

그녀의 말에 설아는 아무런 대답도 할 수 없었다.

뭐라고 대답한단 말인가?

나 스스로 이건 못하겠다고 이야기를 때려치웠는데 이제 와서 다시 한 번 써보겠다고 과거의 자신에게 '그만 나가라' 고 권유하러 왔다고?

어차피 넌 도망가게 될 테니까 그만 이야기를 포기하라고?

아무리 생각해도 설아는 과거의 자신을 납득시킬 만한 말을 찾을 수가 없었다.

설아는 과거의 자신이 무엇 때문에 화를 내는 것인지 매우 잘 알고 있었다.

그것은 자신에게 느꼈던 분노와 같은 것일 테니까.

"난 처음에는 네가 적이라고 판단했어. 쉽게 나올 수 있을 리가 없잖아."

설아는 대답을 기다리는 과거의 자신에게 결국 자세한 설명 대신 그럴듯한 핑계를 대야만 했다.

"…아크레가 죽었을 때도 넌 아무것도 하지 않았어."

과거의 자신의 외침에 설아는 가슴이 아팠다.

그렇지만 일방적인 비난을 듣고 있을 만큼 설아는 강하지 못했다.

"그건 내가 따지고 싶은 말이야. 그의 죽음 역시 예정에 없던 일이야. 내가 나선다면 일이 해결될 것 같아?"

약간의 비웃음이 섞인 설아의 말에 과거의 자신은 가벼운 한숨을 내쉬었다. 그녀 역시 어렴풋이 알고 있는 듯했다.

현재의 자신이 나선다고 해서 해결되는 일과 그렇지 않은 일이 있다는 것을.

"엉망이 된 이야기가 더욱 엉망이 되어버리겠지."

"잘 아네. 이야기를 만드는 사람이 누구라고 생각해? 이야기에 끌려다니는 게 아니라 이야기를 만드는 게 바로 작가야."

너무나 거침없는 설아의 말에 과거의 설아는 머리가 지끈거렸다.

평소에 쓸데없는 걱정을 사서 한다는 말을 들을 정도로 저 문제를 가지고 고민했던 설아였다.

수업 시간에 교수님들은 '작가란 이야기의 지배자이므로 이야기에 끌려 다녀선 안 되며 캐릭터는 캐릭터일 뿐이니 그것을 움직이는 것이 작가다' 라는 지극히 당연한 말을 해왔었다. 그것은 교수님뿐만 아니라 같은 과 친구들 역시 당연하게 생각하는 것들이다. 그러나 설아는 그 당연한 것이 고민이었다.

이야기를 만들어내려면 캐릭터가 필요하고, 캐릭터가 나오면 그 세계에 푹 빠져야 한다. 캐릭터와 함께 모험도 하고, 때로는 아파하면서 그 세계와 교류를 해야 한다고 생각하는 것은 설아의 어린 생각인 걸까?

캐릭터를 움직이는 것은 작가가 아니라 그 캐릭터의 설정이라는 생각은 정말로 잘못된 것일까?

자기가 만든 캐릭터가 너무나 소중하고 때로는 사랑스러워서 그를 죽여야 할 땐 밤새도록 목 놓아 울어버리는 설아를 그저 미숙하다고 여기는 걸까?

또 하나의 자기 자신일지도 모르는 존재에게까지 그런 이야기를 들어야 하는 것은 그리 유쾌하지 않은 일이었다. 어쩐지 잘 눌러두었던 불안감을 다시 한 번 꺼내는 것 같아 더욱더 불안해졌기 때문이랄까……

그렇지만 현재의 설아는 교수님이 말하고 있는 것이 무엇인지를 어렴풋이 알고 있었다.

이야기를 끌고 나가는 주체가 된다는 것은 이야기가 감당하지 못할 정도로 덩치가 비대해져서 도망가는 일은 결코 없다는 소리였다.

이야기로부터 등을 돌리는 일은 두 번 다시 하고 싶지 않은 설아였다. 그리고 그런 설아를 모를 리가 없는 현재의 설아가 그녀의 이야기를 듣고 있었다.

"게다가 내가 이제야 나타날 수밖에 없었던 건 이 이야기에서 나라는 존재가 완전히 빠져 있는 전지적 작가 시점을 선택했기 때문이야.

겨우 그런 것 가지고 수상하다고 말하는 건 너무하잖아."

팔짱을 낀 채로 도도하게 '뭔가 할 말이라도 있는 거야?' 라고 묻는 듯한 설아의 시선에 과거의 설아는 미간을 찡그렸다.

"넌 내가 아닌 것 같아. 그렇다고 내가 만들어낸 캐릭터도 아니지만……."

설아 역시 그녀에게 냉정한 태도를 취할 수밖에 없는 자신의 입장이 안타까웠다. 그녀가 자신에게 듣고 싶어할 말은 그리 어려운 말이 아니었다.

그리고 그 말이 과거의 자신에게 있어 얼마나 절실한 말인지 알 수 있었다.

이대로 이야기를 포기할 수는 없지만 그렇다고 그녀를 쫓아낼 수도 없다.

결국 설아는 미래의 자신이 그녀에게 들려줬던 말을 과거의 자신에게 그대로 돌려줄 수밖에 없었다.

"그럼 이제 어떻게 할 거야?"

설아의 눈이 날카로운 빛을 띠자 과거의 설아는 그녀의 시선을 피했다.

과거의 설아에게 있어 자신이 어떻게 보여질지 잘 알고 있는 설아로서는 가급적 그녀에게 겁을 주고 싶진 않았지만, 얕잡아 보였다간 과거의 자신에게 유리한 위치를 빼앗길지도 모른다는 생각에 과거의 자신으로부터 시선을 돌리지 않았다.

설아 역시 과거의 자신이라고는 하지만 스스로를 적으로 마주하고 싶진 않았다.

"네가 이야기를 포기해."

과거의 설아의 말을 못 알아들을 설아는 아니었다. 무엇 때문에 자신에게 이야기를 포기하라고 하는지 그녀가 하고자 하는 이야기는 충분히 알아들을 수 있었지만, 그렇다고 이대로 물러나고 싶지는 않았다. 더군다나 과거의 자신이 그러했듯 과거의 설아는 궁지에 몰려 있는 상황이다.

이대로 갔다가는 자신이 의도하지도 않았던 세계들을 마구 만들어 낼 거라는 생각에 설아는 씁쓸한 미소를 지었다.

"너 지금 그럴싸한 이야깃거리라도 생각해 놓고 하는 말이니?"

과거의 설아는 그녀의 말에 이 이야기의 모든 것은 사실 현재 이 자리에 있는 자신이 만들어냈다기보다 눈앞에 있는 자신을 꼭 닮은 그녀가 만들어냈을지도 모른다는 생각이 스쳤다.

그렇지만 이야기를 포기하지 않으려고 친구들까지 내쫓은 자신이 갑자기 나타나서 자신을 혼란시키는 설아에게 꼬리를 내려 버릴 순 없었다.

무엇보다 두 사람의 설아는 자신의 이야기를 쉽게 포기할 수 없었다.

"이봐, 난 네가 싫어."

난데없는 그녀의 말에 설아는 생긋 미소를 지었다.

자신이 보기에는 유치하기 짝이 없는 말이지만 과거의 설아로서는 현재 그녀가 느끼고 있는 가장 솔직한 감정 표현이었을 것이다.

"동감이야. 어쨌거나 난 다른 캐릭터들 앞에 나타나지 않을 거고, 이야기에 쓸데없는 간섭도 하지 않을 거야."

"그래서? 나 역시 이야기가 엉망이 되는 건 싫어. 네 말처럼 이야기에 쓸데없는 관여는 하지 않아."

서로 생글생글 미소를 지으며 대화를 나누고 있긴 했지만 그녀들의 눈빛에선 불꽃이 튀었다.

"서로가 그런 생각이라면 걱정할 필요 없지 않아?"

"무슨 걱정?"

"이야기가 엉망이 되지 않을까 하는 걱정 말이야."

과거의 설아로부터 들려온 말에 그녀는 생각에 잠긴 듯 한참 동안 침묵했다.

"…그건 공존하자는 의미야?"

한참 만에야 다시 입을 연 설아는 무표정한 얼굴로 과거의 설아를 바라보았다.

"말하자면 그렇게 되는 건가?"

과거의 설아가 머리를 긁적거리며 대답하자 그녀는 다시 한 번 무표정한 얼굴로 질문했다.

"그게 어떤 의미인지는 아는 거지?"

그녀의 질문에 설아가 아무런 대답을 하지 않자 그녀는 자신의 말을 이어 나갔다.

"서로를 인정한다는 말이야."

차라리 그렇게 된다면 지금부터라도 이야기가 바뀔 만큼 큰 문제가 생겼을 때 서로 어떻게 해 보자는 제안이라도 할 수 있을 테니 상처받지 않고 이야기를 끝낼 수 있을 거라는 생각이 드는 설아였지만 과거의 그녀는 자신이 생각하는 의도로 이런 말을 꺼내지 않았으리라는 걸 설아는 충분히 알 수 있었다. 어쨌거나 저 말조차도 과거의 자신이 내뱉었던 말이니 말이다.

과거의 설아는 현재의 그녀가 예상했던 대로 그런 뜻이 아니라는 듯한 의미의 한숨을 내쉬었다.

"일종의 휴전 상태로 받아들여도 될 텐데……."

"휴전?"

"난 아직 네가 적인지 아군인지 구분이 안 돼. 그건 너도 마찬가지 아니야?"

　마치 퍼즐의 한 조각을 맞춰 나가듯 자신의 예상에서 벗어나지 않는 그녀를 보며 설아는 살짝 미간을 찡그렸다.

　"그래서 유예 기간이라는 거야?"

　"말하자면 그렇지. 적인지 아군인지 정도는 파악할 시간이 필요한 건 서로 마찬가지 아니야? 좋게좋게 생각해."

　아마도 그녀는 자신이 아무것도 모른다고 생각하고 있을 거라는 생각에 저절로 한숨이 나왔다. 이렇게나 훤히 꿰뚫어 보고 있는데도 말이다.

　"휴전이라면 기간이 있겠지?"

　설아는 잘 짜여진 대사를 읊는 배우의 심정으로 자신의 대사를 읊었다.

　"어느 한쪽이 상대를 적이라고 인식할 때까지."

　설아의 말에 그녀는 미간을 찡그렸다.

　"에? 그건 아군이 될 수는 없다는 말이야?"

　"아니지. 서로 약간의 의지는 된다는 소리야. 적이라고 판단하기 전까지는 혼자가 아니라는 사실만으로도 어느 정도 서로에게 위안이 될 테니까 말이야."

　생긋 미소를 짓는 과거의 설아에게 설아는 귀찮아하는 표정을 지어 보였다.

　"그건 네 이야기겠지. 사실 난 네가 없는 쪽이 좋아. 위안거리를 찾으려면 딴 데서 벌써 찾았을 거야."

　설아는 자신도 모르게 과거의 자신에게 짜증을 부린다는 것을 깨달았지만 너무나 자신과 똑같을 만큼의 어처구니없는 고집을 부리고 있는 과거의 자신에게—적어도 지금만큼은—호의적으로 대해야 할 필요성을 느끼지 못했다.

설아는 과거의 자신이 '내가 이렇게까지 싸가지없는 녀석이었던 가?'라는 표정으로 자신을 바라보고 있다는 것을 느끼고는 가식적인 미소를 지으며 악수를 청했다.

"농담이야. 어쨌거나 잘 부탁해."

"이쪽이야말로 잘 부탁해."

과거의 설아는 자신의 손을 잡으며 속으로 '거치적거리지 않도록 부디 잘 부탁해'라고 말할 것을 알고 있으니 결국 과거의 자신이나 현재의 자신이나 똑같은 녀석이라는 생각이 들어 결국엔 그냥 피식 웃고 말았다.

"이제 당분간은 서로 볼일이 없겠구나. 그럼 난 이만 가볼게."

설아는 그 말을 끝으로 과거의 자신으로부터 모습을 감추어 버렸다.

꽤 좋은 분위기로 헤어졌다고는 해도 과거의 설아와는 달리 현재의 설아의 입장으로서는 해결된 일이 아무것도 없었다.

과거의 자신이 두려워했던 사람이 미래의 자신이었다니…….

생각하면 참 불행한 이야기다.

그렇지만 현재의 자신이 두려워하는 사람은 과거의 자신이다.

그것 역시 생각할 여지도 없는 불쌍한 이야기다.

설아는 그렇게 생각했다.

"이제 어떻게 할 거야?"

그다지 듣고 싶지 않았던 앞으로의 계획에 대한 질문에 설아는 아무런 대답도 하지 못했다. 그저 자신이 아닐지도 모른다고 생각했던 소녀가 사실은 현재의 자신이었다니…….

어쩌면 그럴지도 모른다는 생각이 들긴 했었지만 그래도 이 이야기를 이끌어가는 사람은 자신이라고, 현재의 자신이라고 생각했었기에 설아는 지금(미래)의 자신 따윈 염두에 두지도 않고 일을 진행시켜 나갔었고, 그 뒤로는 자신이 이 이야기를 포기할 때까지 단 한 번도 지금(미래)의 자신과 마주한 적이 없었다.

왜 그랬을까?

생각해 보면 자신이 없었다.

과거의 자신이 현재의 자신보다 어딘가가 부족하다고 생각하진 않는다.

그것은 이 이야기를 이끌어 나가는 사람이 굳이 자신이 아니어도 된다는 뜻이기도 한 걸까?

그렇다면 무엇 때문에 친구들을 끌고 여기까지 온 걸까?

과거의 자신은 미래의 자신을 생각할 여유 따윈 조금도 남아 있지 않았다.

오로지 그녀가 방해되지 않기만을 바랄 뿐이었다.

그렇지만 현재의 자신은 과거의 자신 없이는 존재할 수 없는 존재였다.

일방적으로 그녀를 무시하고 지나가기엔 걸리는 게 너무나 많았다.

앞으로 그녀가 겪을 일들을 누구보다도 잘 알고 있는 설아로서는 가급적이면 그녀가 자신이 겪었던 힘든 일들을 겪지 않았으면 하는 바람이 있었던 것이다.

"설아야?"

한참 동안 설아의 대답이 들리지 않자 남주는 그녀가 걱정스러웠는지 조심스럽게 그녀의 이름을 불렀다.

"만약… 네가 걸려서 그런 거라면 그녀가 나갈 때까지 기다리면 되지 않을까?"

빈의 조심스런 제안에 설아는 고개를 흔들었다.

어쨌거나 그녀가 과거의 자신이라면 그녀가 이야기를 포기하는 순간 이 이야기도 사라진다는 전제 조건이 붙어 있는 것이다.

무엇보다 뻔히 그 결과를 알면서 과거의 자신에게 상처를 줘서 어쩌자는 건지…….

그건 명백한 자해(自害)다.

'그렇다면 난 어떻게 하고 싶은 걸까?'

설아는 고개를 푹 숙였다.

'이래서는 아무것도 달라진 게 없잖아.'

결국 또다시 도망치는 것일까?

"도대체 무슨 생각을 하는 거야? 그 애는 너잖아. 뭐 때문에 고민을 하는 건데? 자기 자신을 설득시키지 못한다는 이유로? 나참, 네가 네 자신의 눈치를 봐서 뭘 어쩌자는 거야? 단도직입적으로 말할게. 지금 이야기를 포기하고 싶은 거야? 그런 게 아니라면 정신 차려."

빈의 걱정스럽다는 듯한 말에 설아는 아무런 대답도 할 수 없었다.

자신의 눈치를 본다는 그녀의 말이 틀린 것이 아님을 알고 있었지만 그녀가 과거의 자신이기에 그녀를 설득하는 일이 얼마나 어려운 것인지 또한 알 수 있었던 것이다.

과거의 자신에게 이곳에서 나가라고 쐐기를 박지 못한 것은 자기 자신에게 모질지 못한 탓도 있었지만 과거의 자신도, 현재의 자신도 모두 허수아비로 남겨두고 싶지 않았던 탓이 제일 컸다.

무엇보다 과거의 자신이 이 이야기를 포기하기라도 한다면 이곳은 사라질 거라고 믿고 있는 설아로서는 아무래도 그녀를 이대로 지켜보는 수밖에 별다른 방법이 생각나지 않았다.

일종의 타협을 시도한 이유도 바로 거기서 비롯된 것이다.

그러나…

냉정하게 따져 보면 그녀를 지켜본다는 것은 그녀가 자멸(自滅)할 때까지 기다리겠다는 말밖에 되지 않는다.

'나는 도대체 뭘 하고 있는 거지?

과거의 자신은 이야기의 완성도보다는 이야기를 포기하지 않고 끝내는 것에 우선순위를 두고 있었다. 아니, 우선순위가 아니라 그것밖에 생각하지 못하고 있다는 것이 정답일 것이다. 그렇지만 자신이라면, 적어도 현재의 자신이라면 보다 더 나은 이야기를 만들 수 있었다.

그런데도 왜 움직이지 않고 이렇게 그녀를 바라만 보고 있는 걸까?

빈은 계속해서 멈칫거리고 있기만 하는 설아를 보며 슬그머니 혜령을 떠올렸다.

'지금 지켜보고 있다면 이 상황 좀 어떻게 해봐요.'

$$* \qquad * \qquad *$$

"어떻게 하라고 해도… 어떻게 하라고?"

혜령은 당황한 표정으로 모니터 가득 보여지고 있는 소녀들을 향해 질문을 던졌다.

"어떻게 아직도 설아가 남아 있을 수 있는 거지?"

혜령은 무심코 화면을 돌리려다 설아가 자신이 들어 있는 상태에서 이야기를 되돌려 버리면 자신은 계속해서 그 장면에서 멈춰 같은 상황을 반복할 수밖에 없다고 했던 말이 떠올랐다. 이러지도 저러지도 못하던 그녀는 문득 이야기의 앞부분을 빠르게 넘겨 버리면 어떨까 싶은 생각이 들었다.

그렇지만 화면 속의 이야기는 현재 진행 중인 이야기였다. 그렇다는 것은 있어야 할 뒷이야기가 없다는 뜻이기도 했다.

"…이걸 어쩌지."

혜령은 자신이 할 수 있는 일은 화면 속에 있는 설아 일행을 지켜보는 것밖에 없다는 것을 깨닫고는 가벼운 한숨을 내쉬었다.

일단은 지켜보면서 그녀에게 도움이 될 만한 것을 찾자고 스스로를 위안하는 혜령이었다.

*   *   *

"그렇게 멍하니 있지 말고 뭘 할지 생각해 봐."

"생각하고 있어. 답이 안 나와서 그렇지 생각은 하고 있어."

약간 짜증 섞인 말투에 머쓱해진 빈은 계속해서 침울하게 앉아 있는 설아를 보며 조용히 입을 다물었다.

"아? 설아야, 저건……"

가희의 목소리에 설아는 고개를 들었다.

"뮤?"

고개를 갸웃거리며 설아가 있는 쪽으로 통통 뛰어오는 뮤를 보며 설아는 의아한 표정을 지어 보였다.

뮤? 뮤뮤? 뮤—!

뮤는 설아 바로 앞까지 다가와서는 그녀를 관찰하듯 살펴보기 시작했다.

뮤?

설아는 그런 뮤를 보며 의아한 표정으로 얼굴을 가까이 들이댔다.

바로 그 순간…

뮤우~!

뮤는 먹이를 노리는 맹수처럼 눈을 번뜩이며 설아에게 달려들어 그녀를 삼켜 버렸다.

뮤뮤!

뮤는 주변을 두리번거리더니 '꺼억' 소리가 나도록 트림을 했다.

너무 갑작스러운 일이라 어이가 없었던 걸까.

설아가 모두의 눈앞에서 뮤에게 잡아먹혔음에도 불구하고 소녀들은 아무런 반응도 보이지 않았다.

뮤~?

무엇인가를 찾는 듯한 태도로 다시 한 번 주변을 두리번거리던 뮤는 이내 아무도 없다는 것을 깨닫고는 순식간에 사라져 버렸다.

"…방금 뭐였어?"

소녀들 중 가장 먼저 정신을 차린 빈이 황당하다는 듯한 목소리로 아직도 멍한 상태의 소녀들을 현실로 이끌었다.

"까아―! 어떡해?! 설아가 뮤에게 잡아먹힌 거야?!"

가희는 아직도 믿어지지 않는다는 듯한 목소리로 비명을 질렀고 남주 역시 당황한 듯한 목소리로 그녀의 질문에 답했다.

"아무래도 그런 것 같은데… 어쩌지? 뮤는 이미 사라진 데다가 우린 할 수 있는 것도 없잖아. 설마 이대로 이야기 안에 갇히는 건 아니겠지?"

어쩔 줄을 몰라 하는 두 사람에게 빈은 불안한 듯한 목소리로 질문했다.

"그거… 잘못 본 거라고 생각했었는데 확실히 뮤였지?"

"그렇게 어리버리하게 생긴 게 또 있을 리도 없고 뮤가 확실해."

남주의 말에 빈은 버럭 소리를 질렀다.

"으아아! 이럴 줄 알았으면 진작에 잡아먹어 버리는 건데!!"

소녀들은 어디에 있을지도 모를 뮤를 찾아내야 한다는 생각에 머리가 지끈거렸다.

설아가 원하지 않는 이상 나서지 않겠다는 약속까지 한 마당에 도습을 드러내 놓고 여기저기 들쑤시고 다닐 수도 없는 노릇인데다 결정적으로 이곳에 있는 세 명의 소녀 모두 빈털터리였다. 돈이 될 만한 물건역시 가지고 있지 않았다. 관찰자로 남는 이상 굶어 죽는 일 같은 건발생하지 않겠지만 그 문제를 제외한 모든 것들이 돈을 필요로 한다는것이 가장 곤란하면서도 가장 현실적인 문제였다.

빈은 자신들이 모습을 훤히 드러낸 채 움직인다면 반드시 그녀들에관한 기록이 남을 테고 그 기록은 이야기가 된다는 것을 알고 있었기에 설아와의 약속이 아니더라도 관찰자로 남아 있어야 할 거라는 생각이 들었다.

그러나 그것은 어디까지나 이성적인 생각일 뿐 친구가 정체 불명의생물체에게 잡아먹힌 판에 굳이 이성의 판단에 따를 필요성을 느끼지못했다.

한참 동안 이런저런 고민에 빠져 있던 소녀들은 만장일치로 모순된행동을 선택했다.

바로 뮤를 찾아 나서기로 한 것.

소녀들은 서로 아무런 말도 하지 않았음에도 동시에 그 모습을 드러냈다.

약간은 이 세계와 어울리지 않는 이질적인 느낌이 드는 교복 차림인 자신들의 모습에 소녀들은 어색함을 느꼈지만 이내 현실적인 고민으로 그 어색함을 떨쳐 버렸다.

"뮤를 어디 가서 찾지?"

가희의 걱정스런 말투에 남주는 예전 이야기를 떠올렸다.

"아마 설아 근처에 있지 않을까?"

"과거의 설아 말이지?"

빈이 짐작 간다는 듯한 목소리로 되묻자 그녀는 고개를 끄덕였다.

"뮤는 감시자였으니까 이제 프로그램 내에 남아 있는 사람은 설아밖에 없을 거라고 생각하지 않겠어? 게다가 우리는 말짱한데 설아만 잡힌 걸 봐서는 아무래도 과거의 설아 앞에 모습을 드러내 보인 게 문제가 되지 않았을까 싶기도 하고…….."

"이야기가 두 사람의 설아를 인정하지 못한다는 걸까?"

뮤가 설아를 삼켰다는 것은 감시자로서의 사명일지도 모른다는 생각에 소녀들은 가벼운 한숨을 내쉬었다. 만약 정말 그런 것이라면 뮤는 자신들을 보자마자 덥석 삼켜 버릴지도 모를 일이었다.

"이거 어쩐지 맨주먹으로 드래곤 잡으러 가는 기분인데……."

"아! 구슬!"

빈의 한숨 섞인 말투에 가희는 문득 좋은 생각이 났다는 듯 손뼉을 쳤다.

"구슬이라니?"

소녀들의 시선이 가희에게로 모이자 그녀는 쑥스러운지 살짝 얼굴을 붉혔다.

"케니 목소리가 담긴 구슬."

"응? 그게 왜?"

의아한 표정의 남주를 보며 빈은 잠시 고개를 갸웃거리다 이내 두엇인가 생각났다는 듯한 표정을 지었다.

"아! 그거 지금 누가 가지고 있지?"

"아데네 집이… 겠지?"

가희의 말에 빈은 회심의 미소를 지었다.

"그러니까 우리가 앞질러 가면 뮤를 잡아올 수 있지 않을까?"

"에에?! 그런 게 가능해?"

남주가 커다란 눈을 더욱 크게 뜨자 가희는 생긋 미소를 지었다.

"관찰자로서 움직인다는 건 제약이 없다는 뜻이지? 아무래도 제약이 있다면 제대로 된 관찰은 할 수 없을 테니까."

그녀의 수수께끼 같은 말에 남주는 더욱더 의아한 표정을 지었다.

"그게 무슨 소리야?"

가희는 한참 동안 설명할 말을 찾는 듯하더니 이내 자신의 생각을 전할 수 있는 방법을 생각해 냈다는 듯 말을 이어 나갔다.

"예를 들면 우리가 그곳을 떠올리는 것만으로 워프가 된다거나 하는 능력이 있을 거라는 거야. 이노르에 있는 정체 불명의 마을 같은 거 말이야."

가희의 말에 소녀들은 이노르의 잡화점을 떠올렸다.

"길드 마스터가 성주인 그곳 말이야?"

남주의 말에 빈이 검지를 자신의 입술에 가져다 댔다.

"쉿! 목소리가 너무 커. 설마 죽고 싶은 건 아니겠지?"

약간은 경직된 것처럼 느껴지는 그녀의 목소리에 남주는 고개를 갸웃거렸다.

순식간에 바뀐 낯선, 혹은 낯익은 풍경에 남주는 자신도 모르게 큰 소리를 질렀다.

"에에—? 여기가 어디야?!"

"…바보! 어딜 것 같아?"

모래먼지가 날아드는 거대한 성문 밖에 서 있던 세 명의 소녀들은 다들 짜기라도 한 듯이 동시에 입을 모았다.

"이노르!"

*　　　　*　　　　*

달칵달칵.

마차 속에 있는 듯한 느낌이 들 정도로 심한 흔들림에 설아는 멀미가 날 지경이었다.

마차와 다른 점이라면 이곳은 어둠침침한 데다가 붙잡고 중심을 잡을 만한 마땅한 것이 없다는 점일까.

"으으! 제발 좀 멈춰!"

하도 굴러서 온몸의 근육들이 살려달라고 비명을 지르는 듯한 느낌에 설아는 잔뜩 미간을 찡그렸다.

덜컥! 덜컥! 쿵!

"으으윽!"

결국 설아가 심하게 엉덩방아를 찧고 나서야 뮤의 움직임이 멈춰 버린 듯 아무런 미동도 느껴지지 않자 그녀는 조심스럽게 자리에서 일어났다.

"이제 멈춘 건가?"

가벼운 한숨을 내쉬며 뭔가 주변을 밝힐 만한 것을 찾던 설아는 이내 고개를 저었다.

"이곳은 뮤의 위장일 테니 불을 붙일 만한 것도 없을 테고 뭔가 방법이 없나?"

한참을 고민하던 끝에 그녀는 마법을 떠올렸다.

"라이트!"

긴 주문을 생략해 버렸지만 설아의 손에는 어린아이 주먹만한 작은 빛의 구가 떠올라 있었다. 갑작스런 빛에 눈부셔하던 설아는 문득 이곳에서 자신이 눈부셔할 필요는 없다고 생각하며 눈에 힘을 주기 시작했다. 단지 생각만 한 것뿐인데도 눈물이 찔끔찔끔 흘러나오던 눈은 거짓말처럼 편안해졌다.

이곳이 현실이 아니라는 걸 인식하는 것만으로 마치 공기 중에 붕 떠 있는 듯한 기분이 들었다.

"여기는… 뭔가 위험해 보이는걸."

평범한 동물의 위장을 떠올리던 설아는 눈앞에 펼쳐져 있는 광경에 자신도 모르게 식은땀을 흘렸다.

이야기 속이 아니라 이야기 밖의 풍경이라고 착각할 만큼 이곳은 익숙한 풍경이었다. 마치 누군가의 방처럼 보였던 것이다.

1인용으로 보이는 테이블 위에서는 내용이 숫자 '0'과 '1'로만 이루어져 있는—소환서와 무척이나 흡사하게 생긴—두꺼운 책이 저 혼자 자신의 책장을 넘기고 있었고, 의자는 순식간에 설아의 뒤로 다가와 그녀에게 편안하게 앉으라는 듯 네 개의 다리를 비스듬하게 낮췄다.

어디서 튀어나왔는지 모를 향긋한 향을 풍기는 차를 가득 담은 포트와 찻잔이 달그락 소리를 내며 테이블 위로 뛰어올랐다. 먹음직스러운 쿠키를 가득 담고 있는 바구니가 설아의 손길이 닿는 곳에 얌전히 자리를 잡자 그녀는 미심쩍은 표정으로 주변을 둘러보았다.

"…함정인가?"

아무리 보아도 벽면에 붙어 있는 커다란 스크린을 제외하고는 평범한 소녀의 방같이 느껴지는 곳이었다.

"함정이 아니라면 좋겠는데……."

호기심을 참지 못한 설아가 파란색 커버의 두꺼운 책을 만지려는 순간 어디선가 귀에 익은 목소리가 들려왔다.

뮤우―!

설아는 뮤의 목소리에 흠칫 테이블에서 떨어졌다.

뮤! 뮤! 뮤우―!

계속되는 뮤의 비명 소리에 설아는 반사적으로 고개를 돌렸다.

"에? 여기 영화관이었어?"

스크린에서는 그녀가 잘 알고 있는 뮤의 모습이 비쳐지기 시작했다. 마치 누군가의 눈을 통해 뮤를 바라보는 것처럼 한번 스크린에 비쳐진 뮤는 좀처럼 스크린 밖으로 사라지지 않았다. 오히려 스크린이 뮤의 뒤를 집요하게 쫓는 듯했다.

"아? 사라지겠다."

어디론가 통통 뛰어가는 뮤는 당연히 스크린에서 멀어져 갈 수밖에 없었고 완전히 보이지 않게 됐다고 생각하는 순간 멈췄다고 생각했던 지면이 조금씩 흔들리기 시작했다.

그녀는 어쩐지 불길한 예감에 냉큼 테이블 밑으로 들어갔다.

"설마 갑자기 저 뮤를 뒤쫓는다거나 하진 않겠지?"

설아의 말이 떨어지기가 무섭게 아늑했던 공간은 마치 환상이었다는 듯 순식간에 사라져 버렸고 오직 거대한 스크린만 남아 뮤를 바싹 뒤쫓고 있었다.

"으아아아~! 제발 멈춰!!!"

설아는 또다시 비명을 지르며 바닥을 나뒹굴기 시작했다.

그렇게 얼마나 뮤의 뒤를 쫓았을까.

이제는 엉덩이가 아픈 것도 아픈 거지만 그것보다 허리가 끊어질 정도로 고통스러웠다.

엎드린 자세로 한 손은 허리에 다른 한 손은 허공에서 허우적거리던 설아는 뮤가 멈췄다는 것을 깨닫고는 순간 반가운 마음에 눈물이 나올 뻔했다.

"으으윽! 이거 장난이 아닌데……."

설아는 바닥에서 꿈틀거리다가 이내 납작하게 엎드려 버렸다.

스크린은 계속해서 먹이를 쫓는 맹수의 눈처럼 집요하게 뮤를 비추고 있었다.

"도대체 언제까지 뮤만 쫓아다니려는 거야? 게다가 이거… 우리 쪽 뮤도 아닌 것 같고 가만히 생각해 보니까 나 소환책이나 무기 같은 것도 없잖아. 그건 전부 뮤에게 맡겼으니까."

그녀는 가벼운 한숨을 내쉬며 여전히 통통거리고 있는 뮤를 바라보았다.

"하다못해 저기 있는 뮤라도 여기 있으면 어떻게든 해볼 텐데……."

설아의 말이 끝나기가 무섭게 마치 그녀의 말을 기다리고 있었다는 듯 지면이 다시 한 번 흔들리더니 스크린이 순식간에 회색 빛으로 물들었다.

"에?"

바닥에 납작하게 엎드린 설아는 의아한 표정으로 스크린을 응시했다.

그러자 스크린은 다시 한 번 밝아지더니 익숙한 도시의 풍경을 보여주었다. 그 익숙한 풍경에 조금 전까지 존재하고 있었던 뮤만 제외되었다는 점을 빼고는 조금도 다를 바가 없는 이노르의 도시 풍경이었다.

"어디로 간 거지?"

의아한 표정을 짓던 설아의 귀에 아주 익숙한 비명 소리가 들려온 것은 바로 그때였다.

뮤우―!

스크린에서 사라진 뮤의 비명 소리가 아주 가까운 곳에서 생생하게 들려오는 것이 아닌가.

"뮤? 어디지?"

주변을 두리번거리던 설아는 무심코 고개를 위로 들어 올렸다.

뮤우―!

"으아아아악!"

털푸덕!

동그란 무언가가 설아의 안면으로 다이빙해 버린 것이다.

뮤―

말랑말랑한 감촉이 평상시라면 기분 좋게 느껴졌을지도 모르겠지만 지금은 숨이 막히기도 하고, 무엇보다 얼굴이 시큰거리는 것이 우선 살고 보자는 생각이 들었다.

"으윽!"

마치 끈적이는 젤리처럼 떨어지지 않으려는 뮤를 억지로 잡아 뜯어 버린 설아는 자신의 손에 대롱대롱 매달린 뮤를 보며 가벼운 한숨을 내쉬었다.

"너도 잡아먹힌 거냐?"

뮤―!

뮤는 금방이라도 눈물을 떨어뜨릴 것만 같은 눈으로 그녀의 질문에 답했다.

"어떻게 보면 잘된 일일지도……."

설아가 뮤를 향해 의미심장한 미소를 짓자 뮤는 그런 설아를 보며 흠칫 몸을 떨었다.

"그러니까 이쯤이었지?"

난데없이 스크린에서 들려오는 익숙한 목소리에 설아는 자신도 모르게 눈을 크게 치켜떴다.

"응. 내가 기억하기로는 이쯤에서 설아가 쓰러져 있고, 뮤가 도움을 요청하려다가 다른 뮤에게 잡아먹히는 걸로 알고 있어."

가희의 말에 남주는 의아한 표정으로 질문했다.

"그러니까 그게 오늘이 아니라 내일인 거지?"

"응. 내일이 맞아. 나도 그렇게 기억하고 있으니까."

빈이 남주의 질문에 고개를 끄덕이자 그녀는 그러지 않아도 커다란 눈을 더욱 크게 뜨며 길모퉁이에 쓰러져 있는 소녀를 검지로 가리켰다.

"그럼 저건 뭐야?"

남주의 말에 자연스럽게 시선이 그녀의 손가락 끝으로 향한 것은 소녀들만이 아니었다. 스크린 화면 역시 누군가가 보여주는 것이라는 설아의 짐작이 옳다는 것을 증명이라도 하듯 바닥에 쓰러져 있는 소녀를 자세히 비추었다.

까무잡잡한 피부에 검은 단발이 이국적으로 보이는 소녀는 바로 설아, 그녀 자신이었다.

"틀림없는 설아지?"

남주의 질문에 빈이 그녀 가까이로 다가가 얼굴을 자세히 살펴보고는 고개를 끄덕거렸다.

"설아야. 틀림없어. 한발 늦은 거 같은데. 어쩌지?"

소녀들은 난처한 얼굴로 서로의 표정을 살폈다.

"일단은 옮기자. 이대로 있다가는 될 일도 안 되겠다."

남주가 쓰러져 있던 설아를 일으키려 하자 빈이 재빠르게 그녀를 도왔다.

"어디로 가?"

"우선은 전에 묵었던 여관으로 가자."

남주의 말에 빈은 살짝 미간을 찡그렸다.

"여관으로 가자고?"

"왜? 달리 갈 곳이라도 있는 거야?"

"그런 건 아니지만… 우리 중에 돈 가진 사람 있어?"

빈의 날카로운 지적에 소녀들은 주머니를 뒤적거렸지만 빈 주머니에서는 먼지만 풀풀 날릴 뿐이었다.

"있을 리가 없지. 그런 건 전부 뮤에게 있을 테니까. 하긴 과거의 나라면 약간 가지고 있긴 할 텐데……."

설아는 스크린을 바라보며 걱정스럽다는 듯한 표정을 지었다. 그녀들이 무엇 때문에 모습을 드러내면서까지 이곳에 있는 것인지 알고 있기 때문에 그녀들이 약속을 어긴 것에 대해서는 그다지 화가 나지는 않았지만 앞으로 벌어질 일들이 걱정되는 것은 어쩔 수가 없었다.

"뭐, 어떻게든 되겠지. 일단은 여관으로 가서 생각해 보자."

남주가 설아의 주머니에서 금화 하나를 꺼내 들고는 가벼운 한숨을 내쉬었다.

"궁하면 어떻게든 통하게 되어 있으니까 말이야."

설아는 그런 친구들을 바라보며 불길한 예감이 들었다.

뮤는 믿어지지는 않지만 어쨌거나 감시자다.

그런 뮤가 순순히 소녀들을 보내줄 것 같진 않았다.

"쓰러져 있는 녀석 따위는 아무래도 좋으니까 너희들이나 빨리 도망쳐!"

설아의 외침과 동시에 지면이 흔들리기 시작했다.

"으아아아!"

중심을 잡지 못한 설아는 뒤로 쿵! 엉덩방아를 찧었다.

뮤가 설아의 생각대로 그녀들을 뒤쫓는 걸까?

"뮤야?"

느닷없이 날아든 깜찍한 목소리에 뮤는 흠칫한 듯 잠시 제자리에 멈춰 섰다.

"뮤야?"

스크린에서는 초록빛 머리카락을 휘날리며 뮤를 향해 넘어질 듯, 넘어질 듯 위태롭게 달려오고 있는 아델라이데가 비쳐졌다.

"우… 우아아앗!"

자세를 바로잡기가 무섭게 마치 지진이라도 일어난 듯 흔들리는 바닥에 다시 한 번 헤딩을 해버린 설아는 문득 자신의 품에서 벗어난 뮤가 이 흔들림 속에서도 아무렇지 않게 서 있음을 깨달았다.

마치 흔들림 같은 것은 느껴지지도 않는 듯한 뮤를 보고 있자니 정신없이 부딪치는 자신이 한심하게 느껴졌다.

"뭔가 보호막 같은 게 있으면 좋을 텐데……."

말이 끝나기가 무섭게 그녀는 뮤와 자신을 감싸고 있는 투명한 무엇인가를 느낄 수 있었다.

"뮤야~?"

다시 한 번 귀여운 소녀의 목소리가 들려오자 스크린이 심하게 흔들리기 시작했다.

정확하게 말하자면 설아는 대(大)자로 뻗은 자세 그대로 엎어져 있었지만 예전처럼 요란한 진동은 느껴지지 않았던 것이다.

"뮤야ー!"

아델라이데는 보는 이들이 그녀를 괴수처럼 느낄 정도로 스크린을 가득 채우고 있었다.

"뮤야~!"

그대로 뮤 위로 점프할 기세인 그녀를 보고 있자니 설아마저 공포심이 느껴질 정도였다.

"이거 장난이 아닌데……."

설아는 자신도 모르게 움찔했다는 생각에 가벼운 한숨을 내쉬며 자세를 바로잡았다.

끈질긴 저항에도 불구하고 뮤는 아델라이데에게 잡혀 버린 듯 저러다 스크린이 떨어지는 게 아닐까 걱정될 정도로 심하게 흔들렸지만 설아에게는 더 이상 지진 같은 흔들림도, 아델라이데의 존재도 아무런 위협이 되지 못했다.

"어쨌거나 다행이다. 아데 덕분에 다들 무사히 빠져나간 것 같으니까. 역시 어떻게 생겼든 감시자란 무시 못할 존재구나."

설아는 자신의 가까이에 있는 뮤를 끌어안으며 어깨를 으쓱거렸다.

"아무리 봐도 긴장감없게 생겼는데……."

귀여운 인형 같기도 하고, 미지의 생명체 같기도 한 뮤를 보고 있자니 설아는 자신도 모르게 저절로 미소가 지어졌다.

치밀함이라든가, 위엄이라든가, 강함 같은 단어와는 전혀 상관없어 보이는 뮤가 감시자라니 누군가의 솜씨없는 농담같이 느껴질 뿐이었다.

"도대체 이런 강아지 같은 순진한 눈으로 누굴 감시한다는 거야?"

뮤?

뮤는 설아가 무슨 말을 하는지 모르겠다는 듯 고개를 갸웃거렸다.

"네 정체에 대해서는 대충 짐작 가는 게 있어."

설아는 뮤의 뺨을 쭈욱 늘리며 생긋 미소를 지었다.

뮤우—!

항의하듯 괴성을 지르는 뮤를 무시하며 기분 좋은 표정을 짓고 있던 설아는 문득 불길한 생각이 머리를 스치고 지나갔다.

뒤통수를 치는 듯한 의문.

도대체 뮤는 무엇을 감시하고 있었던 걸까?

설아의 이야기를?

그렇지 않다면 설아를?

둘 다 감시하고 있었을지도 모른다.

마치 망치로 머리를 세게 얻어맞은 듯한 느낌이었다.

내심 뮤라는 존재는 독자와 작가의 교감을 이끌어내는 일종의 매개체라고 생각했었다.

그러나 만약 뮤의 감시 대상에 설아 자신이 포함되어 있는 것이라면 그런 설아의 짐작은 완전히 어긋난다는 것을 의미한다.

뮤?

뮤는 날카로운 눈으로 자신을 노려보는 설아를 의아한 표정으로 바라보았다.

"네 녀석 정체가 도대체 뭐야?"

설아는 뮤를 던지듯 바닥으로 내려놓았다.

스크린에 비쳐지고 있는 풍경들은 더 이상 설아의 관심을 끌지 못했다. 자신에게 있어 중요한 것은 과거가 아닌 현재라는 것을 깨달은 것이다.

뮤?

설아는 계속해서 귀여운 표정으로 자신을 올려다보는 뮤에게 매서운 시선을 보냈지만 뮤는 그녀의 말을 알아듣지 못하는 것인지 계속해서 고개만 갸웃거려 댔다.

만약 단순히 설아의 이야기만 감시하는 것이었다면 형태를 갖춘 감시자를 붙일 필요는 없다. 오히려 형태를 갖춘 감시자는 상황에 따라 짐이 될 수도 있다. 그러니 긴장감이라고는 눈 씻고 찾아볼래도 없는 뮤를 감시자로 선택하진 않았을 것이다.

그렇다면 역시 설아를 감시하기 위한 감시자라는 이야기?

'그것도 뭔가 이상해. 나를 감시하는데 왜 뮤가 둘씩이나 있는 거지? 게다가 뮤를 감시자라고 소개받은 것도 단 한 마리뿐이었다구. 다른 한 마리는 도대체 뭐야? 난데없이 나타나선……'

설아는 혼란스러운 머리 속을 정리하기 위해 애썼지만 생각하면 생각할수록 머리 속은 엉킨 실타래처럼 더욱 복잡하게 엉켜 버리고 말았다.

그녀가 세울 수 있었던 가설이란 뮤가 자신과 이야기를 동시에 감시하기 위해 다른 뮤를 불러냈다는 것뿐이었다. 그러다 문득 남주 일행들이 데려간 또 한 명의 자신이 떠올랐다.

'혹시… 내가 둘이라서 감시자도 둘인 걸까?'

아무리 생각해 봐도 좀처럼 결론이 나오지 않는 설아였다.

11장

모든 것은 생각하기 나름이다

결심하다

"빈 방 있습니까?"

남주를 알아본 듯 여관 주인은 잽싸게 열쇠 꾸러미를 들어 보였다.

"물론입니다. 방 몇 개를 원하십니까?"

"큰 방으로 하나만 있으면 됩니다. 식사는 방으로 가져다 주세요."

금화를 건네는 남주를 보며 여관 주인은 싱글벙글 미소를 지었다.

"그 밖에 필요한 물건은 없으십니까?"

"평상복과 여행복 세 벌씩 부탁드립니다. 나머지는 알아서 하도록 하죠. 그리고 남은 돈은 여관에서 나갈 때 받아가도록 하죠. 언제 나갈지 모르니까요."

남주의 주문에 여관 주인은 고개를 끄덕이며 그녀들을 안내했다.

"3층 끝 방입니다."

문을 열어주며 소녀들이 모두 들어갈 때까지 여관 주인은 거의 90도

각도로 허리를 숙이며 편히 쉬라는 인사를 남기고 돌아갔다.

방은 소녀들이 나란히 누워서 다섯 바퀴 이상 구르고도 남을 정도로 넓었다.

실내 장식은 화려하다기보다 깔끔함에 중점을 둔 듯 실용적인 가구들과 아기자기한 액자가 걸린 것이 편안한 분위기를 연출하는 곳이었다.

사막 도시에서 보기 드문 장미꽃이 꽃병에 꽂혀 있는 것으로 보아 여관 주인 나름대로 소녀들을 배려한 것 같았다.

"이제 어떻게 할 거야?"

가희의 걱정스런 표정에 두 소녀들은 설아를 침대에 눕히고는 서로의 얼굴을 바라보았다.

"좋은 생각 없어?"

빈의 질문에 남주는 어깨만 으쓱거렸다.

"여기까진 내가 생각했으니까 나머지는 너희가 정해봐."

무책임하다면 무책임하지만 틀린 말은 아니기에 빈은 가희에게로 시선을 돌렸다.

"무… 물……."

푹 꺼져 들어가는 목소리로 물을 찾는 설아에게 가희는 방에 있는 길쭉한 통에서 물을 따르고는 설아에게 먹여주었다. 그녀는 잠시 의식을 되찾는 듯하더니 이내 뻗어버렸다.

멍하니 가희를 바라보던 빈은 길쭉한 통이 있던 자리 옆에 세숫대야 같은 게 놓여 있는 것을 발견하고는 삐질 식은땀을 흘렸다.

'설마 씻을 물을 먹이야 했을라고……'

"나도 물 좀 줄래? 목말라."

남주의 말에 가희는 길쭉한 통을 내밀었고 남주는 그것을 단숨에 들이키다 사레가 걸렸는지 콜록콜록 기침을 해댔다.

"괜… 괜찮냐?"

놀란 빈이 남주를 향해 눈을 동그랗게 뜨자 그녀는 가슴을 몇 번 두들기더니 새빨갛게 충혈된 눈으로 가희를 노려보았다.

"뜨거우면 뜨겁다고 말을 해줘야지, 죽을 뻔했잖아!"

"에?"

가희는 자신이 들고 있던 컵의 물을 손등에 살짝 뿌리더니 화들짝 손을 뒤로 뺐다.

"아아, 정말 뜨겁네. 미안, 미안."

배시시 미소 짓는 그녀를 보며 남주는 고개를 설레설레 흔들다가 이내 세숫대야를 발견하고는 흠칫 몸을 떨었다.

"그거… 혹시 씻는 물은 아니겠지?"

"…에?"

가희가 남주와 물통을 번갈아 보더니 이내 어색한 미소를 지었다.

"…에… 가 아니잖아. 쿠오오—!"

남주는 마치 드래곤이 브레스를 내뿜을 때나 내는 것 같은 기묘한 소리를 지르며 목을 움켜쥐는 시늉을 했다.

"에에… 어떡해! 미안, 미안."

고개를 푹 숙이는 가희를 보며 빈은 가벼운 한숨을 내쉬었다.

가희는 어쩐지 절대로 미워할 수 없는 성격인지라 사실 세 명의 소녀 모두—설아를 비롯한—그녀에게 약했다. 천성이 좋은 사람이라는 듯한 선량한 얼굴이라든지 세 명의 소녀와는 달리 연약하고 가냘픈 의모에 엉뚱한가 싶으면 소심한 면을 보이는 그녀이기에, 그녀를 보고 있는 사람들로 하여금 보호 본능을 불러일으키는 타입이 가희였다.

지금까지는 설아가 가운데서 균형을 맞춰주고 있었지만 설아가 없는 상태에서 너무나 성격이 다른, 더군다나 개성까지 강한 남주와 자신 사이에서 그녀가 얼마나 마음 고생을 할지 눈에 훤히 보였던 것이다.

'남주도 그렇고, 나도 그렇고 누구를 챙길 만한 성격이 아니라서… 앞으로 조금 힘들어질지도 모르겠는데……'

빈의 걱정을 아는지 모르는지 남주는 여전히 브레스 뿜는 소리를 내고 있었고, 가희는 난처한 표정으로 그녀를 바라보고 있었다.

"자, 그만 하고, 여기 있는 설아가 깬 뒤에 뭐라고 말할지나 생각해 봐."

"그것도 큰일이네."

가희의 반응을 지켜보며 은근히 그녀를 놀리고 있었던 남주는 빈의 말에 정색을 하며 고개를 끄덕거렸다. 갑작스럽게 바뀐 분위기에 적응하지 못한 것인지 가희는 어색한 미소만 지어 보였다.

"우리 보면 놀라겠지?"

남주의 질문에 빈은 고개를 끄덕거렸다.

"다시 되돌아가게 될걸. 우리가 자기랑 같이 왔다는 걸 모를 테니까."

"그런데 정말 설아가 맞기나 한 걸까? 설아가 분명히 이 이야기를 삭제시켰는데 이야기가 삭제되지 않았다는 것도 의심스럽고……"

"그렇지만 저 앤 누가 봐도 설아잖아. 똑같이 생겨도 너무 똑같이 생겼어."

가희가 남주의 말에 반박하듯 설아를 가리키자 두 소녀는 설아에게로 시선을 돌렸다.

인정하고 싶진 않지만 어딜 봐도 그녀는 설아가 틀림없었다.

"생긴 걸로 치자면 유이도 가희, 너랑 똑같이 생기지 않았어?"

"그건 혜령 선배가 고쳐 준 거 아니야?"

가희의 질문에 남주는 고개를 저었다.

"아니야. 처음 설정부터가 그랬잖아. 생긴 건 똑같긴 했지만……."

남주의 말에 소녀들은 가벼운 한숨을 내쉬었다.

"어쨌거나 저 앤 설아가 분명해."

확신하듯 대답하는 빈에게 남주는 의아한 표정을 지었다.

"그걸 어떻게 알아?"

"가장 확실한 증거가 있잖아."

빈의 말에 남주와 가희는 고개를 갸웃거렸다.

"무슨 증거?"

빈은 검지로 설아를 가리켰다.

"바로 저 녀석이 사라지지 않았다는 게 가장 확실한 증거 아니야? 설아가 뭐 때문에 방해되는 녀석을 그냥 놔두겠어?"

너무나도 단순하지만 그만큼의 설득력을 가진 이유에 남주는 더 이상 토를 달지 못했다.

"뭐라고 설명하면 납득할까?"

다시 원점으로 돌아온 질문.

"뭐라고 설명해도 납득하지 않을 것 같은데……."

남주의 말에 빈은 동의한다는 듯 고개를 끄덕였다.

"역시 너도 그렇게 생각하지?"

"저기… 그럼 우리가 사라지면 안 돼?"

가희가 조심스럽게 질문하자 빈은 그게 무슨 소리냐는 듯한 표정을 지었다.

"사라져? 돌아가지는 거야?"

"아니. 그러니까 이렇게 눈에 보이지 않게 모습을 감추면……?"

가희의 말이 끝나자마자 두 소녀의 눈이 놀라움으로 커졌다. 말 그대로 가희의 모습이 눈앞에서 사라진 것이다.

"그, 그거… 어떻게 한 거야?"

빈의 질문에 가희는 여전히 모습을 드러내지 않은 채 대답했다.

"그냥 사라진다고 생각하면 돼."

이야기에 관여하지 않기로 한 것이 이런 유리한 능력을 갖게 될 줄은 몰랐던 소녀들은 각자 자신들의 몸이 사라지는 상상을 했다. 그러자 사라졌다고 생각한 가희의 모습이 너무나 선명하게 보이는 것이 아닌가.

"어라? 실패한 건가?"

남주가 실망한 기색으로 질문하자 가희는 고개를 저었다.

"아니. 아마 세 명 모두 모습을 감췄기 때문에 그런 거 아닐까? 같은 관찰자니까 굳이 서로에게 모습을 감출 필요가 없잖아."

"그러니까 다른 사람에게는 우리 모습이 안 보인다는 거야?"

빈의 질문에 가희는 어색한 미소를 지었다.

"어디까지나 그냥 내 생각일 뿐이야."

약간 자신없어하는 듯한 가희의 말투에 빈은 고개를 끄덕거렸다.

"만약 가희 네 말대로라면 우린 이 이야기 내에서 가장 강한 존재일지도 몰라. 아무도 우릴 볼 수 없다면… 보이지 않는 적을 칠 수는 없을 테니까."

빈의 말에 남주는 고개를 저었다.

"보이지 않는 적이라고 해도 우리는 그뿐이야. 보이지만 않을 뿐이라고."

"그게 뭐?"

빈이 미간을 찡그리자 남주는 본격적으로 그녀의 말을 반박하고 나섰다.

"맨주먹으로 바위를 부술 수 있어?"

"무기는 얼마든지 구할 수 있잖아? 약간의 돈이 필요하긴 하겠지만……."

빈은 뒷말을 약간 흐리긴 했지만 솔직히 자신의 말이 그리 틀리진 않다고 생각했다.

"마법을 쓴 것도 아닌데 모습을 사라지게 만들 수 있다면 기척도 숨길 수 있지 않을까?"

가희의 말에 남주는 고개를 갸웃거렸다.

"으음… 그럴지도 모르겠지만 어쩐지 그거 꼭 관찰자가 아니라 스토커 같지 않아?"

"그건 어감이 좀 나쁘니까 차라리 스티커 하자. 붙어서 떨어지지 않기."

가희가 빈에게 척 달라붙자 빈은 자신도 모르게 식은땀을 흘렸다.

"그건 좀 아닌 것 같은데……."

"뭐, 아무튼 무기를 갖췄다고 해서 누구를 해칠 수 있을 것 같아?"

남주의 말에 빈은 고개를 끄덕거렸다.

"무기만 있으면 못할 것도 없지."

"드래곤도? 그 강철 같은 비늘 사이를 뚫어보겠다고?"

"물론 드래곤이라도 무기만 있다면……."

'못할 것도 없지'라는 뒷말을 생략해 버린 빈에게 남주는 가벼운 한숨을 내쉬었다.

"도마뱀이나 도롱뇽이 아니라 드래곤이야."

남주의 말에 가희도 한마디 거들었다.

"브레스 한 번이면 도시 하나를 멸망시킬 수 있는 존재가 드래곤이야."

"아무리 그래도 상대가 보이는 쪽이 보이지 않는 쪽보다 유리하지 않아?"

빈의 질문에 남주는 가벼운 한숨을 내쉬었다.

"…첫 공격이야 운이 좋으면 네가 먼저 할 수도 있겠지. 그렇지만 드래곤이 무 같은 야채도 아니고 한 번에 싹둑 베어진대?"

아무리 날이 잘 드는 명검이라도 상대는 63빌딩보다 큰 드래곤이다. 간 큰 개미가 이쑤시개 대신 바늘을 손에 넣었다고 해서 코끼리를 한 번에 죽일 수 없듯 일격에 드래곤을 쓰러뜨린다는 소리는 말도 안 되는 허풍일 뿐이다.

"요즘에 덜 떨어진 와이번 같은 드래곤이 자주 나와서 드래곤 이미지를 옆집 멍멍이보다 우습게 보는 경우가 많긴 하지만, 그래도 드래곤은 드래곤이지."

가희가 생긋 미소 지으며 남주의 말을 거들자 빈은 살짝 미간을 찡그렸다.

"뭐, 그렇다고는 해도 우리가 드래곤을 만날 일은 없잖아?"

"또 모르지. 케니라든가 아데도 우리가 만나려고 만난 건 아니잖아?"

남주의 말에 빈은 할 말이 없어졌다.

"게다가 드래곤은 어디까지나 예를 든 것뿐이야. 마족이라든지, 마법사라든지, 소드 마스터 같은 경우라면 눈에 보이지 않는다고 해도 얼마든지 공격해 올걸. 엘프들도 마찬가지고."

"으윽……."

남주의 말에 빈의 표정이 굳어버리자 가희는 생긋 미소를 지었다.

"그래도 그건 이쪽에서 공격할 의사가 있을 때나 하는 이야기고, 빈 네가 먼저 공격하지만 않는다면 절대로 위험에 처할 염려는 없을 거야."

"…가만히 듣고 있으니까 너희들 말이 조금 이상하다~? 어째서 '우리'라는 말 대신 '빈'이란 말을 쓰는 거야?"

의외인 빈의 예리함에 남주는 어깨를 으쓱거렸다.

"드래곤에게 이쑤시개를 휘두를 정도로 튼튼한 녀석이 여기 너 말고 또 있어?"

"그러는 너희들은 그렇게 드래곤을 잘 아는 주제에 블랙 드래곤 모녀를 껌 씹듯 씹었냐?"

빈의 반박에 가희와 남주는 머리를 긁적거렸다.

"이게 바로 와이번 지랄 시리즈를 읽고 자란 폐해라는 거지."

남주의 말에 빈은 어깨를 으쓱거렸다.

"전혀 그렇지 않은 것 같은데……."

'원래 성격이 산만해서 그런 게 아니라?'라고 묻고 싶었지만 그랬다가는 드래곤 앞에서 뮤를 구하겠다고 그걸 안고 뒹군 자신은 간을 배 밖으로 꺼내서 흔들어댄 격인지라 그냥 입을 다물어 버린 빈이었다.

"그런데 우리 말투가 점점 설아를 닮아가는 것 같지 않냐?"

남주의 갑작스런 질문에 빈은 가벼운 한숨을 내쉬었다.

"그 녀석에게 세뇌당한 건지도 모르지."

똑똑.

"네, 들어오세요."

갑작스런 노크 소리에 가희는 여관 주인 아주머니일 거란 생각을 하며 상냥한 목소리로 대답했다.

똑똑똑.

가희의 말을 못 들은 것인지 노크 소리는 다시 한 번 이어졌다.

"들어오세요."

가희가 조금 더 큰 소리로 대답했지만 다시 한 번 노크 소리만 이어졌다.

똑똑똑.

"들어가도 되겠습니까? 식사 가져왔습니다."

소년의 목소리에 빈은 살짝 미간을 찡그렸다.

"장난치냐? 문 열려 있으니까 어서 들어와!"

한동안 말이 없던 소년은 헛기침을 했다.

"흠흠! 들어가겠습니다."

소년은 조심스럽게 방문을 열고 안으로 들어왔다.

그리고는 날카로운 눈빛을 빛내며 주변을 두리번거리더니 테이블 위에 음식들을 내려놓았다. 가희는 소년을 향해 상냥한 미소를 지으며 고개를 꾸벅해 보였지만 소년은 가희를 무시한 채로 침대에 누워 있는 설아를 바라보았다.

"다들 어디 간 거지? 밖으로 나가는 건 못 봤는데……."

의아한 표정을 지어 보이던 소년은 잠시 의자에 앉아 소녀들을 기다리는 듯하다 이내 밖으로 나가 버렸다.

"…우리 목소리를 못 들은 건가?"

남주가 묘한 표정으로 머리를 긁적이자 순간 가희의 눈빛이 반짝거렸다.

"와아, 그렇다면 내 생각이 맞는 거겠지?"

"으음… 확실히 그런 것 같은데? 어라?"

소년이 두고 간 빵을 집어 든 빈은 무심코 소녀들이 있던 곳으로 시선을 향하다 자신도 모르게 눈을 크게 떴다.

"어이? 다들 어디 갔어?"

빈의 말에 남주는 살짝 미간을 찡그렸다.

"농담도 상황 봐가면서 해라. 그러고 있으면 재밌어?"

목소리는 똑똑히 들리지만 보여야 할 소녀들이 보이지 않았다.

"농담이 아니라 진짜라니까."

빈이 신경질적으로 테이블에 빵을 내려놓자 남주는 여전히 미간을 찡그렸다.

"성질 하고는… 그렇다고 먹으려던 빵을 던지냐?"

"어?"

사라졌다고 생각한 남주와 가희가 빵을 내려놓는 순간부터 보이고 있으니 빈은 당황한 표정을 지었다. 그와 반대로 빈이 내려놓은 빵을 집어 든 남주의 눈에는 황당함이 깃들었다.

"어이? 다들 어디 간 거야?"

"에? 남주도 안 보이는 거야?"

가희가 남주에게 다가가 그녀의 눈앞에서 손바닥을 흔들어 댔지만 남주는 전혀 눈치 채지 못하는 듯했다.

"푸훗!"

그런 가희와 남주를 번갈아 보던 빈은 자신도 모르게 웃음을 터뜨렸다.

"푸훗?"

남주가 거슬린다는 듯 인상을 찡그린 채 조금 전까지 자신이 있었던 자리를 향해 따가운 눈초리를 보냈다. 빈은 그런 남주를 보며 순순히 두 손을 들어 보였다.

"이제 난 보여."

키득거리는 빈에게 남주는 의아한 표정을 지었다.

"그럼 이게 빵 때문이라는 거야?"

남주가 다시 빵을 내려놓자 거짓말처럼 소녀들의 모습이 드러났다.

"아마도 그런 것 같지?"

황당해서 말을 잇지 못하는 남주에게 빈은 고개를 끄덕거렸다. 호기심이 발동한 가희는 빵을 집어 들고는 재밌다는 듯 손뼉을 쳤다.

"앗! 정말이네."

빵을 들었다 놓았다 하던 가희는 이내 옆으로 가서 물병도 들어보았다.

"이거 빵만 그런 게 아닌가 봐."

분명히 몸이 사라졌다고 생각했는데 빈과 남주가 보이지 않는다는 것은 자신이 사라지지 않았다는 뜻이었다.

"혹시 관찰자라는 거… 어떤 종류로든지 이야기에 간섭해선 안 된다는 건가?"

빈의 말에 남주는 고개를 끄덕거렸다.

"당연하잖아. 설아랑 약속한 게 바로 그 점인걸."

"아니, 내 말은 우리가 아무 행동도 하지 않고 가만히 있어야만 이런 능력이 발휘된다는 뜻이야."

빈의 말에 가희는 눈을 동그랗게 뜨며 고개를 갸웃거렸다.

"에? 그런 거였어?"

"…그런 것 같은데……. 이거 난처하게 됐네."

사실 모습이 보이지 않는 것만으로 어느 정도 '강하다'는 조건에 들어맞는 것이기에 내심 안심했던 소녀들이었다. 여차하면 이야기의 방해되는 요소를 제거해 버릴 수도 있을 거라고 생각했던 그녀들이었기에 생각하지도 못했던 문제가 생기자 내심 움찔한 것이다.

"어차피 우리가 드래곤이나 사람들과 부딪칠 일은 없잖아. 그럼 됐지 뭐."

남주가 괜찮다는 듯 손을 휘휘 젓자 빈은 아쉬운 듯 입맛을 다셨다.

"그래, 일단 눈앞에 닥친 일이나 해결하자고. 설아가 깨면 정말 아무 말도 안 하고 숨어 있을 거야?"

"우리가 모습을 숨기면 아무도 모를 테니까 숨어서 설아를 지켜보는 게 제일 좋을 것 같은데, 어때?"

가희의 제안에 빈은 고개를 갸웃거렸다.

"그러면 설아가 의심할 텐데? 여관 아주머니께선 우리를 알아보신 것 같던데 아무 말씀 안 하시겠어? 게다가 우리 옷도 부탁했었잖아."

분명히 돈을 들거나 부탁한 옷을 가지고 간다면 모습을 감추는 일은 불가능해진다.

사람의 마음이라는 것이 무척이나 간사한 탓인지, 한번 포기했다고 생각했던 것을 되돌릴 수 있는 찬스가 생기면 자연스럽게 미련이나 집착 같은 게 생기기 마련이다.

더군다나 설아보다 먼저 이노르에 도착한 뒤 기회를 봐서 뮤를 납치

하려고 했던 계획이 틀어져 버린 뒤다.

뮤도 이곳에 없거니와 설아가 예상과는 달리 자신들과 같은 날짜에 이노르에 도착해 버린 것이다. 이것만 보더라도 모든 일이 예측대로 될 거라는 보장이 없었다.

"여관 아주머니께 돈을 주면?"

남주의 말에 빈이 가벼운 한숨을 내쉬었다.

"거금을 주고 우리가 이곳에 왔던 것을 숨겨달라고 하면 분명히 그러겠다고 하겠지. 그런데 그 거금은 어디서 나와?"

"거스름돈. 우리는 어차피 못 가져."

남주의 말에 가희가 동의한다는 듯 고개를 끄덕거렸다.

"그 정도면 분명히 적은 액수는 아니지."

남주가 다시 한 번 입을 열자 빈은 가벼운 한숨을 내쉬었다.

"카운터에는 네가 내려가라."

"결국에 그게 귀찮았던 거지?"

남주가 살짝 미간을 찡그리며 모습을 드러내자 빈은 자신이 보이지 않는 틈을 타 슬그머니 남주의 뒤통수를 치는 시늉을 했다.

"다녀올게. 유치한 짓 하지 말고 혹시나 나 내려간 사이에 설아가 깨거든 말해."

그녀의 말에 뜨끔한 빈은 슬그머니 손을 내리고는 고개를 끄덕거렸다.

"뮤를 무슨 수로 잡는담……."

남주가 내려간 뒤 가희가 걱정스런 표정으로 설아를 바라보자 빈은 어깨를 으쓱거렸다.

"뮤를 만난다고 해도 큰일이야. 지금 같아서는 오히려 우리가 뮤에게 먹힐지도 모르는 판이잖아. 아무래도 뮤는 이야기에서 방해되는 요소들을 골라서 제거하려는 것 같으니까 말이야."

빈의 말에 가희가 고개를 끄덕였다.

모습을 드러내지 않고 뮤를 잡는 방법은 없는 걸까?

만일 그럴 수만 있다면 뮤를 자극해서 불러낼 만한 방법이야 얼마든지 생각해 내면 그만이다.

"모습을 사라지게 만든 다음에 그 상태를 유지하려면 문도 잡지 말아야 하는 거겠지?"

빈의 말에 가희는 자신의 모습을 시야에서 사라지도록 만든 다음 방문 손잡이에 손을 가져다 댔다. 처음에는 빈의 생각대로 문에 손을 가져다 대자마자 가희의 모습이 드러났지만 두 번째 시도에서는 가희의 손이 손잡이를 무시하듯 그냥 통과해 버렸다.

"에?"

가희가 눈을 동그랗게 뜨며 다시 한 번 도전하자 그녀의 손은 손잡이를 통과한 채 문밖으로 불쑥 튀어나와 버렸다.

"가희야, 그대로 밖으로 나가봐."

빈의 말에 그녀는 천천히 문을 통과해 버렸다.

"에에—?"

마치 유령이 된 듯한 느낌에 가희는 어리둥절해졌다.

"역시 안 되는구나."

빈이 기운 빠진 목소리로 말하자 가희는 유령처럼 스윽 한번 벽을 통과해 방 안으로 들어왔다. 벽을 통과한다고 하지만 약간 서늘한 공기만 느껴질 뿐 아무런 장애도 없었다. 마치 벽 따윈 존재하지 않는 것처럼.

"으응… 이대로라면 방어를 포기해야 공격이 가능하겠지?"

"공격이라면… 뮤와 싸울 생각이야?"

가희의 질문에 빈은 가볍게 고개를 끄덕였다.

"그렇게 된다면 뮤에게 먹힐 각오를 해야겠지?"

농담인지 진담인지 모를 그녀의 말에 가희는 아무런 대답을 하지 못했다.

한동안 어색한 침묵이 이어지자 빈은 과장된 미소를 지으며 가희의 등을 팡팡 소리가 나도록 치고는 안심하라는 듯 손을 휘휘 저었다.

"농담이야. 그런 이상한 녀석의 식삿거리가 되고 싶은 생각은 없어. 요령껏 해야지. 이왕이면 자연스럽게 뮤를 차지할 수 있는 방법을 찾아보는 게 제일 좋고."

평상시와 다름없는 그녀의 태도에 그제야 안심을 한 가희는 조심스럽게 입을 열었다.

"그래서 말인데 설아가 아데 아빠에게서 뮤를 빼앗아가잖아."

"응?"

빈이 의아한 표정을 짓자 가희는 잠깐 멈칫하더니 이내 머리 속으로 자신이 할 이야기를 정리한 듯 계속해서 말을 이어 나갔다.

"그러니까 전에 설아가 잃어버린 뮤 대신 아데 아빠에게 그쪽에서 기르던 뮤를 달라고 했잖아. 아데 아빠도 설아가 엘리 씨에게 당했던 걸 짐작하고 있으니까 거절하지 못했고 말이야."

가희의 설명에 빈은 기억난다는 듯한 표정으로 고개를 끄덕이다 이내 의아한 표정으로 그녀를 바라보았다.

"이야기 안에 있던 네가 어떻게 그걸 알고 있어?"

"자세한 건 나도 잘 모르지만 정보에 관한 건 혜령 선배가 모두 알려준다고 했었으니까 이것도 선배 덕분이겠지?"

자기가 말해 놓고도 자신감없는 목소리에 가희는 어색한 미소를 지었다. 빈은 그런 가희에게 고개를 끄덕이며 그녀의 뒷말을 재촉했다.

"흐음… 아무튼 뮤가 왜?"

"뮤를 잡으려면 뮤가 우리 쪽으로 시선을 돌리도록 하면 되잖아? 설아가 했던 대로 우리가 그를 찾아가서 그쪽 뮤를 빌려오면 눈에 띄기 싫어도 자연스럽게 뮤의 눈에 띄지 않을까?"

가희의 말에 빈은 흥미가 동했는지 눈동자가 빛났다.

"그러니까 뮤를 미끼로 뮤를 잡자는 거야?"

"응."

고개를 끄덕이는 가희에게 빈은 좋은 생각이라는 듯 생긋 미소를 지었다.

"그거 좋은데."

"어이, 뭐 하나 잊고 있는 거 아니야?"

언제 도착했는지 남주가 불쑥 둘 사이에 끼어들었다.

"뭘 잊고 있다는 거야?"

"……?"

빈과 가희가 동시에 남주를 향해 의아한 눈빛을 보내자 그녀는 가벼운 한숨을 내쉬었다.

"하나가 아니라 여러 가지를 잊고 있는 것 같네. 우선 저 녀석."

침대에 얌전히 누워 있는 설아를 가리킨 남주는 계속해서 자신의 말을 이어 나갔다.

"설아는 우리가 하는 말을 들을 수 있어. 지금이야 저렇게 뻗어 있다지만 난데없이 마주치면 어떻게 할 생각이야?"

"그건 차차 생각하면 돼."

빈의 말에 남주는 그럴 줄 알았다는 듯한 표정으로 또 다른 질문을 던졌다.

"그럼 아데 아빠가 도둑 길드의 마스터였다는 건 잊었어?"

"그건 왜?"

빈이 미간을 찡그리자 남주는 한심하다는 표정을 지어 보였다. 이제 막 부연 설명을 하려던 차에 아주 미세한 발소리가 들려왔다.

"쉿!"

검지를 입술에 가져다 댄 남주는 문에서 좀 떨어지라는 시늉을 해 보였고 그 순간 발소리는 바로 문 앞에서 멈춰 섰다.

"어쩌지?"

당황한 가희가 몸을 숨길 만한 곳을 찾으러 주변을 두리번거리는 사이 문이 소리없이 열렸다.

"괜찮으니까 그냥 가만히 있어. 저 사람한테는 우리가 전혀 보이지 않을 테니까."

빈의 말에도 안심이 되지 않는지 가희는 마치 유령처럼 옷장 안으로 쏙 들어가 버렸다.

잠시 후 평범한 인상의 청년 세 명이 방으로 들어오더니 인기척을 살피는지 조용히 주변을 둘러보았다. 그러다 키가 큰 청년 한 명이 옷장을 향해 뚜벅뚜벅 다가가더니 벌컥 문을 열었다.

심장이 덜컥 내려앉는 듯한 느낌에 가희는 자신도 모르게 비명을 지를 뻔했지만 가까스로 입을 틀어막았다. 놀란 건 양 옆으로 흩어져 있던 남주와 빈 역시 마찬가지였다.

"아무도 없어, 침대에 누워 있는 여자애 빼고는."

약간 신경질적이게 생긴 청년이 방 여기저기를 살피더니 어깨를 으쓱거렸다.

"옷장 안에 뭐라도 있는 거야? 왜 그렇게 오래 서 있어?"

느긋하게 팔짱을 끼고 있던 청년이 시큰둥하게 질문하자 그는 생긋 미소를 지어 보였다.

"빙고! 여기에 누가 있나 봐."

청년의 말에 두 명의 청년이 옷장 가까이로 다가왔고 가희의 얼굴은 창백해지다 못해 파랗게 질려 버렸다.

"레이디가 도둑고양이처럼 숨어 있다니 이거 실망인걸요."

유들유들한 미소를 짓는 그에게 가희는 마침내 때늦은 비명을 질렀다.

"꺄아―!"

세 청년들은 서로를 바라보다 이제야 비명을 지르는 그녀를 향해 황당하다는 듯한 시선을 보냈다.

"가희야, 진정하고 내 말 잘 들어."

남주가 유령처럼 청년들을 통과하며 그들 앞을 가리자―물론 청년들에겐 그녀의 모습이 보이지 않았다―가희는 약간 마음을 가라앉히는 듯했다.

"저 사람들 따라가서 구슬을 받아내. 뮤를 챙겨올 수 있으면 더 좋고, 여차하면 우리가 도와줄 테니까. 걱정하지 말고 일단 따라가."

그녀의 말에 가희는 뭐라고 대답을 하려다 말고는 고개를 끄덕였다. 안 되겠다 싶으면 숨어버리면 된다는 생각이 들었던 것이다. 그렇지만 마음 한편에서는 자신이 무엇 때문에 저 청년들에게 들킨 것인지에 대한 미심쩍은 의문이 불안함을 낳고 있었다.

"이봐, 언제까지 거기에 있을 생각이지? 너희들을 만나고 싶어하는 분이 계셔. 다른 소녀들은 어디에 있나?"

신경질적이게 생긴 청년이 다시 한 번 유들유들한 미소를 짓자 가희는 고개를 저었다.

"몰라요."

"하긴… 소녀들을 모두 데리고 오라는 말씀은 없으셨으니까. 저기 누워 있는 애는 어떻게 할 거야?"

가희를 발견했던 청년이 질문하자 가희는 얼른 밖으로 뛰어나가 설아를 지키려는 듯 양팔을 펼쳤다.

"설아는 지금 휴식을 취해야 해요. 몸 상태가 굉장히 안 좋으니까 이야기는 저 혼자 듣겠어요. 앞장서세요."

조금 전까지만 해도 옷장 속에 숨어 있던 소녀가 갑자기 당당하게 나오자 황당한 표정을 짓는 쪽은 오히려 청년들이었다.

"우리의 정체를 알고 있는 것 같으니 이야기가 빠르겠군. 우선은 눈을 가려줘야겠어. 아무에게나 위치를 알려줄 만큼 호락호락한 단체가 아니니까 말이야."

그는 그렇게 말하며 가희의 눈에 검은 천을 씌웠다.

그러나 그들은 그런 자신들의 행동이 무의미한 것임을 알지 못했다. 두 눈을 초롱초롱하게 빛내며 자신들을 뒤쫓는 두 소녀가 있다는 것을 누가 상상이나 했겠는가.

"그런데 어쩌다가 모습을 들킨 거야? 설마 스스로 모습을 드러내진 않았을 거고."

남주의 질문에 빈은 가벼운 한숨을 내쉬었다.

"관찰자의 능력이라는 게 제약이 많다는 의미겠지. 물건을 들어도 보이게 되고, 옷장같이 좁은 곳에 들어가도 보인다는 건 이야기에 기록될 만한 어떠한 행동도 용납되지 않는다는 뜻 아닐까?'

빈의 날카로운 지적에 남주는 가벼운 한숨을 내쉬며 가희를 바라보았다.

"그런 뜻도 있겠지만 어느 정도 심리적인 요인도 있을 않았을까? 너무 겁먹지 않으면 좋을 텐데……. 어렵다."

게임을 연상하면서 가벼운 마음으로 시작했던 것이 이렇게 진지해질 거라고는 짐작도 하지 못했다. 현실이라고 생각하지 못했던 것이 지금은 이야기라고 생각하지 못할 정도로 진지해져 버렸다.

흔히들 판타지를 좋아한다면 현실 도피라고 하지만…….

색다른 경험을 현실처럼 즐길 수 있다는 게 뭐가 나쁘다는 건지 아무리 생각해도 알 수 없었다. 더군다나 약간만 시선을 돌려서 본다면 그것이 현실을 반영하고 있다는 것을 충분히 느낄 수 있을 텐데…….

"주의해서 걸어라. 이제부턴 계단이니까."

신경질적으로 생긴 청년의 안내에 따라 한참 동안 구불구불한 길을 돌아 나오자 가희는 방향 감각을 잃어버렸다. 그렇지만 남주와 빈은 이들이 지름길을 놔두고 미로처럼 복잡한 길을 선택해서 빙빙 둘러 간다는 것을 깨달았다.

"아직 멀었나요?"

"멀었어. 누구는 이러고 싶어서 이러는 줄 알아?"

가희가 몇 번이나 넘어질 뻔한 것을 양 옆에서 잡아주던 청년들이 그녀를 향해 무뚝뚝한 목소리로 대답했다.

"전에 길드 위치를 발각당하는 바람에 어쩔 수 없이 옮겼으니까 원망은 우리가 해야 할 판이라구."

신경질적인 목소리에 빈은 그의 뒤통수를 치는 시늉을 해 보였다.

"우리가 두 눈 뜨고 자기들 뒤를 쫄래쫄래 따라가고 있다는 걸 알면 입에 거품 물고 쓰러지겠지? 저 덩치에 궁상맞게 앉아서 이삿짐 싼다고 생각해 봐. 엄청 웃기지 않니?"

그녀의 말에 가희는 한동안 웃음을 참기 위해 숨을 참아야만 했다.

문을 여닫는 둔탁한 소리와 함께 약간의 긴장감이 맴돌았다.

"이제 다 왔어."

가희는 신경질적이게 생긴 청년이 눈가리개를 풀었음에도 불구하고 여전히 자신의 시야가 어둡다는 것을 확인하고는 의아한 표정으로 주변을 두리번거렸다.

"지나친 호기심은 몸에 해로워."

키가 큰 청년이 날카로운 눈빛을 보내자 가희는 고개를 끄덕였다. 이 건물 안에 있는 것이라고 해봐야 마치 지하 감옥처럼 느껴지는 퀴퀴한 냄새와 이끼로 뒤덮인 벽 외에 아무것도 없으니 괜히 쓸데없는 일에 목숨 걸 필요는 없다. 그녀가 아니더라도 남주와 빈이 이미 여기저기 둘러보고 있는 상태니 말이다.

"그분과 만나고 와. 그럼 다시 정중하게 원래 있던 곳으로 안내해 줄 테니까."

키가 큰 청년의 말에 가희는 또다시 의아한 표정을 지었다.

"같이 가는 거 아니었나요?"

"우리는 마스터 얼굴을 볼 수 있을 정도로 대단한 녀석들이 아니란 소리지. 그저 안내인일 뿐이야. 그럼 잘 다녀와."

신경질적인 인상의 청년 말에 가희는 어깨를 으쓱거렸다.

"복도를 따라가면 되는 건가요?"

그녀의 질문에 키가 큰 청년이 장난스럽게 손을 흔들며 자신 뒤편의 벽돌 하나를 빼냈다. 그와 동시에 가희는 자신이 무서운 속도로 바닥으로 떨어지고 있음을 깨달았다.

"까아아—!"

남주와 빈 역시 놀라기는 마찬가지였다. 다행히 바닥으로 곤두박질치진 않았지만 이런 곳에 통로가 있을 줄은 상상도 하지 못했던 터라 얼굴에서 식은땀이 흘렀다.

청년들이 돌을 끼워 넣기 전에 얼른 바닥으로 뛰어내리려는 빈을 남주가 재빨리 붙잡았다. 키가 큰 청년이 벽의 구멍으로 빼냈던 돌을 다시 집어넣었고 바닥은 아무런 소음도 내지 않고 닫혔다.

"자, 슬슬 식사나 하러 가자고. 어차피 다섯 시간 안으로 나오긴 힘들 테니까."

신경질적인 외모의 청년이 시큰둥하게 말하며 밖으로 나가자 나머지 두 청년들도 그의 뒤를 좇았다.

"무슨 생각을 하는 거야? 조심성없게."

남주의 말에 빈은 살짝 미간을 찡그렸다.

"무슨 생각이라니? 너야말로 왜 그러는데? 여기서 우리가 모습을 드러내면 발각당한다는 것을 잊었어? 가만히 있으면 중간이나 가지. 벽돌이나 찾아봐."

빈은 청년들이 육안으로 보이지 않을 정도로 떨어졌다는 것을 확인하고는 약간 언성을 높였다.

"어이, 그 말 그대로 돌려주지. 너, 지금 우리가 이노르에 어떻게 왔는지 잊었어? 우리가 저 통로를 이용했다간 바로 가희처럼 될 거란 생각은 못했지?"

남주의 말에 그녀는 의아한 표정을 지었다.

"어째서?"

"어째서라니! 그걸 몰라서 물어?!"

어느새 이마에 힘줄이 솟아버린 남주는 자신도 모르게 버럭 소리를 질렀고 그녀의 박력에 밀린 빈은 뒤로 주춤 물러났다.

"하아— 정말…… 지금 이 상황에서 옷장이나 비밀 통로나 다른 게 뭔데?"

가희는 안전하게 숨기 위해 옷장을 선택했고, 그것이 이야기 속에서 어떤 영향을 주고 있는 것인지 정확히 알 수 없지만 모습이 드러나 버렸다.

비밀 통로 역시 타인의 눈에 띄지 않게 구성된 것이다. 더군다나 이곳에 드나드는 사람들에겐 이 통로는 일반적인 출입구 이상의 의미가 있는 것이다.

만일 통로를 따라 모르는 곳에 떨어졌는데 사람들에게 들켜 버린다면… 생각만 해도 아찔했다.

"…미안."

순순히 사과하는 빈에게 남주는 고개를 끄덕였다.

"안다면 됐어. 앞으로 조심해."

"이제 어떻게 갈 거야?"

"말했잖아. 우리가 어떻게 이노르에 왔는지 잊었어?"

그녀는 질문과 동시에 묘한 여운을 남기며 사라졌다.

"모르는 곳인데 떠올리는 것만으로 정확하게 도착할 수 있는 거야?"

빈은 자신의 질문에 대답해 줄 수 있는 사람이 아무도 없다는 것을 알면서도 자신도 모르게 의아한 표정을 지었다.

"아아, 모르겠다. 어쨌거나 저 밑으로 가기만 하면 되는 거겠지."

그녀의 말이 떨어지기가 무섭게 주변이 환해지기 시작했다. 주위의 배경이 달라진 것이다. 갑작스런 빛에 주위를 두리번거리던 빈에게 남주의 목소리가 들려왔다.

"이쪽이야, 이쪽."

남주는 어서 따라오라는 듯한 손짓을 해 보이고는 급하게 달리는 듯했다. 어떻게 된 영문인지 모르겠지만 무작정 남주를 따라 달리기 시작하자 얼마 지나지 않아 다섯 갈래로 나누어진 복도가 나왔다. 어디로 가야 할지 난감해하는 빈에게 남주는 맞은편의 벽을 가리켰다.

"여기 있는 길들은 죄다 눈속임이야. 저기 랜턴을 내리고 벽으로 들어갔으니까."

남주의 말에 빈은 그녀가 가리킨 벽을 유심히 살펴보았다.

다른 벽들과 조금도 다를 바가 없는 평범한 벽으로 보일 뿐이었지만 남주의 말대로라면 이곳에 길드 마스터가 있을 가능성이 컸다.

"들어가자."

빈이 앞장서서 벽을 통과하자 남주 역시 어깨를 으쓱거리며 그녀의 뒤를 따랐다.

"완전히 유령 다 됐군."

남주가 낮게 툴툴거리며 주변을 둘러보았다.

"엘리 씨를 만났다는 게 사실입니까?"

가회와 대화 중이었는지 길드 마스터는 진지한 표정으로 질문을 던졌다.

"네, 그다지 반성의 기미는 보이지 않았습니다만……."

가회의 말에 길드 마스터는 안색이 어두워졌다.

"연주를 해줄 생각이 없어 보인 겁니까?"

"…아델라이데님께서 기억을 되찾는 걸 두려워하고 있으니 당연한 반응일 거예요."

"이렇게 될 거라고 예상하지 못했던 것도 아니니 괜찮습니다. 이거 번거롭게 한 것 같아 죄송합니다. 마을에 오셨다는 이야기를 듣고 그만 마음이 급해져서 경솔한 행동인 것을 알지만 이곳으로 초대한 것이니 너그럽게 용서하십시오."

정중한 그의 말에 가희는 괜찮다는 듯 생긋 미소를 지었지만 빈은 노골적으로 불쾌한 표정을 지어 보였다.

"미안하다는 한마디로 모든 일이 해결될 것 같으면 경찰이 왜 필요하겠어? 어딜 보나 이건 정.중.하.게. 납치한 거잖아."

"이제 어떻게 할 생각이세요?"

"여관으로 다시 안내해 드리도록 하겠습니다. 오늘 저와 하셨던 이야기는 모두 비밀로 해주셨으면 합니다. 사례를 하고 싶으니 원하시는 것이 있다면 주저하지 말고 말씀하십시오. 여러 가지로 신세를 졌으니 그 정도는 해드릴 수 있습니다."

그의 말에 순간 남주의 눈이 반짝거렸다.

"가희야, 뮤를 달라고 그래!"

그녀의 말을 들은 가희는 재빨리 입을 열었다.

"그럼 뮤를 좀 빌릴 수 없을까요?"

가희의 질문에 그는 의외라는 듯한 표정으로 고개를 흔들었다.

"안 됩니다. 뮤는 아데가 워낙 아끼는 녀석이라서 잠시라도 눈에 보이지 않으면 찾으러 다니기 때문에 곤란합니다. 다른 부탁이라면 얼마든지 들어드릴 수 있습니다만……."

그는 미안하다는 말로 정중하게 거절했지만 그녀는 여기서 물러날 입장이 아니었다.

"뭐든지 말하라고 해놓고 이제 와서 안 된다니 치사하잖아!"

"가희야, 너도 뭐라고 좀 해봐. 그렇게 가만히 있지 말고!"

뒤에서 버럭버럭 소리를 지르고 있는 친구들이 두려워서라도 이대로는 돌아갈 수가 없다고 생각하는 가희였다.

"제가 원하는 건 뮤 하나뿐입니다."

그는 가희의 말에 가벼운 한숨을 내쉬었다.

사실 네 명의 소녀들 중에서 가희가 가장 말이 잘 통할 것 같은 느낌이었기에 그녀 혼자 이곳에 왔다는 것에 꽤 안심했었다. 말 많고 따지기 좋아할 것 같은 설아는 계산적일 거라는 느낌이 들었고, 소환사는 자신이 상대할 수 있는 레벨이 아니었다. 그런 면에서 선량해 보이는—게다가 그는 가희를 프리스티스로 알고 있는 마당이니 그녀가 대화 상대로 가장 적합하다고 판단한 것이다—가희나 검사의 분위기를 풍기는 빈디 와줬으면 했던 것이다.

그런데 정말이지 어떤 부탁을 해도 싫다는 말 한마디 못할 것 같아 보이는 저 소녀가 단호하게 말을 잘라 버린 것이다.

"혹시… 당신들은 이 길드를 탐내고 있는 겁니까?"

그의 눈빛이 매섭게 변하자 가희는 몸을 약간 움찔거리긴 했지만 여전히 물러서진 않았다.

"정말 제가 원하는 건 뮤밖에 없어요. 엘리 씨를 만나고 나서부터 우리 쪽 뮤의 행방이 묘연해졌는데… 뮤가 꼭 필요해져서 빌리려는 것뿐이에요."

그녀의 말에 그는 잠시 생각에 잠긴 듯 한동안 침묵을 지켰다.

"뮤의 용도는 단순한 창고가 아니었습니까?"

갑작스런 질문에 가희는 당황한 듯 남주 쪽을 바라보았다.

"그런 거 알 필요 없잖아. 이쪽으로 순순히 넘겨주기나 하라고!"

남주는 미간을 찡그리며 그를 향해 언성을 높였지만 그런다고 그가 남주의 목소리를 들을 수 있을 리가 없었다. 가희는 그런 그녀를 향해 가벼운 한숨을 내쉬며 고개를 저었다.

"역시 그런 거였습니까?"

한결 어두워진 그의 목소리에 가희는 그에게로 시선을 돌렸다.

"네?"

의아한 표정으로 질문하는 가희의 목소리를 긍정으로 해석한 걸까?

그는 할 수 없다는 듯한 표정으로 가희를 바라보았다.

"이미 아시리라 생각하지만 저희 길드의 중요한 서류나 보석들은 뮤에게 저장해 두고 있습니다. 웬만큼 좋은 마법 가방에도 소지할 수 있는 물건에 대한 어느 정도의 한계치가 있기 마련인데 뮤는 그런 것이 없는 데다 안전하니까 자연스럽게 보물 창고가 되어버린 것이죠."

그의 말에 가희의 시선은 남주와 빈에게로 향했다.

"그거 비우고 달라고 그래. 그 정도는 기다릴 수 있다고 말이야."

"그래, 잡화점으로 받으러 가겠다고 말이야."

남주와 빈의 말에 가희는 고개를 끄덕였다.

"역시 알고 계셨던 겁니까?"

그의 말에 가희는 화들짝 놀랐는지 고개를 저었다.

"그걸 알고 있었다면 다짜고짜 뮤를 달라고 하는 실례는 저지르지 않았을 거예요. 제가 원하는 건 길드의 재산이 아닙니다. 괜찮다면 오늘 저녁쯤에 뮤를 받으러 잡화점으로 가겠습니다. 그때까지 뮤를 비어 있는 상태로 만들 수 있으시겠습니까?"

그녀의 말에 그는 가벼운 한숨을 내쉬었다.

저녁까지라면 시간이 그리 넉넉하지 않았다.

"일단은 해보도록 하겠습니다. 다만……."

"다만?"

"어디까지나 뮤는 빌려 드리는 것이니만큼 확실히 돌려주셔야 합니다. 쉴드에게 맹세코 말입니다."

그의 말에 가희는 고개를 끄덕였다.

"쉴드님께 맹세코 돌려 드리겠습니다."

가희가 정중한 태도로 맹세하자 그는 믿겠다는 듯한 표정을 짓다가 이내 의아한 듯 그녀를 바라보았다.

"그런데 프리스티스님께서 사복도 입으시는 겁니까?"

"엘리한테 쫓겨서 신분을 속이는 중이라고 말해."

가희는 침착하게 빈의 말을 따라 했다.

"아직 엘리 씨에게 쫓기는 상황이라서… 신분을 속이기 위한 임시 방편일 뿐입니다. 아무래도 아델라이데님을 두려워하고 있으니 마을 안까지 들어오진 않겠지만 만약 마을에 들어오기라도 한다면……."

가희의 말에 그는 짧막한 한숨을 내쉬었다.

"이거 저희가 당신들에게 큰 폐를 끼쳤군요."

"저희가 하겠다고 한 일인걸요. 그렇게 말씀하실 필요 없습니다."

가희의 말에 그는 뭔가를 생각하는 듯하더니 한결 무거워진 목소리로 입을 열었다.

"해가 지기 전까지 한번 해보도록 하겠습니다. 한데 만약 괜찮으시다면 우리 아데, 아니, 아델라이데님을 모셔가지 않겠습니까?"

"네?"

예상치 못한 그의 말에 가희는 물론 빈과 남주 역시 뻣뻣하게 굳어 버렸다.

"저는 인간인 엘리의 양심을 믿고자 했습니다. 그렇지만 그녀가 아델라이데님을 돌려나 줄 생각이 없다면 반드시 해치러 올 것입니다."

그는 주먹을 부르르 떨며 자신의 말을 이어 나갔다.

"…저로서는 아델라이데님을 지킬 힘이 없습니다. 부탁드리겠습니다."

너무나 간절한 목소리인지라 가희는 아무런 대답도 할 수 없었다.

"말도 안 돼. 우리는 이야기에 개입하면 안 된다는 거 알잖아! 게다가 생각해 봐! 우리가 무슨 힘이 있어서 그녀를 지킬 수 있겠어?"

빈의 말에 가희는 힘겹게 입을 열었다.

"…우리에게 그럴 만한 힘이 있다고 생각하시는 건가요?"

그녀의 말에 그는 단호하게 고개를 저었다.

"본인을 앞에 두고 실례인 줄은 알지만 엘라나 키리아, 둘 다 이미 인간인 우리가 상대할 만한 수준을 넘어서 버린 자들입니다. 드래곤인 아델라이데님께서 당하실 정도였으니까 말이죠."

그는 가희를 향해 그 커플의 강함을 강조하려는 듯했다.

"그걸 알면서도 아델라이데님을 모셔가라는 것은 우리가 죽기를 바라는 건가요?"

약간의 비난이 실린 그녀의 눈빛에 그는 고개를 흔들었다.

"그런 짓을 했다가는 쉴드님의 분노를 사게 되겠지요. 아무리 도둑 길드의 마스터라지만 신의 분노를 받을 만한 배짱은 없습니다."

입가에 약간의 미소를 지으며 농담 같은 대답을 들려주는 그에게 가희는 의아한 표정을 지어 보였다.

"그렇다면 무엇 때문이죠?"

그는 잠시 두 눈을 감으며 아델라이데를 떠올렸다.

그녀의 본체가 드래곤이 아니라 신이라고 할지라도 자각을 하지 못하는 이상 지금은 힘없는 어린애일 뿐이다.

동정으로 그녀를 데리고 온 것이지만 지금은 눈에 넣어도 아프지 않을 딸처럼 느껴지는 아델라이데였다. 드래곤을 상대로 어리석은 짓임을 알지만…….

"제가 가진 능력으로는 당신들을 지켜 드릴 수 없지만 그들의 눈을 가릴 수는 있습니다. 정보로 먹고 사는 직업이기도 하니까 말입니다."

그의 진지한 표정에 남주는 가벼운 한숨을 내쉬었다.

"사정은 딱하지만 아델라이데를 데리고 다니면 우리는 설아랑 한 약속을 되돌릴 수 없게 되는 거 알지? 거절해."

"…아델라이데는 지금 어디에 있나요?"

잠시 고개를 숙이고 있던 가희가 그를 정면으로 바라보며 질문하자 그의 표정이 약간 밝아지기 시작했다.

"지금은 집에 있습니다만 나중에 잡화점으로 함께 가도록 하겠습니다."

"저 혼자 결정할 문제가 아니라서 확답은 드리지 못합니다."

그녀의 말에 그의 안색이 조금 어두워지긴 했지만 순순히 고개를 끄덕였다.

"알겠습니다. 그런데 프리스티스님."

"가희라고 불러주세요."

생긋 미소를 짓는 그녀에게 그는 다시 한 번 고개를 끄덕였다.

"지금 그 옷차림은 은근히 눈에 띄는군요. 괜찮다면 좀 더 무난한 옷으로 갈아입으시는 게 좋을 것 같습니다."

그의 말에 가희는 흔쾌히 고개를 끄덕였다.

"그럼 나중에 뵙도록 하죠."

그녀의 말에 그는 고개를 끄덕이더니 이내 자신의 발 앞에 튀어나와 있는 작은 돌에 발을 가져다 댔다.

기기기긱—

마치 손톱으로 유리를 긁는 것 같기도 하고 무거운 무엇인가를 끌어올리는 것 같기도 한 듣기 싫은 굉음에 가희는 자신도 모르게 손으로 귀를 틀어막아 버렸다.

끼릭, 끼릭, 끼릭, 쿵!

무엇인가가 충돌하는 듯한 소리가 들리더니 거대한 철장이 무서운 속도로 가희에게 떨어져 내렸다.

"꺄아—!"

너무나 놀란 나머지 가희는 자신도 모르게 비명을 질러대기 시작했다.

"이런, 이런, 많이 놀라셨나 보군요. 죄송합니다. 이런 건 비밀이라서 말씀드릴 수가 없는 것인지라… 꽉 잡으십시오."

그의 조용조용한 목소리에 가희는 철장 안쪽으로 들어가 쇠창살을 꼭 붙잡았다.

"꺄아아아—!"

마치 금방이라도 추락할 것만 같은 위태위태한 철장은 가희를 태우고 순식간에 3층 건물 높이까지 올라가 버렸다. 쇠창살에 찰싹 달라붙은 가희는 금방이라도 울음을 터뜨릴 듯한 표정으로 아래를 내려다보며 비명 지르기를 반복했고, 그녀에게 아무런 도움도 줄 수 없는 두 소녀는 걱정스런 표정으로 그녀를 올려다보다 이내 처음 도착했던 곳으로 자리를 옮겼다.

"까아아─! 내려줘요─!"

가희의 처절한 비명 소리를 들으며.

*   *   *

뮤~?

뮤는 멍하니 있는 설아가 걱정스럽다는 듯이 고개를 갸웃거렸다.

"이젠 네가 누군지도 모르겠어. 어서 말해 봐. 넌 누구야?"

털푸덕 바닥에 주저앉은 설아는 뮤를 향해 날카로운 목소리로 질문했지만 뮤는 초롱초롱한 눈동자를 귀엽게 반짝이며 또다시 고개를 갸웃거릴 뿐이었다.

뮤우~?

어쩐지 갑작스럽게 변해 버린 설아의 분위기에 당황한 듯 뮤는 설아에게서 약간의 거리를 두려는 것처럼 뒤로 물러났다.

"어디로 가려고? 사방이 막혀 있는데 도망이라도 가려고? 풋! 다리도 없으면서."

설아가 얄미운 미소를 지으며 뮤를 들어 올리자 뮤는 식은땀을 뻘뻘 흘려댔다.

뮤우─

여전히 '뮤'라는 소리밖에 내지 못하는 뮤를 보고 있자니 그녀는 마음이 답답해져 왔다. 이곳에 이렇게 갇혀 있는 동안 밖에서—과거의 설아가—현재 진행 중일 이야기가 얼마나 많이 진전되었을지 궁금해졌다.

"또 하나의 난… 어디에 있으려나."

가벼운 한숨을 내쉬며 말을 끝맺기가 무섭게 잡화점 내부를 비추고 있던 스크린이 잠시 흔들리더니 낯선 방의 모습을 화면 가득 담기 시작했다.

장미꽃이 꽂혀 있는 꽃병과 그다지 화려하진 않지만 깨끗한 파스텔 계열의 벽지와 실용성을 강조한 듯한 가구들.

"여긴… 어디지?"

의아한 표정으로 스크린을 바라보던 그녀는 침대에 누군가가 누워 있다는 것을 깨달았다.

"너무 멀어서 얼굴이 안 보여."

설아가 살짝 미간을 찡그리자 뮤는 마치 그녀의 명령을 기다렸다는 것처럼 누워 있는 소녀에게 다가갔다. 약간은 통통한 체격의 소녀라는 것을 확인하는 순간 소녀의 얼굴이 확대되어졌다.

이곳에서 찾아보기 힘든 검은 단발과 까무잡잡한 피부를 갖고 있는 그녀는 설아에게 굉장히 낯이 익은 존재였다.

"에엑?!"

설아는 자신도 모르게 소리를 지르고는 다시 한 번 스크린을 바라보았다.

자고 있는(?) 순간까지 벗지 않은 안경까지 설아에게 무척이나 친숙한 얼굴이 스크린을 가득 채우고 있었다.

"에에에엑?! 저건 나잖아!"

설아는 경악에 찬 표정으로 자고 있는 듯한 자신을 향해 믿을 수 없다는 듯 소리를 질렀지만 뮤 안에 있는 그녀의 목소리가 들릴 리가 없었다.

"도대체 일이 어쩌다 이렇게 된 거야?!"

아무리 생각해 봐도 과거에 이런 방을 사용했던 기억은 없었다.

그렇다면 자신도 모르는 사이에 새로운 이야기가 생긴 걸까?

설아는 가벼운 한숨을 내쉬며 뮤를 바라보았다.

"이젠 나도 모르겠다. 그 녀석들은 괜찮은 걸까?"

남주, 빈, 가희의 일이 이렇게 틀어질 거라고 누가 상상이나 했겠는가.

만일 이렇게 될 줄 알았다면 그녀들을 끌어들이지 않았을지도 모른다. 그렇게 생각하니 마치 체한 것처럼 속이 무겁고 갑갑해졌다.

뮤?

고개를 갸웃거리던 뮤는 마치 스크린을 보라는 것처럼 그 앞에서 통통거렸다.

"에엑?!"

무심코 스크린으로 시선을 돌렸던 설아는 또다시 자신도 모르게 비명을 지르고 말았다.

눈앞의 장면이 어느새 또 다른 곳으로 바뀌고 만 것이다.

"여긴 또 어디야?!"

설아는 골치 아프다는 듯 자신의 머리카락을 죄다 뽑아버릴 듯한 기세로 움켜잡았다.

뮤—?

뮤는 히스테릭하게 소리치는 설아를 바라보며 연신 모르겠다는 표정을 지었다.

끼이익~ 끼익.

마치 삼류 공포 영화에나 나올 법한 효과음이라고 생각한 설아는 무심코 미소를 지었다.

"이제 비명 소리만 들리면 딱이겠네."

설아의 말이 끝나기가 무섭게 귀에 익숙한 비명 소리가 들려오기 시작했다.

"꺄아아아―!"

"에?"

설아는 스크린이 심하게 흔들린다는 것을 깨닫고는 지면이 흔들리지 않는 곳으로 조금 떨어지라고 명령했다. 그러자 뮤는 별 거부감 없이 설아의 명령을 받아들인 듯 곧 깨끗해진 스크린을 볼 수 있었다.

"꺄아아아―!"

여전히 귀에 익숙한 비명 소리에 설아는 의아한 표정으로 스크린에 집중했다.

그러자 마치 지진이라도 일어난 것처럼 아무렇지도 않던 땅에서 불쑥 무엇인가가 솟아올랐다.

"뭐, 뭐지?"

새장 같아 보이는 거대한 철장이 금방이라도 바닥에 추락해 버릴 것만 같은 기세로 공중에서 위태롭게 흔들리고 있었다.

"꺄아아―! 내려줘!"

척 보기에도 연약하게 보이는 가녀린 체격의 소녀를 보며 설아는 경악에 찬 표정을 지었다.

"쟤는 가희잖아?!"

아무리 비명을 질러봤자 달려와야 할 청년들이 보이지 않았다.

이 길드를 찾는 자들의 종류는 딱 세 종류밖에 없었다.

같은 직업 종사자거나 그들을 고용하려는 손님, 그리고 현 길드에 원수를 두고 그것을 갚기 위해 칼을 가는 사람들, 즉 적인 것이다.

그들의 눈에 비친 가희의 모습이 도둑이나 고용인과는 거리가 멀어 보일 것이다.

어쨌거나 운동 신경이 발달한 것도 아니고 그렇게 돈을 함부로 쓰고 다닐 성격처럼 보이는 것도 아니니 남은 가설은 단 하나뿐이었다.

적.

암살자나 도둑에게 원한을 가진 사람이라는 것.

설아가 전에 그녀를 프리스티스라고 소개한 적도 있었다.

남들의 눈에 프리스티스가 도둑이나 암살자를 못마땅하게 생각할 거라 보여서 이상할 건 없었다. 오히려 당연하게 생각할 것이다.

그래서 이런 골탕을 먹이고 있는지도 몰랐다.

'너무해, 너무해, 너무해~!'

5층 건물 높이에서 뛰어내릴 수도 없고 그렇다고 언제까지 이곳에 매달려 있을 수도 없으니 가희는 난감하기만 했다. 더군다나 철장이 이렇게 심하게 흔들리고 있으니 멀미까지 날 지경이었다.

"누가 좀 도와줘!"

거의 절규에 가까운 그녀의 목소리에 반응해 어디선가 빈의 목소리가 들려왔다.

"어이, 보는 사람도 없는데 그냥 내려와."

목소리가 들리는 쪽으로 뮤가 고개를 돌린 듯 스크린은 어두운 벽면을 비췄지만 아무리 스크린이 확대되어도 빈의 모습은커녕 사람의 그림자조차 찾을 수 없었다.

그러나 이번에는 같은 방향에서 남주의 목소리가 들려오는 것이 아닌가.

"설마 내려오는 방법을 모른다고 하진 않겠지? 간단하잖아. 그냥 내려온다고 생각만 하면 되는 거니까."

뮤는 혼란스러운 듯 스크린 여기저기 다른 각도의 화면들을 보여주었지만 이야기에 간섭을 하지 않는 이상 뮤의 눈에 소녀들의 모습이 보일 리가 없었다.

"헤에, 여기에 모여 있었던 거야?"

설아가 그녀들이 무사하다는 것에 안도의 한숨을 내쉬자 스크린은 새장처럼 느껴지는 철장을 확인이라도 하려는 듯 철장이 있던 쪽으로 방향을 돌렸다.

"에?"

끼익— 끼익—

"진작 그렇게 빠져나왔으면 좋았잖아."

남주의 핀잔 어린 목소리와 함께 텅 비어 있는 철장을 보자 설아는 자신도 모르게 눈이 커다랗게 떠졌다.

"그래도 무서웠지? 괜찮아?"

빈이 가희에게 걱정스럽다는 듯한 목소리로 질문하자 가희는 괜찮다는 듯 특유의 온화한 목소리로 대답했다.

"…꽤 재밌었어. 너희들도 타볼래?"

설아는 그녀들의 목소리를 듣는 것만으로도 충분히 현재의 상황을 짐작할 수 있었다.

보나마나 가희는 눈을 초롱초롱하게 빛내며 그녀들을 바라볼 것이고 본인에겐 전혀 그럴 의도가 없다고 해도 친구들의 눈에는 상냥하게 미소 짓는 그녀가 '어디 너희들도 한번 당해보시지?'라고 말하는 것으로 느껴질 것이다.

이것이 사람 좋은 사람의 화내는 방식이랄까……

"갑자기 사라진 건가?"

설아는 텅 비어버린 철장을 향해 피식 미소를 지었다.

혹시나 자신의 친구들도 뮤가 삼켜 버리면 어쩌나 하는 걱정을 했었는데 이제 한숨 돌린 셈인 것이다.

"이제 어쩔래? 아델라이데를 데리고 다니면 확실히 이야기에 개입하게 되는 거야. 내 생각엔 확실히 거절해야 할 것 같은데."

"나도 빈의 말에 찬성."

빈이 슬쩍 화제를 돌리자 남주가 고개를 끄덕였다.

"이미 개입하고 있다면 개입하고 있는 거니까… 나 혼자라면 괜찮지 않을까?"

가희의 말에 빈과 남주는 물끄러미 그녀를 바라보았다.

"그 말은 약속을 깨겠다는 거야?"

남주의 말에 가희는 단호한 목소리로 대답했다.

"약속은 이미 깨졌어. 우리가 설아를 여관으로 데려갔던 그 순간부터 말이야. 난 미끼가 될래."

갑작스런 그녀의 말에 남주와 빈은 물론 설아까지 의아한 표정을 지었다.

"미끼라니?"

"우리가 아델라이데가 키우는 뮤를 데리고 있다고 해서 우리 쪽 뮤가 나타나리란 보장이 없잖아. 게다가 설아를 삼킨 뮤가 우리 쪽 뮤인지, 아델라이데 쪽 뮤인지도 모르잖아. 만약 우리 쪽 뮤라면 찾아봐야 할 텐데… 이렇게 숨어 다녀서는 실제로 뮤를 만난다고 해도 놓쳐 버릴 수도 있어. 아무래도 우린 보이지 않을 테니까 우리가 뮤를 발견하지 못하면 그럴 수도 있다는 거야."

언제나 조용하던 그녀의 목소리에는 이미 단호한 의지가 실려 있었다.

"그래서 아델라이데와 함께 다니겠다는 거야?"

빈이 한결 누그러진 목소리로 질문하자 가희는 고개를 끄덕였다.

"응. 그런 이유도 있지만 내가 아델라이데랑 함께 다니려는 진짜 이유는 따로 있어."

"진짜 이유라니?"

남주가 커다란 눈을 더욱 크게 뜨며 질문하자 가희는 가벼운 한숨을 내쉬었다.

"설아를 끌어내는 게 내 최종 목표야."

그녀의 말에 순간 설아는 몸을 움찔거렸다.

'날 끌어낸다니?'

설아는 스크린에 나타나진 않지만 똑똑히 들려오는 가희의 목소리를 혹시라도 놓칠까 봐 잔뜩 긴장한 채 귀를 기울였다.

"설아를 끌어낸다니?"

남주의 질문에 그녀는 고개를 끄덕이며 대답했다.

"옷장에서 내가 들켰을 때부터 내내 생각해 봤어. 설아는 사실 뮤 속에 갇힌 게 아니라 나오지 않는 게 아닐까… 라고. 설아는 이곳의 주인이야. 마음만 먹는다면 못할 게 없지. 뮤가 감시자라고는 하지만 신과 같은 존재인 설아를 어떻게 할 수 있을 것 같진 않은걸."

"그러니까 뮤가 옷장처럼 도피처였다고 말하고 싶은 거야?"

남주의 질문에 가희는 잠시 머뭇거리다가 이내 고개를 끄덕였다.

"뮤는 감시자니까 거기에 있으면 어느 정도 사태 파악도 가능할 거고……."

그녀의 말에 설아는 망치 같은 것으로 뒤통수를 호되게 얻어맞은 듯한 느낌이 들었다.

밖으로 나가겠다는 생각을 하지 않았다.

맞는 말이다.

진심으로 이곳에서 벗어나기 위한 탈출 시도를 하지도 않았던 건 자신이 갇혔다고 생각했기 때문이다.

갇혔다는 것은 타의에 의한 것이지만 나갈 수 있는데 나갈 생각조차 하지 않았다는 것은… 숨었다는 것이 정답일 것이다.

'그래, 나는 사실 숨어버린 거다. 아무리 그것이 무.의.식. 중이라고는 해도…….'

"말도 안 돼! 그럼 또 하나의 나는 뭐야?!"

설아는 자신의 생각을 떨쳐 버리기라도 하듯 경악에 찬 비명을 질렀다.

그런 그녀의 뒤로 방금 전까지 걱정스럽게 자신을 바라보던 뮤가 슬그머니 사라져 버렸다는 사실을 설아는 미처 깨닫지 못하고 있었다.

"그래서 이제부터 어떻게 할 거야?"

빈의 질문에 가희는 생긋 미소를 지었다.

"난 다시 한 번 유이가 될 거야."

"뭐?"

"에에엑?!"

"에에엑?!"

남주와 설아가 동시에 고함을 지르자 가희는 어깨를 으쓱거렸다.

"그렇다고 진짜 유이가 되겠다는 소리가 아니라 유이인 척하고 다니 겠다는 말이니까 걱정할 만한 일은 없을 거야."

그녀의 말에 빈과 남주는 점점 더 모르겠다는 표정을 지었지만 설아 는 대충 그녀의 의도를 눈치 챈 듯했다.

신분증은 없지만 가희는 유이와 쌍둥이라고 해도 손색이 없을 정도 로 그녀와 똑같이 생겼다. 그런 그녀가 엘프들의 마을에 아델라이데와 함께 나타난다면 마을이 발칵 뒤집어지는 것은 시간문제일 것이다.

예정에도 없던 소동이 일어난다면 감시자의 입장에서 방관만 하고 있지는 않을 터.

그렇게 된다면 뮤든, 설아든 이야기를 바로잡기 위해 필연적으로 가 희의 앞에 나타날 수밖에 없을 것이다.

"그래서야 내가 어렵사리 이야기를 다시 시작하려는 의미가 없잖 아!"

설아는 가희를 향해 버럭 소리를 질렀지만 그녀의 목소리는 뮤 안에 서만 맴돌 뿐 소녀들에게는 조금도 전해지지 않았다.

"그럼 아델라이데랑 어디로 가려고 그래?"

남주의 질문에 가희는 다 생각해 둔 곳이 있다는 듯 생긋 미소를 지 었다.

"우선은 유이가 있었던 엘프들의 숲으로 가려고 해. 그곳에서 정식 으로 유이라고 인정받는다면 실제 유이가 나타날 때까지 다들 날 유이 라고 생각할 테니까."

그녀의 말에 빈은 가벼운 한숨을 내쉬었다.

"네 말대로라면 지금부턴 개별 행동을 하자는 거지?"

가희는 잠시 망설이는 듯한 표정으로 아무런 대답을 하지 않다가 어색한 침묵이 계속되자 마지못해 고개를 끄덕였다.

"말하자면… 그래. 그렇지만 난 개별 행동을 하기보단 너희들이 날 좀 도와줬으면 좋겠어."

"도와달라는 건 구체적으로 뭘 도와달라는 거야?"

남주가 반쯤 그녀의 말에 수긍한 듯한 표정으로 질문하자 가희는 약간 밝아진 표정으로 그녀의 말을 받았다.

"계속 이 이야기를 관찰하다가 설아의 움직임이 파악되면 그게 어느 쪽 설아든지 간에 나에게 알려줘."

그녀의 부탁에 남주는 별거 아니라는 듯 순순히 고개를 끄덕였다.

"그래. 그게 뭐 어려운 일이라고."

"고마워."

빈은 살짝 미간을 찡그리며 가희를 바라보았다.

"그래도 개별 행동이라는 건 변함이 없는데 괜찮아?"

서로 흩어져서 행동을 하다 보면 자신도 모르게 이야기에 간섭하는 면도 늘어나게 된다.

그것이 의식 중에서든 무의식 중에서든.

"가희의 말이 맞는지 틀린지 확인해 볼 필요는 충분하잖아?"

남주의 질문에 빈은 아무런 반박을 하지 않았다.

"더 이상 보고 싶지 않아."

설아는 스크린에서 눈을 돌려 버렸다. 그리고 다시 스크린을 바라보았을 때 스크린은 어느덧 익숙한 방을 비추고 있었다.

"그렇다면 서로 할 일도 정해졌겠다, 슬슬 움직여 볼까?"

빈의 말에 다들 고개를 끄덕이자 새장 같았던 육중한 철장이 무서운 속도로 그들을 덮쳤다.

워낙 순식간에 벌어진 일이라 비명 지를 틈도 없었다.

"뭐, 뭐지?!"

"가, 갇힌 건가?"

철장은 바닥이 생기더니 소녀들 모두를 태우고 빠른 속도로 천장으로 올라갔다.

이상한 것은 소녀들의 모습이 마치 존재하지 않는 것처럼 투명해진 상태였는데도 확실히 갇혀 버렸다는 점이었다.

"이게 어떻게 된 거지?"

빈이 내려다보기만 해도 아찔한 바닥을 보며 마른침을 꿀꺽 삼키자 남주 역시 바닥을 내려다보았다.

"으윽… 갇혔어. 생각대로 움직여지지 않는걸."

"대체 누가 이런 짓을……?"

빈의 질문에 대답한 사람은 아무도 없었다.

"에엣? 저건… 뮤?"

가희가 바닥에 점처럼 느껴지는 슬라임덩어리를 발견하고는 손가락으로 그것이 있는 곳을 가리키자 소녀들이 그쪽으로 우르르 몰려들었다.

끼익— 끼이익—

철장은 중심을 잃고 소녀들이 몰린 곳으로 기울었다.

"까아아―!"

"우워어어―!"

"으악―!"

소녀들은 저마다 비명을 지르며 쇠창살을 붙잡았다.

중심을 잃고 흔들리는 것도 불안하지만 금방이라도 바닥으로 추락해 버릴 것만 같은 소리에 소녀들은 더욱 공포를 느끼는 듯했다.

"뮤가 움직이기 시작한 건가?"

"움직이기 시작한 것은 설아일지도 모르지."

빈의 말에 남주가 무심히 대답하자 뮤로 짐작되는 생명체는 흔적도 없이 사라져 버렸다.

"야! 야! 우릴 이렇게 두고 가면 어떡해?!"

빈의 고함 소리에 되돌아올 뮤도 아니었지만 남주와 가희 역시 비명에 가까운 목소리로 뮤를 불러댔다.

"뮤! 돌아와―!"

"우린 내려주고 가야지―! 뮤!"

버럭버럭 소리를 지르는 소녀들의 목소리 사이로 작게 소곤거리는 소리가 섞여들었다.

"위즈, 인간들은 참 시끄럽지 않니?"

"정말 어쩔 수 없는 인간들이구만. 그카이 그 먹보가 저래 가둬 삐지."

털이 보송보송한 하얀색의 단발 같은 귀를 펄럭이며 위니가 고개를 끄덕였다.

"저 인간들은 들어오기만 하면 모든 문제가 해결될 거라고 생각했나 봐."

동그랗고 빨간 코를 작은 손으로 만지작거리던 위즈는 말랑말랑하고 가느다란 꼬리를 흔들었다.

"문제는 이 세계의 주인인데 주인조차도 그걸 모른다 카이 답답하다 안 카나."

위니는 까만 눈동자를 초롱초롱하게 빛내며 위즈의 말을 받았다.

"차라리 우리가 좀 도와줄까?"

"우리가?"

위즈가 미간을 찡그리며 왼쪽 다리를 오른쪽으로 포개자 위니는 위즈를 따라 짧은 다리를 꼬려 애를 쓰기 시작했다.

"그래, 우리가. 꺅!"

위니는 결국 뒤로 넘어지고 말았다.

"피효피효, 괜찮나?"

위즈는 웃음을 터뜨리며 위니를 일으켜 세웠다.

"우잇!"

위니는 빨개진 얼굴로 위즈를 노려보았다.

"가시나, 지가 널찌놓고 왜 나보고 그라노?"

"우잇! 위즈 바보."

양 뺨에 공기를 잔뜩 집어넣어 통통하게 만든 위니는 팔짱을 낀 채 위즈를 노려보았다.

소녀들은 조금 전부터 들려오는 목소리에 온 신경을 집중시켰다.

"니 왜 삐졌노?"

"뿌뿌—!"

위니는 양손을 자신의 뺨에 가져다 대고는 혀를 내밀었다.

"흠흠!"

결국 참을성없는 빈이 헛기침을 하며 위의 신경을 분산시키자 잠시 동안 침묵이 이어졌다.

"혹시 뮤는 설아의 부하가 아닐까?"

가희가 소녀들을 향해 윙크를 해 보이자 빈은 피식 미소를 지었다.

"설아가 무슨 대마왕이라도 돼?"

"둘로 나누어졌을 때부터 수상하지 않았어? 알고 보면 설아는 인간이 아니라 신족이라는 황당한 설정이었을지도 모르지."

남주가 빈의 말을 거들고 나서자 '피효피효' 하는 위 특유의 웃음소리가 들려왔다.

"피효피효. 확실히 인간이라는 건 어리석어. 그것이 이쪽 인간이든, 저쪽 인간이든 말이야. 그녀가 둘이라고 생각하다니."

"시끄럽다. 니 조용히 좀 해라."

위즈가 위니의 입을 틀어막자 남주는 더 커다란 목소리로 위의 이목을 끌었다.

"혹시 설아 중 한 명이 가짜가 아닐까?"

"가짜?"

"응. 석진 선배가 만들어뒀던 함정이라거나 아니면 민식이가 뭔가를 잘못 건드렸을 수도 있지. 그래서 이 프로그램이 사라지지 않았을 수도 있고 말이야."

남주가 어깨를 으쓱거리며 그럴듯한 가설을 세우자 또다시 피효피효 하는 웃음소리가 들려왔다.

"피효피효. 모든 문제는 이 세계의 주인으로부터 시작되고 이 세계의 주인으로 끝난다는 걸 모르는구나. 그녀만 문제가 없다면 아무 문제가 없는데 말이야."

위니가 거들먹거리듯 어깨를 으쓱거리자 위즈가 앙증맞은 두 손으로 위니의 귀를 구겨 버렸다. 화가 난 위니는 자신의 가느다란 꼬리로 위즈의 뒤통수를 퍽 소리가 나도록 쥐어박고는 자신의 귀를 단정하게 매만졌다.

"이게 무슨 짓이야?! 위즈 바보! 베에~"

검지로 왼쪽 눈꺼풀을 쭈욱 늘어뜨리며 혀를 내미는 위니에게 위즈는 눈을 부라렸다.

"니 그 먹보에게 잡아먹히고 싶나? 주디 함부로 놀리면 그 먹보한테 먹혀도 할 말 없다. 그거 아나?"

"베에, 어차피 듣는 사람도 없는걸."

코웃음을 치는 위니에게 위즈는 고개를 절레절레 흔들며 가벼운 한숨을 내쉬었다.

"먹보는 위를 감시한다카이!"

위니는 위즈의 말에 고개를 천장으로 치켜들다 뒤로 콰당 엉덩방아를 찧고 말았다.

"우잇! 위즈 바보!"

양손으로 엉덩이를 쓰다듬으며 인상을 찡그리는 위니에게 위즈는 가벼운 한숨을 내쉬었다.

"내가 말한 위는 '우에'가 아니다 안 카나! 우리 말이다! 위!"

위즈는 엄지로 자신을 가리키며 버럭 소리를 질렀다.

"어머나! 위즈는 너무 시끄러운 것 같아. 그렇게 떠들다가 먹보가 잡아먹어도 난 몰라."

위니는 의기양양한 미소를 지으며 자신의 말랑말랑한 꼬리로 위즈의 배를 툭툭 쳐버렸다.

"치아라. 이제 니랑 말 안 할 끼다."

"어머? 속 좁게 삐친 거야? 위즈, 뭐 그런 걸로 삐치고 그래? 에이~
화 풀어."

위니가 꼬리를 살랑살랑 흔들었지만 위즈는 냉정하게 뒤돌아섰다.

"은다."

"에이~ 위즈야—"

자신들만의 세계에 빠진 위는 소녀들이 자신들의 대화로 인해 충격
에 빠졌다는 것을 눈치 채지 못한 듯했다.

'말도 안 돼! 그럼 감시자가 이야기를 감시한 게 아니라 위를 감시했
다는 거야?!'

경악한 표정의 남주와 곰곰이 생각에 잠긴 빈은 서로 가벼운 한숨을
내쉬었다.

'위들은 어디에나 있다고 했었지? 그런 위들을 감시하려면 뮤 역시
모든 이야기를 알게 될 테고……'

계속 위의 말을 엿듣고 있었던 가희는 그들이 했던 대화 중 신경 쓰
이는 부분들을 정리하기 시작했다.

'모든 문제는 설아로부터 시작되고 설아로부터 끝난다.'

'설아는 단 한 사람이되 가짜도 존재하지 않는다.'

'뮤가 감시하는 것은 위다. 그들을 감시함으로써 이야기의 잘못된
점들을 바로잡는다.'

종합해 보면 더욱 수수께끼 같아지는 말이었다.

어쨌거나 한 가지 확실해지는 것은 여관에 있는 설아는 소녀들이 그렇게까지 신경 쓰지 않아도 된다는 것이었다. 적어도 그녀가 또 한 명의 설아는 아니라는 점이 확인되었으니 말이다.

'그렇다고 해도 가짜 설아도 아니라고 했잖아?'

진짜도 가짜도 아닌 존재란 무엇을 의미하는 것일까?

'혹시… 누군가의 기억?'

…진짜도 가짜도 아니라면 설아가 맞되 현재의 설아는 아니라는 것을 의미한다.

'도대체 누구의?'

아무리 생각해도 답은 설아밖에 없었다.

모든 문제는 그녀로부터 시작해서 그녀로부터 끝난다고 했으니 말이다.

그럼 끝은 어디일까?

"어쨌거나 저 인간들에게 알려줘야 하지 않을까?"

위니는 위즈를 향해 생긋 미소를 지으며 계속해서 말을 걸었다.

"그녀가 지금 같은 상태로는 이야기를 시.작.조차 할 수 없을 거라는 걸 누군가는 눈치 채야 하는 거잖아?"

위니의 말이 위즈의 마음을 움직였는지 그는 가벼운 한숨을 내쉬었다.

"그녀 스스로 자각해야 하는 긴데 저 인간들이 안다 칸들 저 상태로는 아무것도 못한다."

"가능성있는 인간 있잖아."

위니는 소녀들 쪽을 힐끔 바라보며 어깨를 으쓱거렸다.

"흠… 그야 그것도 그쪽이 자각을 해야 되는 기다."

위즈 역시 시큰둥한 시선으로 소녀들을 바라보았다.

세 명의 소녀는 위의 시선을 느끼며 가벼운 한숨을 내쉬었다.

조심스럽게 철창 아래를 바라보던 빈은 고개를 흔들었다.

이 정도 높이라면 족히 15층 건물 높이는 되고도 남았다. 뮤가 뭘 어떻게 해둔 것인지 모르겠지만 창살을 만져도 소녀들의 모습은 드러나지 않았다.

어떻게 보면 봉인당한 상태에 가까웠다.

"우리들의 능력이라면 한 사람 정도는 먹보의 눈을 피해 빼돌릴 수 있지 않을까? 뭐, 어디까지나 빼돌리기만 가능하긴 하지만 말이야."

위니가 자신의 말랑말랑한 꼬리를 만지작거리며 위즈를 바라보자 위즈는 잠시 생각에 잠겼다.

"…갈려고 하겠나?"

"한 사람밖에 보내줄 수 없으니까 역시 보내려면 그녀를 보내야겠지?"

위니가 팔짱을 끼고는 신중한 표정을 짓자 위즈는 가벼운 한숨을 내쉬었다.

"이제 보니 니가 도와줄라고 작정했구만?"

"왜? 안 돼?"

위니가 어깨를 쫙 펴고 당당하게 묻자 위즈는 어깨를 으쓱거렸다.

"안 될 건 없다만은 니는 먹보가 안 무섭나?"

"먹보가 뭐가 무서워? 세상에서 가장 강한 것은 바로 우리들 위인데."

위니의 얼굴은 정말 아무것도 무서운 것이 없다는 듯한 표정이었다. 위즈는 그녀를 향해 졌다는 듯한 표정으로 고개를 흔들었다.

"내가 졌다, 졌어. 니 그라믄 저 인간들한테 이제 뭐라고 설명할

끼고?"

"그건 위즈가 알아서 해야지. 설마 이 연약한 위니보고 저렇게 험상 궂은 인간들을 상대하게 만들 생각이었어?"

위니는 작은 손을 들어 주먹을 꼭 쥐어 보이고는 위즈의 어깨를 토닥토닥 쳤다.

"뭐라카노? 내가 보기엔 튼튼하기만 하구만."

위즈의 말에 위니의 눈꼬리가 사납게 올라가기 시작했다.

"뭐야? 그럼 위즈는 비겁하게 아무것도 하지 않을 거란 말이야?"

위즈는 위니의 말에 귀찮다는 듯한 표정으로 손을 휘휘 저었다.

"됐다! 됐으니까 고마 해라. 마, 내가 하고 말지."

말은 그렇게 했다지만 위는 사람들의 눈앞에 나서는 것을 무척이나 싫어했다.

결국 모습을 드러내기보다 고함을 질러 의사 소통하는 게 낫겠다고 판단한 위즈는 숨을 있는 대로 들이마셨다.

"다 들었으니까 설명할 필요 없어."

빈이 갑작스럽게 말을 걸자 위즈는 사레가 걸렸는지 연신 기침을 해 댔다.

"쿨럭! 쿨럭!"

"괜찮아?"

위니가 걱정스럽게 묻자 위즈는 괜찮다는 듯한 손짓을 해 보였다.

"남의 말을 엿듣고는 뻔뻔하게 엿들었다고 말하는 거야?"

가시 돋친 위니의 말투에 빈은 가벼운 한숨을 내쉬었다.

'조금 지루하더라도 얌전히 기다릴 걸 그랬나?'

"뭐, 됐다. 질질 끄는 건 나도 귀찮다."

몇 번 호흡을 가다듬던 위즈는 소녀들을 향해 고개를 돌렸다.

"이렇게 됐으니 누가 갈 꺼고?"

"그건 우리에게 선택 사항이 있는 게 아닐 텐데?"

빈의 말에 위즈는 어깨를 으쓱거렸다.

"한번 물어봤다. 왜? 안 되나?"

위즈의 투박한 말투에 빈과 남주는 어이없다는 듯 미간을 찡그렸지만 도움을 받는 입장에서 위의 신경을 거슬러서 좋을 건 하나도 없었다.

"그래서 우리 중 누가 갈 수 있다는 거야?"

남주가 커다란 눈을 더욱 크게 뜨며 질문하자 위니는 새침한 표정으로 위즈를 바라보았다.

"위즈야, 인간들은 너무 뻔뻔한 거 같지 않아? 우리가 위험을 각오하고 도와주는데도 고맙단 인사도 할 줄 모르고 말이야."

"뭐 몰랐던 것도 아니고 새삼스럽게 뭐 그런 거 가지고 그라노? 인간들이야 다들 자기중심적인 종족인 거 위가 더 잘 안다 아이가."

위즈가 위니에게 신경 쓰지 말라는 듯한 말투로 대답하자 가희가 얼른 그들을 달래고 나섰다.

"미안해요. 고맙다고 이야기할 찬스를 놓쳐서……."

그녀의 말에 위즈는 한결 누그러진 눈빛을 보냈지만 위니는 여전히 입술을 삐죽거리며 자신의 심기가 불편하다는 것을 내보였다.

"흥, 이제 와서 그런다고 누가 좋아할 것 같아?"

"야, 시간 끌지 말고 어여 틈이나 만들어라."

위즈의 말에 위니는 자신의 빨간 코를 씰룩거리더니 혼자서 작게 궁시렁거리기 시작했다.

"자기가 해도 되는 걸 꼭 남을 시켜. 위즈는 바보."

위니는 어느새 위즈로부터 조금 떨어지더니 뭐라고 알아들을 수 없는 고음의 소리로 고함을 질렀다. 예상치 못한 그녀의 행동에 소녀들은 급히 귀를 틀어막았지만 그 불쾌한 소리는 계속해서 들려왔다. 마치 귀에서 들리는 것이 아니라 머리에서 들려오는 듯한 느낌에 소녀들은 누가 먼저랄 것도 없이 자리에 주저앉아 버렸다.

"거기 키 큰 너. 밖으로 나가봐."

위니의 목소리에 빈은 미간을 찡그리며 미심쩍은 표정을 지어 보였다.

"나?"

"그래, 너. 빨리 나가. 이거 유지하는 거 힘들단 말이야!"

위니가 짜증 섞인 목소리로 빈을 재촉하자 그녀는 흔들리는 철장을 의아한 표정으로 살펴보았다. 그리고는 자신도 모르게 눈을 크게 치켜떴다.

"철장이… 철장이……."

놀라서 중얼거리는 그녀에게 위니는 버럭 소리를 질렀다.

"어서 나갓!"

빈의 눈에 비친 철장은 황당함 그 자체였다. 마치 지우개로 그림 한 귀퉁이를 지워놓은 듯한 느낌이랄까.

"그렇지만 이 높이는……."

식은땀을 흘리는 빈에게 위니는 앙칼진 목소리로 고함을 질렀다.

"안 죽어! 어서 뛰어내리지 못해?! 콱 발로 차줄까 보다!"

안 죽는다는 위니의 말에 용기를 얻은 걸까.

빈은 눈을 질끈 감고 철장 밖으로 뛰어내렸다. 빈이 뛰어내리기 전까지 귀를 틀어막고 있던 소녀들은 갑작스런 그녀의 행동에 비명을 질렀다.

위니가 가진 특별한 힘이 발동된 것일까.

위니의 목소리도, 지우개로 지운 듯한 공간도 오로지 위니가 선택한 빈에게만 들리고, 빈에게만 보여졌다.

"까아—!"

"빈아—!"

친구들의 걱정스러운 목소리에 빈은 여유있는 미소라도 보여주고 싶었지만 하늘을 나는 능력은 없는지라 간신히 팔만 뻗어 승리의 브이 사인을 만드는 것에 만족을 해야 했다.

솔직하게 말하자면 '내가 미쳤지. 뛰어내리란다고 덥석 뛰어내리다니! 할 수만 있다면 다시 기어올라 가고 싶다!'는 생각이 들었지만 죽지는 않는다니 위안이 됐던 것이다.

'어떻게든 해주겠지.'

마음 한구석에선 위에 대한 얄팍한 믿음이 있는 빈이었다.

"근데… 니, 저 인간 뭐 믿고 그냥 뛰어내리라캤노?"

위즈의 목소리에 위니는 짜증이 잔뜩 섞인 목소리로 대답했다.

"설마 죽기야 하겠어? 다 자기가 생각이 있으니까 뛰어내린 거겠지. 게다가 우린 먹보 눈을 피해 빼돌리는 것밖에 못한다고 이야기했잖아."

위니의 목소리는 추락하고 있는 빈에게도 아주 똑똑하게 전해져 왔다.

"으아아악!"

얄팍한 믿음이 쩍 갈라지며 뒤늦은 비명을 지르는 빈에게 공포의 순간이 찾아왔다. 거의 바닥에 닿는 순간 그녀는 반사적으로 눈을 감았고 떨어지고 있는 그 짧은 순간이 영원한 것처럼 느껴졌다.

죽기 직전에 사람들은 자신의 기억이 주마등처럼 스쳐 지나가는 것을 느낀다더니 빈은 그 순간 자신이 만나왔던 모든 사람들과 일일이 작별 인사를 나누고도 약간의 공백이 느껴졌다.

'이런 경험을 해본 적이 없으니 원래 이런 건가 보다' 라고 생각한 빈은 계속 눈을 질끈 감고 있었다.

그리고 느낌상으로 몇 시간이 지나간 듯한 몇 분이 흘러갔다.

빈은 그제야 뭔가 이상하다는 걸 느끼고 살짝 실눈을 떴다.

묘한 위화감이 들었던 그녀는 팔다리를 움직여 보았다. 그녀의 몸은 별문제없이 주인의 의지를 따라주었다.

"으음……."

빈은 가벼운 신음 소리를 내며 무엇이 이상한지에 대해 곰곰이 생각에 잠겼다.

그리고 몸을 일으키려는 순간 자신도 모르게 그대로 굳어버리고 말았다.

3㎝ 정도 거리밖에 되지 않지만 자신이 공중에 떠.있.다.는 것을 깨달았던 것이다.

"우… 우와아아앗!"

빈은 자신도 모르게 비명을 질렀다. 마치 정지해 있던 시간이 그때부터 움직이는 것처럼 갑자기 땅으로 떨어지는 바람에 그녀는 균형을 잃고 털푸덕 엉덩방아를 찧고야 말았다.

"괜… 찮냐?"

남주가 어이는 없지만 걱정스럽다는 목소리로 묻자 지금까지 어이

없다는 표정으로 그녀를 바라보던 위니는 배를 잡고 뒹굴었다.

"피효피효! 위즈, 저것 좀 봐. 피효피효. 조금 전에 공중에서 허우적 거리는 거 봤어? 피효피효! 정말이지 인간은… 피효피효! 정말 재밌 어."

위즈는 그런 위니를 보며 설레설레 고개를 저었다.

철장은 빈의 눈에도 완전히 원상 복귀된 듯했다. 그녀는 소리가 들리는 방향으로 험악하게 인상을 찡그려 보이고는 가희와 남주를 향해 손을 흔들어 보였다.

"괜찮아, 괜찮아. 내가 스위치 찾아볼게!"

빈이 철장을 내리기 위해 스위치를 찾아 두리번거리자 위니가 날카로운 목소리로 그녀를 저지시켰다.

"그만둬! 인간들은 정말 바보라니까. 이래서야 먹보의 눈을 피해 널 꺼내준 의미가 없잖아!"

앞뒤 설명도 없이 빈에게 비난을 퍼붓는 위니를 대신해 위즈가 입을 열었다.

"먹보는 위를 감시한다카이. 위는 어디에나 존재한다는 말은 먹보의 감시망도 천지 빼까린기라."

"인간은 바보 멍청이에 먹보보다 형편없어."

위니의 비난은 계속 이어졌고 위즈는 그런 위니를 무시하듯 말을 이어 나갔다.

"수상하다카믄 먹보는 바로 여기 온다 안 카나. 위는 자유로운 종족이라캐도 이 세계를 움직이지 못한다 아이가. 왜 그런지 아나? 그랬다간 먹보가 우리를 잡아묵는다."

위즈는 침울한 표정으로 잠시 말을 멈췄다.

"도와줘도 고맙다고 인사할 줄도 모르고 위를 우습게 여겨."

계속해서 툴툴거리는 위니를 보며 위즈는 이마에 빠직 힘줄이 돋았다.

"니 쫌 조용히 해라! 쫌!"

"내가 뭘 어쨌다고 그래? 베에ㅡ!"

위니가 혀를 낼름거리자 그는 얼굴을 붉혔다.

"니가 다 해라. 난 모른다."

그 말만을 남기고는 위즈는 굳게 입을 다물어 버렸다. 빈은 어색한 분위기에 끼어들고 싶진 않았지만 어쩔 수 없이 위에게 말을 걸 수밖에 없었다.

"스위치를 찾지 말라는 건 나보고 친구들을 이대로 두라는 말이야?"

빈의 질문에 위즈가 아무런 대답도 하지 않자 위니는 가벼운 한숨을 내쉬었다.

"이봐, 넌 위즈가 하는 말을 뭘로 들은 거야? 귀가 제대로 달려 있긴 한 거니?"

"뭐야?!"

빈이 버럭 화를 내자 위니는 살짝 미간을 찡그렸다.

"그래도 제대로 붙어 있긴 한가 봐? 먹보는 위가 알고 있는 정보를 한 박자 늦게 알게 된다는 의미야. 넌 스위치를 찾는다고 말했고 위는 네 말을 들었어. 이제 네가 정말 스위치를 찾아서 네 친구들을 구한다면 그건 정보가 되는 거지. 먹보는 순식간에 달려와서 그 커다란 입으로 위를 꿀꺽 삼키고는 너희들을 다시 철장에 넣어버릴 거야."

"너희를 통해 어떻게 정보를 얻는다는 거야?"

빈이 말도 안 된다는 표정으로 질문하자 위니는 자신의 코를 긁적거렸다.

"그걸 알면 위들이 순순히 정보를 뺏길 거라고 생각해? 넌 위가 바보인 줄 아니?"

뾰로통한 표정으로 빈을 흘겨보던 위니는 가벼운 한숨을 내쉬었다.

"넌 어서 여기서 나가기나 해. 시간을 너무 많이 끌었어."

"그게 무슨 소리야?"

빈의 질문에 위니는 양손을 옆구리에 올리고는 초롱초롱한 두 눈에 잔뜩 힘을 주기 시작했다.

"질문! 질문! 질문! 그놈의 끝도 없는 질문들 좀 그만 할 수 없니? 네가 이러는 동안에도 그 먹보는 우릴 지켜보고 있을지 모른단 말이야."

"잠깐… 그렇다는 건 뮤가 이쪽으로 올 수도 있다는 뜻이야?"

"그래! 그러니까 어서 나가! 비록 우리가 널 몰래 빼돌리긴 했지만 곧 있으면 눈치 챌 거야. 이 세계의 주인에게 어지간하면 이쯤에서 정신 차리라고 전해줘. 어서 가지 않고 뭐 해?"

위니의 날카로운 목소리에 남주와 가희의 목소리도 가세했다.

"일이 이렇게 됐으니 어쩔 수 없지. 설아만 정신 차리면 만사 해결이니까. 별로 신용이 가는 건 아니지만 믿고 기다릴게."

"힘내, 빈아."

빈은 그녀들의 말에 잠시 고개를 숙였다.

"내가 그 녀석 뒤통수만 쳐주고 가능한 빨리 돌아오도록 할게. 다들 조심해. 그리고……"

"그리고 또 뭐?"

위니가 빈의 말을 자르고 나서자 빈은 머리를 긁적거렸다.

"미안하지만 설아 어딨는지 알아?"

빈의 질문에 위니는 잠시 어이없다는 표정을 지었지만 정보에 능통한 위답게 쉽게 원하는 대답을 말했다.

"지금은 여관에서 뭔가 생각을 하고 있는 것 같은데 곧 이동할 건가봐. 서둘러. 넌 지금 네 능력을 봉인당한 상태라서 서두르지 않으면 또 언제 그녀를 만나게 될지 장담할 수 없어."

위니의 단호한 말투에 빈은 이곳에서 벗어나는 상상을 했지만 돌아오는 것은 위의 재촉뿐이었다.

"니 능력은 봉인됐다 안 카드나!"

"피효피효. 걸어서 가는 수밖에 없어. 모습이 보이지 않으니까 함정만 잘 피하면서 가면 별문제없을 거야. 어서 가."

위니의 말에 빈은 가벼운 한숨을 내쉬었다.

'잘 피해 갈 수 있다면 그게 단순한 구덩이지, 함정이겠어?'

속으로 궁시렁거려 봐야 위니에게 자신의 생각이 전해질 리가 없었다.

빈은 빠른 속도로 걷기 시작했다. 가희를 따라나설 때 위치를 자세히 봐둔 덕분에 길을 잃어버릴 염려는 없었지만 모습만 보이지 않을 뿐 그녀는 육체를 가지고 있었다.

그런 만큼 그녀의 체중을 실은 걸음은 곳곳에 잘 숨겨진 함정을 발동시켜 주었다.

덜컥 소리와 함께 발 밑에 무엇인가가 꺼져 들어가는 느낌이 든다싶더니 양쪽 벽에서 불이 뿜어져 나오질 않나, 화살세례가 날아들지 않나……

누가 이 광경을 봤다면 빈의 즉각적인 반응과 길드 내의 무수한 함정에 손에 땀이 배일 정도였을 것이다(혜령이는 조마조마한 표정으로 반쯤 눈을 감았다 뜨길 반복했다).

"왜 하필 난데!!"

빈은 마치 영화 속 비련의 여주인공 같은 표정으로 버럭버럭 소리를 질렀지만 그것은 표정과 목소리뿐이었고, 실제 모습은 액션 영화의 히어로 같았다.

"역시 이런 건 아무나 할 수 있는 게 아니야. 그치?"

위니가 흡족한 표정으로 질문하자 위즈는 고개를 끄덕였다.

"아따! 진짜 잘 피한다."

빈은 느긋하게 자신을 관찰하고 있는 위를 향해 주먹이라도 날리고 싶었지만 그들은 위의 특성답게 너무나 잘 숨어 있어서 그 모습이 보이지도 않았다.

"겨우 그런 이유 때문에?!"

빈은 주먹을 부들부들 떨며 자신을 향해 날아오는 단검을 잽싸게 피해냈다.

눈에 보이지 않을 정도로 가느다란 실로 묶인 단검은 공중에서 날카로운 호선을 그리며 다시 한 번 그녀를 노렸다.

"우왓!"

빈은 앞으로 몸을 날리며 손을 뻗어 실을 잡았다.

"으악!"

가느다란 실이 때로는 예리한 단검보다 무섭다는 것을 그녀는 깨닫지 못한 것일까?

실을 잡던 손이 끊어질 것처럼 고통스러웠다.

"으아아!"

빈은 오른손으로 검의 손잡이를 붙잡고는 재빨리 실을 끊어버렸다.

마치 예리한 칼로 손바닥을 그어버린 듯한 상처에서는 붉은 피가 튀었다.

"아앗! 저게 뭐꼬? 피 아이가."

위즈가 당황한 듯 소리치자 위니는 가벼운 한숨을 내쉬었다.

"이제 난 몰라. 먹보가 냄새를 맡았을 거야."

위즈는 창백해진 얼굴로 자신의 허리춤에 꽂혀 있던 바늘을 꺼내 들었다.

"이왕 이렇게 된 거… 끝까지 장렬하게 싸우다가 죽을란다. 니는 도망가라."

"…그럴 순 없어! 나도 싸울 거야!"

위니는 위즈 옆에 달라붙어서는 비장한 표정으로 모래를 집어 들었다.

"문디 가시나, 가뻐라! 가뻐란 말이다! 니 만나고 되는 게 없다 안 카나!"

"위즈!"

"가뻐라—아!"

위즈는 작은 모래를 집어 던지며 위니를 쫓아내려 했다.

"야!"

빈이 띠껍다는 듯한 표정으로 위를 불렀지만 이미 그들은 그들만의 세계에 푹 빠져 버린 듯 빈의 목소리를 무시했다.

"싫어! 싫어! 난 안 가! 안 갈 거야!"

처절한 위니의 목소리에 위즈는 등을 휙 돌려 버렸다.

"퍼뜩 가뻐라."

"야! 야! 야!"

빈은 자신이 낼 수 있는 최대한 큰 목소리로 위의 시선을 끌었다.

"이게 다 너 때문이야!"

훌쩍거리는 위니를 보며 빈은 이마에 빠지직 힘줄이 솟는 것을 느낄 수 있었다.

"어이! 다친 건 난데 왜 너희들이 더 난리야?!"

그녀는 황당함에 자신이 다쳤다는 것도 망각하고는 주먹을 불끈 쥐어버렸다.

"까아—!"

사납게 빈을 노려보던 위니는 무엇인가를 발견하기라도 했는지 자신도 모르게 비명을 질러대기 시작했다.

"뭐, 뭐꼬?"

위즈가 바늘을 고쳐 쥐고는 위니를 향해 고개를 돌렸다.

"저기 먹보가 나타났어!"

위니가 몸을 부르르 떨며 소리치자 빈은 주변을 두리번거렸다.

뮤?

어렴풋이 뮤의 목소리가 들려오자 위는 빈을 향해 날카로운 목소리로 고함을 질렀다.

"어서 가!"

"뭐 하노?! 퍼뜩 안 가고!"

멍하니 있던 빈은 그제야 달리기 시작했다.

이 공간이 상상의 세계라는 것을 알려주듯 무서운 기세로 뿜어져 나오던 피는 언제 그랬냐는 듯 흔적도 없이 사라져 있었다. 여러 개의 함정이 동시에 터져 버린 듯 미세한 진동이 느껴졌지만 빈은 그런 것에 신경 쓸 겨를도 없었다.

뮤—?

"오늘 니랑 내랑 함 해보자!"

위즈의 기세 좋은 목소리가 흐릿하게 들려왔다. 관찰자로 남겠다고 결심했던 순간부터 온몸의 신경이 몇십 배는 발달해 버린 듯했다.

실험해 본 적은 없지만 이 길드의 함정들을 모두 피해낸 자신의 운동 신경을 생각해 보면 그것은 의심할 여지가 없었다.

"꺄아아—! 위즈!"

위니의 처절한 비명 소리가 들려오자 빈은 잠시 걸음을 멈췄지만 이내 눈을 질끈 감고 밖으로 달리기 시작했다.

'헉헉!'

가쁜 숨을 내쉬며 문밖으로 나온 빈은 땀으로 세수를 한 것마냥 얼굴이 흠뻑 젖어 있었다. 시원한 바람이라도 불어오면 좋으련만 사막의 열기를 실은 후텁지근한 바람이 불어와 그나마 남아 있던 기운을 앗아가는 듯했다.

"제기랄."

빈은 모래먼지 섞인 침을 바닥으로 내뱉으며 미로 같은 골목을 빠져나가기 위해 또다시 달리기 시작했다.

*　　　*　　　*

이곳은 분명히 설아에게 낯이 익은 방이었다.

예전에 이 여관에서 묵은 적도 있고, 이곳이 설아의 머리 속에서 나왔을 거라는 사실을 감안해 볼 때 그것은 그리 이상한 일이 아니었지만 문제는 방에 누워 있는 사람이었다.

검은색의 단발과 까무잡잡한 피부, 통통한 편의 앳된 소녀.

"아무리 봐도 넌 미인은 아니다."

설아는 스크린에 비쳐지고 있는 소녀를 향해 중얼거리듯 말을 이었다. 스크린 속 소녀는 잠이라도 든 것인지 좀처럼 눈을 뜨지 않았다.

"어이, 어지간하면 일어나지? 물어볼 게 산더미 같은데 언제까지 그렇게 잠만 잘 생각이야?"

마치 스크린 속의 소녀와 마주 앉아 대화라도 하고 있는 듯한 표정으로 설아는 가벼운 한숨을 내쉬었다. 자신과 똑같은 얼굴을 하고 있는 소녀, 과거의 자신이라고 생각했지만 확인된 것은 아무것도 없었다.

우습게도 저기 누워 있는 소녀도, 그리고 자기 자신도 아무런 일을 하지 않았는데도 이야기는 별 탈 없이 흘러가고 있다.

눈만 뜬다면… 저 소녀가 눈을 떠서 예의 자신과 똑같을 정도로 겁 없이 시비를 걸어온다면 확인되지 않아서 끙끙거렸던 문제들이 약간은 감이 잡힐 것만 같았다.

이야기를 방해하는 사람이 존재할 리가 없었다.

모든 것이 해결되었다고 볼 순 없지만 어디까지나 더 이상의 문제가 발생하진 않을 거라고 생각했었다.

"설마 복사본이 하나 더 있는 건가?"

그녀는 자신이 말해 놓고도 마음 한구석이 불안해졌다.

민식에게 이 프로그램을 순순히 받을 수 있을 거라는 생각은 처음부터 하지 않았었다.

이것을 어떤 방법으로 되찾은 것인지에 대해서도 들은 바가 없었다.

사실은 그런 사정 같은 것은 아무래도 좋았던 것이다.

되찾을 수 있을 줄 알았는데… 아니었다.

한번 빼앗긴 이야기는 다시는 자신의 것이 되어주지 않는다.

감상에 잠긴 설아는 자신도 모르게 멍한 표정을 지었다.

'뭔가 찜찜하다고 생각했지만 이런 거였었나?'

온전한 이야기를 되돌려받길 원했던 마음이 어딘가에 남아 있었다는 걸까?

다른 한쪽에선 그럴 수 없음을 알고 있으니까 그런 마음을 인정하지 않았을 테고…….

'…설마 내가 지금까지 삽질을 했다는 거야?'

그녀는 한참 동안 이 프로그램을 복사해서 누군가가 이야기를 방해하는 것인지, 그렇지 않으면 자신도 모르는 사이 열심히 자기 무덤을 파고 있었던 것인지에 대해 곰곰이 생각에 잠겼다.

"이런 건 생각해서 나올 답이 아니야."

설아는 가벼운 한숨을 내쉬며 소녀를 바라보았다.

아무리 봐도 일어날 생각이 없는 듯한 소녀를 보고 있자니 설아는 자신의 마음 한구석이 답답해져 옴을 느꼈다.

"차라리 나중에 들를까?"

자신이 말해 놓고도 설아는 기운이 빠져 버렸다.

이렇게 어정쩡한 상태에서 뭘 한다고 의미가 있는 걸까 싶은 생각이 들었던 것이다.

그녀는 무기력한 기분을 떨쳐 버리려는 듯 뮤를 향해 명령했다.

"레번에게 가자. 이제 레번만 만나보면 만날 사람들은 다 만나는 셈이니까."

그녀의 말을 이해했다는 듯 스크린은 나무로 우거진 숲을 보여주었다.

"구경 갈 거지?"

그다지 듣기 좋은 목소리는 아니었지만 설아에겐 무척이나 반가운 레번의 목소리가 들려왔다. 스크린에 비친 그는 검지로 호수를 가리키고 있었고 그 옆에는 설아에게도 무척 낯이 익은 유이가 고개를 끄덕이고 있었다.

"물론 가보고 싶어요. 레번님께선……?"

유이의 말에 그는 안내판을 툭툭 두드리며 피식 미소를 지었다.

"자신에게 자신없는 자는 접근하지 말라!"

그의 말에 유이는 생긋 미소를 지으며 호수 쪽으로 걸음을 옮겼다.

"너무 멀리 가진 않도록 할 테니까 신경 쓰지 마세요."

유이의 말에 그는 고개를 끄덕이며 느긋하게 주변을 둘러보았다.

설아는 그가 혼자 남아 말을 그늘진 곳에서 쉬게 하고는 자신도 나무에 기대어 쉬고 있는 것을 보며 생긋 미소를 지었다.

이제 말만 걸면 되는 것이다.

뮤—!

뮤가 레번에게 다가가 그의 무릎에 앉기라도 한 것인지 황당한 표정의 레번이 스크린 가득 채워졌다.

"이봐요, 레번 씨."

설아가 스크린 속 레번을 바라보며 말을 걸자 뮤는 그녀의 말을 전해주려는 듯 입을 열었다.

뮤, 뮤뮤—?

레번은 자신의 무릎에 갑자기 뛰어오른 뮤를 보며 살짝 미간을 찡그리곤 바닥으로 떨어뜨렸다.

"버릇없는 축생은 질색이다."

냉정하게 잘라 말하는 그에게 뮤는 다시 한 번 달라붙었다.

뮤, 뮤—!

"귀찮다고 했다."

매서운 눈으로 뮤를 노려보던 레번은 한 손으로 뮤를 번쩍 들어 올렸다.

"한 번만 더 기어올라 왔다가는 던져 버린다."

뮤 안에 있는 설아가 움찔할 정도로 차가운 목소리에 뮤는 부르르 몸을 떨었다.

"알고는 있었지만… 정말 끝내주는 성격이로군."

가벼운 한숨을 내쉬던 그녀는 이래서야 그와 대화할 수 없을 거라는 사실을 깨닫고는 주변을 두리번거렸다.

상쾌한 바람과 풋풋한 풀잎의 향기, 그리고 이름 모를 새들의 노랫소리로 가득한 리프란 호수는 무척이나 평화로운 곳이었다.

평화로운 분위기를 만끽하려는 듯 눈을 감고 있던 레번은 약간의 피곤함 섞인 목소리로 혼잣말을 중얼거렸다.

"이런 곳이 제일 피곤한데……."

"세상에서 가장 편안해 보이는 자세로 그런 말을 해봐야 설득력이 없잖아."

설아는 그를 향해 핀잔을 주더니 이내 좋은 생각이 났다는 듯 뮤를 향해 생긋 미소를 지었다.

"이봐, 뮤! 너 수영 잘해?"

뭔가 의미심장한 말에 뮤는 흠칫 몸을 떠는 듯했지만, 설아는 뮤가 착실하게 자신의 말을 따른다는 것을 눈치 챘는지 생글생글 미소를 지을 뿐이었다.

"수영 좀 하지 않을래? 네가 리프란 호수에 가서 물에 빠진 척하면 제아무리 레번이라고 해도 구해주지 않을까?"

그녀의 무책임한 말에 뮤가 고개를 흔들었는지 스크린이 좌우로 정신없이 움직였다.

"하긴 아무리 호수라도 물에 빠지면 무섭겠지?"

그녀가 상냥한 미소를 지으며 다 이해한다는 표정을 짓자 뮤는 안도의 한숨을 내쉬었다.

"그런데 말이야……."

설아는 느릿느릿 말을 끌었다.

"그런 건 내 알 바가 아니거든. 어서 가지 못해?!"

버럭 소리를 지르는 그녀에게 뮤의 처절한 목소리가 날아들었다.

뮤—!

호수에서 허우적거리는 뮤를 무심한 눈빛으로 바라보던 레번은 흥미없다는 표정으로 뮤로부터 시선을 돌렸다.

뮤우—!

'뭔가 이게 아닌데…….'

설아는 식은땀을 흘리며 스크린 속 레번을 바라보았지만 그는 뮤에게 손톱만큼도 관심이 없는 듯했다.

뮤~!

꼬르륵 소리를 내며 상당량의 물을 마신 듯 뮤는 처절한 비명을 질렀지만 레번은 여전히 눈을 감고 있었다.

"에엑?!"

사태가 이쯤 되자 당황한 것은 오히려 설아였다.

"에엑?! 물 샌다!"

조금씩 조금씩 바닥에 물이 스며들기 시작한 것이다.

"야! 야! 헤엄쳐! 나가! 나가! 밖으로 나가!"

당황한 설아는 비명을 질렀지만 뮤는 이미 의식을 잃은 듯했다.

"으악!"

꼬르르륵.

호수 바닥으로 가라앉는 뮤를 느끼며 설아의 얼굴엔 핏기가 가셨다.

"난 수영 못한단 말이다아—!"

그녀의 처절한 외침은 뮤 안에서만 맴돌 뿐이었다.

물은 점점 불어나서 순식간에 설아의 얼굴까지 차버렸다.

그녀는 자신의 주변에 보호막이 쳐져 있다는 사실도 망각한 채 필사적으로 허우적거리기 시작했다.

"케에엑!"

그녀는 입과 코에 들어가고 있는 물을 뱉어내며 괴상한 비명을 질러댔다.

'바, 밖으로… 나가야 해!'

숨이 턱까지 찬 설아는 뮤 밖으로 나가기 위해 한참을 허우적거리다 한결 숨 쉬기 편안해져 오는 것을 느낄 수 있었다.

"후아— 살았다."

뮤 밖으로 나왔다고는 해도 호수 속인지라 오히려 뮤 안에 있을 때보다 위험한 상황이었음에도 불구하고 전혀 불편함을 느끼지 못하는 설아였다.

놀랍게도 호수 바닥은 수정으로 가득 차 있었고 뭔가 신성한 느낌마저 풍겨왔다.

그러나 그것은 잠시뿐이었다. 호수 속 어디에서도 생명체라고는 눈

씻고 찾아봐도 보이지 않는 이곳에 묘한 위화감을 느끼는 설아였다.

"뭐, 어쨌거나 레번이랑 말을 해봐야 하는데…….'

푹 젖어버린 몰골로 레번 앞에 나섰다간 경계심만 잔뜩 심어주게 될 것이고 유이와는 가능한 마주쳐선 안 된다는 생각이 들었다.

'결국 이 호수로 끌어들이는 수밖엔 없다는 건데…….'

설아는 미간을 찡그리며 고민에 빠졌다.

상대는 성질 더럽기로 유명한 소드 마스터다. 섣불리 자극해서 좋은 것도 없지만 어지간한 일로 움직일 남자도 아니었다.

'정령으로 꼬셔볼까?'

운디네처럼 아름다운 정령이라면 아무리 무뚝뚝한 레번이라도 호숫가로 먼저 다가오지 않을까 싶은 생각이 든 설아는 운디네를 소환했다.

"저기 있는 사람 보이지?"

수줍은 소녀처럼 운디네는 작게 끄덕였다.

"이 호숫가로 꼬셔와."

운디네는 설아의 말을 이해할 수 없다는 듯 고개를 갸웃거렸다.

"내 말이 무슨 뜻인지 모르겠어? 이 호수 위로 저 사람이 자신의 모습을 비추도록 네가 유인해 오라는 말이야."

운디네는 그제야 고개를 끄덕였다.

정령의 존재를 볼 수 있는 자는 그리 많지 않았다.

그것은 자연으로부터 축복받은 자들의 특별한 능력이기에.

더군다나 그런 정령을 부릴 수 있는 자들은 멸종 직전의 식물처럼 항상 위태롭기 짝이 없었다. 특히 인간계에서는 100년 동안 소환사의 재능을 가진 아이가 단 한 명도 태어나지 않았던 경우도 있었다.

갑자기 정령이 나타났다고 해서 레번의 눈에 보여질 리가 없었지만 설아가 하고자 마음먹은 것이 불가능할 리가 없었다.

어쨌거나 그녀는 이 세계의 주인이기에 얼마든지 예외적인 상황을 만들어낼 수 있었던 것이다.

맑은 하늘빛에 가까운 운디네의 모습은 마치 인간 소녀처럼 뚜렷한 형체를 갖추어 나갔다.

눈을 감고 있던 레번은 갑작스럽게 느껴지는 낯선 기운에 고개를 치켜들었다.

운디네와 정면으로 시선이 마주친 그는 한동안 침묵을 지켰다.

운디네는 누구나 그녀에게 반하지 않고는 못 견딜 것 같은 화사한 미소를 지어 보이며 레번에게 손짓을 해 보였다.

레번이 자리에서 일어나자 운디네는 다시 한 번 화사한 미소를 지어 보이고는 그를 호숫가로 유인했다. 레번은 한동안 눈으로 그녀를 쫓는 듯하더니 그다지 위험하지 않다고 판단했는지 그녀에 대해 별 반응을 보이지 않았다.

호숫가 근처를 서성이며 마치 자신을 따라오라는 듯한 표정을 짓는 운디네에게 레번은 시큰둥한 얼굴을 해 보였다.

"너 같으면 가겠냐?"

운디네는 그의 말에 고개를 갸웃거리며 계속해서 손짓을 해 보였다.

끈질긴 그녀의 행동에도 불구하고 레번은 전혀 움직일 생각이 없는 듯했다.

"확실히 이 호수는 이상한 곳이로군. 인간 같아 보이진 않는데……."

호수 한가운데 서서 손짓을 해 보이던 운디네는 그가 여전히 움직일 생각을 하지 않자 고개를 갸웃거리더니 마치 유령처럼 순식간에 그의 뒤에 붙어 섰다.

레번은 평소 훈련으로 단련된 기사답게 반사적으로 몸을 틀었다.

"유령인지 뭔지 모르겠다만은 다치게 하고 싶지 않으니 다가오지 마라."

위협적인 목소리에 운디네는 다시 고개를 갸웃거렸다.

"…운디네에게 내가 뭘 더 바라겠어. 실프! 실프! 실프!"

가벼운 한숨을 내쉬며 실프를 외치자 시원한 바람이 불어와 설아를 감쌌다.

정적인 분위기의 운디네와는 달리 동적인 실프는 쾌활한 느낌이 드는 모습으로 나타났다.

"운디네와 함께 있는 남자 보여?"

실프는 장난꾸러기 같은 표정으로 고개를 끄덕였다.

"이리로 데려올래?"

실프는 그녀의 말에 호수 한가운데를 가리키며 마치 '여기?' 라고 묻는 듯한 표정을 지어 보였다.

"아니, 아니. 호수 입구로 데려와 줘."

그녀의 말에 실프는 재미없다는 표정을 지으며 어깨를 으쓱거렸다.

또 다른 소녀의 모습으로 나타난 두 명의 실프가 그녀를 대신해 고개를 끄덕이자 그녀는 마지못해 고개를 끄덕였다.

"자자, 그럼 다녀와."

설아는 실프들을 향해 유유히 손을 흔들었고 그녀들은 까르르 웃으며 하늘을 날았다.

갑자기 호수에서 세 명의 소녀들이 나타나자 무표정하던 레번의 얼굴에 난처한 기색이 비쳤다.

"이봐."

실프들은 차가운 눈빛을 보내는 레번을 의아한 표정으로 바라보았다.

"난 꼬맹이랑 애완 동물이랑 여자애가 무척 싫거든."

그는 말을 마침과 동시에 칼을 빼 들었다.

"이쯤에서 물러나지 않으면 재미없을 줄 알아."

이 장면만 본다면 마치 극악무도한 강도가 칼을 빼 들고 가녀린 미소녀들을 위협하는 모습으로 보일 테지만 실상은 그 반대였다.

정령들에게 있어 물리적인 공격은 무의미했다.

생각해 보라.

검으로 바람과 물을 가를 수 있겠는가?

정령을 이기기 위해서는 마법이나 검기, 그리고 같은 정령의 힘을 이용한 속성 공격이라든지, 소환술사나 정령사를 공격해서 정령을 그들의 세계로 되돌려보내는 수밖에 없다.

레번은 세 명의 발랄한 소녀들 역시 인간이 아니라는 것을 막연하게 눈치 챘다.

유이와 함께 이 호수로 들어오던 길에서 만났던 사람들이라고는 자신들을 쫓아온 추격자들뿐이었다. 다른 길로 들어온 것이라면 마주치지 못했을 수도 있지만 다른 보호자도 없이 어린 소녀들끼리 성지(聖地)로 여겨지는 리프란 호수에 우르르 몰려 있다는 것도 의아한 일인데, 마법사나 할 수 있을 법한 행동들을—호수 위를 걷기라든가, 하늘을 난다든가—하는 것을 보면 레번이 아닌 일반인의 눈에도 충분히 수상하게 보였을 것이다.

장소가 장소니만큼 이런 곳에서 이 정도의 미소녀를 만난다면, 더군다나 이런 비현실적인 분위기로 상황이 이어지다 보니 그녀들을 정령이 아닐까 의심하게 되는 것은 어떻게 생각해 보면 당연한 일이었다.

레번은 정령들을 위협하기 위해 자신 특유의 푸른 검기를 검에 실었지만 어디까지나 위협용이었기에 휘두르거나 하진 않았다. 정령들은 아름답지만 위험해 보이는 레번의 푸른 검기에 주춤 뒤로 물러섰다.

"아아, 정말 이래서야 끝이 없겠는데……."

설아는 살짝 미간을 찡그리며 실프와 운디네에게 빠르게 움직이길 명령했다.

천진난만한 소녀의 미소를 보여주던 실프들은 날카로운 움직임으로 레번의 양팔과 다리를 잡고는 번쩍 들어 올리려 했다.

"농담이 아니라고 했을 텐데?"

레번이 미간을 찡그리며 검을 휘두르자 눈앞에 있던 커다란 바위가 갈라졌다.

"실프! 실프! 실프! 실프! 실프……!"

설아는 끝도 없이 실프들을 불러 모았고 레번이 서 있던 자리는 어느덧 실프로 가득 차기 시작했다.

"이런!"

레번은 검을 고쳐 잡고는 자신에게 날아드는 실프를 쳐내려고 했지만 워낙 많은 숫자의 실프들이 합동을 하는 바람에 움직일 수가 없었다.

더군다나 실프로 인해 몸이 공중에 떠 있는 상태인지라 이들의 비위를 잘못 건드렸다간 그대로 바닥으로 내팽개쳐져 즉사할 신세인지라 얌전히 있을 수밖에 없었다.

"잘했어! 수고했어. 이제 그를 호숫가로 내려놓고 빨리 돌아가도록 해."

설아는 정령들을 칭찬한 뒤 호수 위로 얼굴을 비추지 않으려고 안간힘을 쓰고 있는 레번을 올려다보았다.

리프란 호수는 예언의 호수처럼 전해지고 있지만 사실은 상대가 가장 원하는 것에 대한 힌트를 제시해 주는 곳이었다.

짓궂은 실프는 레번의 얼굴을 호수 속으로 밀어 넣고는 사라져 버렸고 운디네 역시 어색한 미소를 지으며 사라졌다.

레번은 재빨리 얼굴을 들어 호숫가를 벗어나려 했지만 무심코 호수 위로 비치는 자신의 얼굴을 보고야 말았다. 잠시 뻣뻣하게 굳어 있었던 그는 정신을 차리자마자 빠른 속도로 뒤로 물러났다.

순간 뭐라도 보일 줄 알고 긴장했던 레번은 자신이 아무것도 보지 않았다는 사실에 안심하면서도 약간 섭섭한 기분이 들었다.

그렇다고 호수에 다시 얼굴을 들이밀 수도 없는 노릇이니 다른 생각이 들기 전에 이 호수에서 떨어지는 것이 상책이라는 생각에 그는 호수를 등졌다.

"어이, 총각."

십대 소녀의 목소리가 레번을 불러 세웠다.

다시 한 번 소녀의 목소리가 들려오자 레번은 신경을 잔뜩 곤두세웠다.

"에헤이— 여기라니까 어딜 보는 거야?"

호수였다.

소녀의 목소리는 분명히 호수에서 들려오고 있었다.

"이리 와봐."

레번은 오늘 하루 동안 별일을 다 겪는다고 생각하며 가벼운 한숨을 내쉬었다.

말하는 호수라니…….

"너 같으면 가겠냐?"

피곤한 목소리로 질문하는 그에게 소녀는 약간 동의한다는 듯한 말투로 대답했다.

"안 가지. 그래도 좀 와봐. 잘해줄게."

소녀는 수상쩍은 말로 레번을 꼬시려 했다.

"도대체 뭘 잘해준다는 거냐?"

레번은 황당하다는 말투로 질문했고 소녀는 장난기 어린 목소리로 대답했다.

"그냥 이것저것."

레번은 예전에 한 번 이 호수를 지나다닌 적이 있었고, 워낙 호수에 대한 전설도 많은지라 리프란 호수에 대해 꽤 많이 알고 있다고 생각했는데 호수가 말을 한다는 소린 전혀 들어본 적이 없었다.

"어이, 이리 와보라니까? 궁금하지 않아? 당신의 미래라든가, 가까운 사람들의 미래 같은 거 말이야. 보통은 단 한 가지만 보여주지만 오늘 하루만 꽉꽉 서비스를 해드리지. 어서 와봐, 총각~"

목소리는 10대였지만 말투는 능글능글한 40대의 장사꾼이었다.

"…다시 한 번 말하지만 너 같으면 가겠냐?"

약간은 비꼬는 듯한 그 특유의 목소리에 소녀는 똑같은 대답을 들려주었다.

"당연히 안 가지."

"마찬가지다. 난 건강 상태 양호한 편한 노후 생활을 보내고 싶거든."

"젊은이는 꿈을 가져야 하는 법이야. 대충 자신의 삶에 대해 예측을 하고 있는 것 같은데 당신은 어차피 편안한 생활과는 거리가 멀잖아?"

소녀의 말에 레번은 흠칫했지만 이내 관심없다는 듯 호수에서 멀어지기 시작했다.

"어이! 어이!"

소녀는 다급하게 그를 불렀지만 레번은 뒤돌아보지 않았다.

"아크레가 어떻게 됐는지 궁금하지 않아?"

히든 카드를 제시한 소녀의 말에 이번에는 상황이 역전된 듯했다.

"네가 그런 것까지 알 수 있다는 거냐?"

마법을 부린 것처럼 순식간에 호숫가로 달려온 레번을 보며 소녀의 목소리는 여유가 넘치는 듯했다.

"맞춰봐. 내가 알 거라고 생각해?"

레번은 소녀의 목소리에 무뚝뚝한 표정으로 검을 빼 들었다.

"어이, 어이! 넌 칼로 물을 벨 수 있다고 생각하는 거야?"

그는 아름답지만 굉장히 차갑게 느껴지는 푸른빛의 검기를 검에 실었다.

"이거라면 물은 벨 수 없어도 네 녀석 정도는 벨 수 있을 것 같지 않아?"

레번의 말에 소녀는 잠시 침묵을 지켰다.

"보여줄게. 그렇지만 그건 어디까지나 맨 마지막이야. 우선은……."

어렵사리 입을 연 소녀는 진지한 목소리로 말을 이어 나갔다.

"당신에 대한 것부터 봐야겠어."

소녀의 말에 그는 미간을 찡그렸지만 호수는 잔잔한 수면 위로 그를 비추기 시작했다.

냉정하게 그의 외모를 평가해 볼 때 가장 장점이 될 수 있는 녹색의 맑은 눈동자는 험상궂은 눈매 덕분에 장점이 되지 못했고, 얼굴에 나있는 주근깨들은 그의 얼굴을 더욱 칙칙하게 보이도록 만들었다. 근육질의 탄탄한 몸매 역시 170cm라는 작은 키 덕분에 장점으로 비쳐지진 못했다.

"이봐, 뭔가를 하려거든 빨리 할 수 없어?"

레번이 소녀를 향해 낮게 툴툴거리자 소녀는 가벼운 한숨을 내쉬었다.

"이건 좀 심각한걸……."

"…심각하다니?"

소녀의 말이 은근히 신경 쓰였는지 레번은 자신도 모르게 진지한 표정을 지어 보였다.

어쨌거나 리프란 호수는 진실만을 보여주는 곳으로 유명했고 호수가 알려주는 미래는 100% 들어맞는다고 전해지고 있었기에 현실주의자인 레번에게도 그녀의 말은 은근히 불길하게 느껴졌던 것이다.

"…얼굴만 보면 딱 주인공감인데……."

"주인공?"

레번이 의아한 목소리로 질문하자 소녀는 장난기 섞인 목소리로 대답했다.

"간단한 프로필과 초상화가 나와 있는 전단지 주인공 말이에요."

이래 봬도 일단은 귀족인만큼 레번은 사교계에 대한 소문을 많이 알고 있는 편이었다. 인기있는 미인, 미남의 초상화에 그들의 프로필을 간략하게 기록해서 돌리는 전단지가 있다는 소리 역시 유모를 통해 들어본 기억이 있었다.

"사실 내가 좀 생기긴 했지."

어깨를 으쓱거리는 레번을 향해 소녀는 씨익 미소를 지었다.

그녀가 생각한 전단지는 흉악범 현상 수배 전단지였지만 레번은 소녀가 생각하는 것을 조금도 눈치 채지 못한 듯 여전히 어깨를 으쓱거리고 있었다.

"아크레에 대해 궁금하다고 했죠? 사실 아크레의 운명은 이런 거였어요."

난데없는 소녀의 말에 그는 호수를 향해 의아한 표정을 지었다.

"운명이라니?"

잔잔한 수면 위로 칠흑 같은 밤하늘이 비쳐졌고 그 하늘 아래 상대적으로 작은 티끌처럼 왜소하게 느껴지는 인간이 무엇인가를 내밀었다.

"맹약은 지켜졌습니다. 무의미한 살생은 그만두십시오."

그 티끌처럼 작은 인간은 놀랍게도 레번이 존경하고 있는 유일한 기사인 아크레였다.

"맹약? 내가 무슨 맹약을 맺었다는 건가?"

하늘에서 날카로운 여인의 목소리가 날아들자 아크레는 바닥으로 고개를 떨구었다.

"너의 용기는 가상하다만 이미 지도상에서 임플란드는 사라졌다."

거대한 밤하늘에는 어느덧 죽음의 빛과 같은 두 개의 별이 까만 빛을 내뿜었다.

레번의 눈엔 존재할 리 없는 까만 별이 마치 죽음의 빛처럼 느껴질 정도로 불길하게 느껴졌다.

"위대한 드래곤이시여."

아크레가 무릎을 꿇자 밤하늘이라고 생각했던 것이 놀랍게도 움직이기 시작했다.

거대하다고밖에 표현할 길이 없는 존재.

그것이 바로 드래곤을 처음 접한 레번의 느낌이었다.

"나의 아이를 해친 벌은 인간 모두를 말살시킨다 해도 용서받을 수 없는 것."

이제는 더 이상 저 목소리가 하늘이 내고 있는 소리가 아님을 알고 있었지만 레번에게는 여전히 하늘이 분노하고 있다는 느낌을 줄 정도로 위엄있는 목소리였다.

"내가 자비를 베풀어 임플란드를 없애는 것으로 참아줬거늘 감히 인간인 네가 나에게 항의를 하고 있는 것이냐?"

그녀의 목소리를 듣는 것만으로도 온몸이 저려올 정도였지만 아크레는 당당하게 그녀를 마주 보았다.

"생명은 누구에게나 소중한 법입니다."

조용하지만 힘있는 그의 목소리였다.

"감히 내 아이와 인간의 생명을 동등하게 취급하고 있는 것이냐?!"

드래곤은 금방이라도 그를 죽여 버릴 듯이 앞발로 백 년은 족히 묵었을 법한 나무를 후려쳤다. 나무는 우지끈 소리를 내며 산산조각나 버렸고, 날카로운 나무 조각들이 아크레에게 날아들었지만 그는 아무런 타격도 받지 않았다.

은빛의 눈부신 검기를 뿜어내고 있는 검으로 그 나무 조각들을 받아쳐 버린 그는 다시 한 번 조용히 입을 열었다.

"생명은 누구에게나 소중한 법입니다."

아크레에게선 죽음을 각오하고 있는 듯한 결의가 느껴졌다.

"네가 날 막아보겠다는 거냐?"

가소롭다는 듯한 그녀의 목소리에 레번은 자신도 모르게 손에 땀이 흥건하게 묻어 나오는 것을 느낄 수 있었다.

"멋지지?"

분위기를 깨는 소녀의 목소리에 레번은 현실로 돌아왔다.

"대체 저건……."

충격으로 말을 잇지 못하는 그를 보며 소녀는 진지한 목소리로 말을 이었다.

"운명론을 믿어?"

레번은 아직도 충격에 휩싸여 있는 듯 아무런 대답도 하지 않았다.

"모든 것이 정해진 역할대로 흘러간다는 것. 그게 바로 운명론인데 뭐, 어쨌거나 운명이라는 건 바뀌기도 하나 봐."

약간은 말끝을 흐리는 그녀의 말투에 레번은 직감적으로 심장이 철렁 내려앉았다.

"그게 무슨 뜻이냐?"

레번의 말에 대답이라도 하듯 잔잔한 수면에서는 작은 파문이 일기 시작했다.

"잘 봐, 이게 그의 최후였으니까."

소녀의 말에 레번의 안색이 눈에 띄게 창백해졌다.

"아주 급한 일인데… 부탁할 사람이 자네밖엔 없네. 들어줄 수 있겠나?"

"무엇이든 좋습니다. 맡겨만 주십시오."

아크레가 레번에게 기대서는 망고슈를 내밀었다.

"이 코너만 돌면 유이님이 계실 걸세. 나처럼 보이지 않을 것이니 이름을 부르게나. 이 검을 보여 드리면 반응이 있을 거네. 그럼 그녀를 나 대신 보호해 주고 목적지까지 가드를 부탁하네."

"목적지가 어디입니까?"

레번이 믿음직스러운 태도로 그에게 질문하자 아크레는 약간 피곤한 목소리로 대답했다.

"유이님께서 정하실 것일세. 난… 좀 쉬어야겠네."

그는 무엇인가를 생각하는 듯 잠시 침묵을 지켰다.

"크로우 레번 경, 다시 만났을 때는 자네가 피닉스 단의 단장으로서 어울리는 성격을 갖추길 바라네. 어서 가지 않고 무엇 하고 있는 건가?"

레번은 그가 자신에게 기대던 체중을 혼자서도 별 무리 없이 지탱하고 있는 것을 발견하고는 내키진 않지만 작별 인사를 고했다.

"쉴드의 정의로운 가호가 함께하시길……."

"쉴드의 정의로운 가호가 함께하시길……."

저벅저벅거리는 발소리가 멀게 느껴지더니 이내 들리지 않게 되자 아크레는 벽에 몸을 기대며 천천히 허물어져 갔다.

"이건……."

레번은 호수 뒤로 주춤주춤 물러났다.

이 장면은 그가 가장 잘 알고 있는 장면이었다.

"설마……."

그의 머리 속에서는 짐작은 하고 있었지만 결코 상상하고 싶지 않은 일이 떠올랐다.

"설마 아크레님께서 돌아가신 것은 아니겠지?"

그가 혼잣말인지 소녀에게 질문하는 것인지 모를 정도로 나지막하게 중얼거리자 소녀는 잠시 침묵을 지켰다.

"그런 말을 내가 믿을 것 같나?"

소녀의 침묵을 긍정으로 받아들인 듯 레번은 차가운 목소리로 질문을 던졌다.

"믿든 말든 난 아무 상관 없어. 그의 유언을 기억해?"

다시 한 번 아크레의 모습이 나타나자 레번은 차마 눈을 돌리지 못했다.

"크로우 레번 경, 다시 만났을 때는 자네가 피닉스 단의 단장으로서 어울리는 성격을 갖추길 바라네. 어서 가지 않고 무엇 하고 있는 건가?"

자신보다 한참 어렸지만 자타가 공인하는 임플란드 최고의 천재 기사 크라크 아크레가 저렇게 어이없는 최후를 맞이하다니 그건 말도 안 되는 소리였다.

"겨우 그렇게 돌아가실 분이 아니라는 건 누구보다 내가 잘 알아. 넌 정체가 뭐지? 날 혼란스럽게 만들어서 뭘 어쩌려는 건가?"

레번은 날카로운 눈빛을 번뜩이며 호수를 내려다보았지만 호수는 더 이상 아무런 영상도 보여주지 않았고 다른 호수들처럼 햇빛을 받아 반짝이고 있을 뿐이었다.

"만약 그에게 무슨 일이 생겼다면 당신은 그의 인생을 대신 살아줄 수 있어?"

소녀는 진지하게 레번을 향해 질문했고 레번은 아무런 대답도 하지 않았다.

"그에게 무슨 일이 생겼을 리가 없으니 내가 대답할 의무는 없겠지."

그리고는 그대로 리프란 호수에서 멀어져 버렸다.

레번의 눈가가 이유도 없이 젖어들었다.

그러나 그는 예전에 리프란 호수를 지나왔을 때와는 달리 눈물을 흘리지 않았다.

'이것은 거짓된 정보일 뿐이다……'

그의 굳건한 믿음이 그로 하여금 눈물 흘리지 못하도록 하고 있었던 것이다.

소녀는 더 이상 그에게 말을 걸지 않았다.

분위기로 보아 크로우 레번이라는 사람은 결코 누군가의 대신이 될 수 있는 사람이 아니었다.

그리고 어디에도 레번을 대신할 수 있는 사람 역시 없을 거라는 생각이 들었다.

'내가 찾던 사람은 바로 이 사람이었구나.'

거미줄처럼 빽빽하게 엉켜 있던 실타래들 중 한 가닥이 머리 속에서 힘겹게 정리되는 기분에 설아는 생긋 미소를 지을 수 있었다.

"이제 슬슬 여관으로 돌아가 볼까?"

또 한 명의 자신을 떠올리면 여전히 마음이 묵직해져 오는 설아였지만 그녀에게서 답을 얻지 못한다면 아무것도 할 수 없을 거라는 걸 잘 알고 있었기에 그녀는 리프란 호수를 벗어나기로 마음먹었다.

토끼눈이 되어서 돌아온 유이를 보며 레번은 배낭에서 수통을 꺼내 주었다.

"뺀 만큼 보충시켜 두는 게 좋을 거야."

그리고는 또다시 나무에 기대어 눈을 감았다.

사실 레번 역시 지치기는 마찬가지였다. 유이가 나타나기 전까지 여러 가지로 마음 고생을 한 탓일까.

약간은 무방비해진 듯한 자신을 질책하며 유이를 따라 자리에서 일어난 레번에게 그녀는 차분한 목소리로 질문했다.

"제가 뭘 봤는지 궁금하지 않으세요?"

레번은 조금 전의 기억을 떠올리며 심드렁한 표정으로 대답했다.

"그다지. 하지만 말을 하지 않는 걸 보면 그리 유쾌한 건 아닌 것 같군. 그렇다면 털어버려. 오래 담아봐야 좋을 건 없으니까."

그의 말에 유이는 살짝 미간을 찡그렸다.

"레이디에겐 좀 더 상냥해야 하는 법이에요."

"그런 법 들어본 적 없다."

쉬고 있던 말들도 자신들의 주인이 이곳을 떠날 기미를 보이자 어느새 그들의 곁으로 다가왔다.

"호수… 보고 싶지 않으세요?"

유이는 자신이 사실은 유이가 아니라 가희였음을 알아차린 뒤라 리프란 호수의 수상쩍은 기운을 전혀 느끼지 못했다.

자신에게 주어진 무게만으로도 이미 수용 범위를 넘어서 버린 그녀이기에 레번의 미묘한 표정 변화도 눈치 채지 못한 듯 그녀는 레번에게 '호수를 보고 싶지 않냐'는 질문을 던질 수 있었던 것이다.

"그다지 보고 싶지 않다."

단호한 레번의 말에 유이가 조금 무안해하자 그는 피식 미소를 지었다.

"보고 싶지 않다… 고 말하면 거짓말이겠지. 전에도 말했지만 난 나다운 게 좋아. 안내판에 있는 말… 내게는 일종의 경고로 보이거든."

레번의 말에 그녀는 고개를 끄덕였다.

거짓말을 하고 있다는 걸 그녀는 조금도 눈치 채지 못하는 듯했다.

"천국의 문 앞에는 이곳은 언제나 행복하고, 욕심을 부리는 사람이 없으며, 다툼도 없는 아름답고 축복받은 나라라는 안내문이 붙어 있다지?"

난데없는 질문이긴 했지만 유이는 프리스티스답게 착실히 대답했다.

"…가보지 않아서 확실한 것은 아니지만 그렇다고 배웠어요."

그녀의 말에 레번은 특유의 무뚝뚝한 표정으로 입을 열었다.

"그렇다면 그 동네, 아니, 그 나라 인간은 못 들어가. 그 정도는 너도 눈치 채지 않았어?"

그의 말에 유이는 순간 발끈한 표정을 지었다.

"어째서 그렇게 생각하세요? 그런 말을 하시면 나중에 이단으로 몰려도 할 말 없을걸요."

이단이라는 말에 레번은 피식 웃고 말았다.

종교계에서 이단으로 몰리게 되면 왕도 살아남기 힘들다는 것을 잘 알고 있었지만 그는 이단이라는 말이 무섭기보단 차라리 우습게 들려왔던 것이다.

"뭐… 그렇다고 천국 자체를 부정한다는 것은 아니지만… 의미가 다르겠지. 생각해 봐. 은총과 축복의 나라. 절대 행복이 존재하며, 그 누구의 욕심도 다툼도 없는 곳……. 그래서 절대로 인간은 갈 수 없다는 거야. 바보가 아닌 다음에야 욕심을 부리지 않는다는 일이 있을 수 있겠어? 다툴 일이 없다라. 감정이 없는 인간은 인간이 아니야. 갈 수 없어서 아름다운, 그래서 더욱 동경할 수밖에 없는 무서운 곳이지. 인간이라면 누구나 꿈꾸게 되는……."

그의 말에 유이는 미간을 찡그렸다.

"선량하게 살고 있는 사람들의 성역을 함부로 비하하지 말아요."

그녀의 말에 그는 무표정한 얼굴로 사과를 꺼내 들었다.

"배고파하는 어린아이에게 이 사과를 내밀면서 '내 말 잘 들으면 이 사과를 배부르게 먹게 해줄게'라고 말하는 것과 '선량한 자들은 천국으로 갈 수 있어요'라고 말하는 것이 얼마나 다른 일 같아?"

"신성 모독인가요?"

"논리 부족인 거냐?"

서로의 눈에서 파지직 불꽃이 튀었다.

"뭐… 내가 하고 싶은 말은 리프란 호수가 보여주는 것들도 단순한 환상에 지나지 않는다는 거다. 마음먹기에 따라서는……."

어색한 침묵이 이어지자 레번은 가벼운 한숨을 내쉬며 이쯤에서 말을 마무리 지으려는 듯했다.

"환상?"

거의 의도를 알고 있다는 듯 다소 누그러진 목소리로 되묻는 유이에게 그는 예의 무표정한 얼굴로 고개를 끄덕거렸다.

"운명이 있다면 그것은 그 사람이 존재하기 때문에 있는 거다. 운명을 지배하는 사람도, 지배당하는 사람도 그 당사자뿐이지."

그는 호수를 바라보며 유이가 아니라 자신에게 충고하고 있었다.

"…그래서요?"

영문을 알 리 없는 유이가 그의 말에 호기심을 보여왔다.

"그런 당사자가 리프란 호수가 보여주는 것들을 환영이라고 인식하는데 그 환영에 지배당할 것 같아? 사람을 지배하지 못한 예언은 결국 환영일 뿐이지."

신경 쓰지 말하는 듯 무심하게 이야기하는 그를 보며 유이는 고개를 끄덕거렸다.

그의 말은 뭔가 공감이 가면서도 확실히 자신과는 가는 길이 다르다는 생각이 들었던 것이다.

"마음이 곧은 자다운 말이로군요."

그녀의 말에 레번은 자신의 나약함을 뼈저리게 느꼈다.

아크레가 죽어버렸다고 그의 인생을 산다는 것은 너무나 우습지 않은가.

그가 가는 길은 영광의 길이었다.

드래곤을 당당히 마주할 수 있을 정도로.

그의 생명을 앗아버린 죄인은 그 길을 걸을 자격이 없음은 물론 감히 그 자리를 바라봐서도 안 되는 것이다.

그가 양지였다면 레번은 음지가 되는 수밖에 없었다.

제발 그런 일이 일어나지 않기를 바라면서도 그는 마음을 굳게 다졌다.

만일 그가 죽어버렸다면…

나는 그의 이름으로 양지를 걷는 것이 아닌 나의 이름으로 음지를 걷겠다고.

*   *   *

"여기가 어디지?"

비 오는 날 할머니들이 그러하듯 온몸이 뼈 속까지 쑤시는 것을 느끼며 설아는 미간을 찡그렸다.

"와아, 일어났구나?"

누군가가 굉장히 자신을 반기는 것 같은 느낌에 설아는 무심코 뒤를 돌아보았다.

"으아악!"

"으아아악!"

갑작스런 비명에 또 다른 설아 역시 비명을 질렀다.

"왜 갑자기 소리를 지르고 그래? 놀랐잖아!"

"아, 미안."

그녀는 순순히 사과를 하고도 뭔가 잘못되었다는 느낌에 고개를 갸 웃거렸다.

"그래서 잘 잤어?"

친구처럼 친근한 그녀의 태도에 얼떨떨하면서도 설아는 미간을 찡 그리며 오른손으로 자신의 어깨를 주물렀다.

"잘 잘 리가 없잖아. 뼈 속까지 쑤시는 기분이야."

"흐음, 비가 올려나?"

진지한 표정으로 질문하는 그녀에게 설아는 어이없다는 듯한 표정을 지었다.

"그런데 또 왜 나타난 거야?"

이제 막 앓고 난 사람이라서 그런 걸까?

설아는 또 다른 자신을 마주하는 것에도 전처럼 두려움을 느끼지 않는 듯했다.

"물어볼 게 있어."

갑자기 진지한 표정의 그녀를 보자 뭔가 묘한 위화감이 들었다.

"뭔데?"

그리 달갑진 않았지만 자신과 똑같은 얼굴로 정중하게 질문하는 그녀를 내쫓아 버리긴 찜찜했던지 설아는 시큰둥한 표정으로 대답했다.

"넌… 정말 누구니?"

'또 시작인가?' 라는 생각으로 설아는 그녀를 노려보았다.

"그거라면 전에 다 말하지 않았었어? 설마 또 같은 이야기를 반복해야 한다는 건 아니겠지?"

"그렇지만 넌 과거의 내가 아닌걸."

설아는 어이없다는 표정으로 자신의 이마를 짚었다.

"이봐, 난 널 미래의 나로 인정한 적이 한 번도 없었던 거 같은데?"

아무런 대답을 하지 않는 그녀를 보며 설아는 자신의 말을 이어 나갔다.

"네 추측이 틀렸다고 지금 날 닦달하는 거니? 그럼 나도 다시 한 번 묻자. 넌 누구야? 미래의 나 자신이니? 그렇지 않으면 날 방해하기 위한 방해물이니?"

팔짱을 끼며 자신의 질문을 되돌려주는 걸 보면 확실히 그녀는 설아, 자신이 맞다는 생각이 들었지만 만일 그녀가 설아, 자기 자신이라면 도대체 그녀는 어디서 나왔다는 거지?

그녀가 뭐라고 말을 하려는 순간 여관의 문이 쿵 소리를 내며 활짝 열렸다.

"아아, 다행이다! 늦지 않았구나."

숨을 헐떡이며 들어오는 빈을 보는 순간 두 사람의 설아는 그대로 굳어버렸다.

'저 녀석이 어떻게 여기에?' 라는 똑같은 표정으로 자신을 보고 있는 두 설아에게 빈은 터벅터벅 걸어 들어오더니 그대로 두 주먹을 뻗어 설아의 뒤통수를 '따닥!' 소리가 나도록 가격해 버렸다.

"아야야얏!"

두 소녀는 동시에 비명을 지르며 원망스런 눈으로 빈을 바라보았다.

"왜 때려?!"

말을 맞춘 듯 똑같은 목소리로 합창하는 설아를 보고 있자니 은근히 혈압이 오르는 빈이었다.

"왜 때리냐고? 더 맞을래?"

목소리를 낮게 까는 빈을 보고 있자니 설아들은 어쩐지 온몸이 으스스해지는 기분이었다.

"너… 바보냐?"

"뭐라고?!"

"이걸 보고도 느껴지는 게 없어?"

똑같은 얼굴로 화를 내고 있는 설아에게 빈은 엉망진창이 된 자신의 몰골을 보라는 듯 엄지로 자신을 가리켰다.

어디서 묻었는지 손과 옷에는 적갈색의 말라붙은 피와 불에 그슬린 듯 먼지와 검댕이투성이였다.

"…너 뭐 하고 온 거냐? 누구랑 싸우기라도 한 거야?"

설아의 말에 파직 힘줄이 솟은 빈은 또다시 두 사람의 설아를 향해 주먹을 날렸다.

따닥!

"아얏~! 난 왜 때려?"

눈물이 그렁그렁한 눈으로 가만히 있었던 설아가 억울하다는 듯 노려보자 빈은 냉정하게 그녀를 노려보았다.

"따지고 보면 니가 제일 나쁜 놈이잖아."

"내가 왜?!"

버럭 소리를 지르는 그녀에게 빈은 다시 한 번 주먹을 날렸다. 가만히 있었다는 것은 대략의 사정을 안다는 소리였기에 빈은 그녀가 현재의 설아라는 것을 단번에 눈치 챌 수 있었던 것이다.

따닥!

"이게 다 네가 바보 같아서 벌어진 일이니까! 야! 여기는 네가 상상하면 상상하는 대로 일이 진행되는 곳이라는 걸 잊었어?"

빈은 그것을 보여주기라도 하듯 자신의 옷과 여러 가지 상처들을 깨끗하게 재생시켜 냈다.

"우와, 트롤이다."

빠른 속도로 상처가 아무는 것을 본 설아는 자신도 모르게 감탄사를 내뱉었고 그것이 빈을 자극시켰던지 다시 한 번 주먹이 날아왔다.

따다다닥!

"뭐~? 트롤? 죽을래?!"

"…맞더라도 내가 왜 맞아야 하는지 알고나 맞자!"

머리를 감싸며 억울함을 담아 항의하는 그녀를 향해 빈은 가벼운 한숨을 내쉬었다.

위들이 자신을 선택한 이유를 분명하게 깨달았던 것이다.

그녀는 직접적으로 잘못된 것을 지적해 주는 사람이 필요했던 것이다.

칭찬해 주는 사탕 같은 존재가 아닌 입에 쓰지만 몸엔 좋은 약 같은 존재.

"너 여기 들어올 때 무슨 생각했어?"

"생각이라니? 그야 이야기를 만들려고 줄거리를 생각했……."

따닥!

"왜 또 때려?!"

항의하는 설아를 보며 빈은 자신의 성질을 죽이기 위해 무척 애를 써야만 했다.

"그런 거 말고 무슨 생각했냐니까? '과거의 나라면 이런 무책임한 나에게 순순히 이 이야기를 넘겨주진 않았겠지? 라는 생각 같은 걸로 땅 팠지?!"

쿵!

두 사람의 설아는 심장이 덜컥 내려앉는 것 같은 충격에 휩싸였다.

"그럼 내가 이 녀석 상상물의 일부였다는 거야?!"

버럭 화를 내는 과거의 설아에게 빈은 다시 주먹을 날렸다.

퍽!

"그게 아니라 바로 너도 이 녀석이었다는 거지. 고생을 사서 한다는 말은 널 두고 하는 말일 거다. 뭐냐? 그거! 쓸데없이 여러 사람 고생시키고 말이야."

말을 하다가 문득 또 열받는다는 듯한 빈을 보며 두 사람의 설아는 서로를 마주 보았다.

"'과거의 나'도 아니고 '내가 생각했던 나'라고?'

설아가 눈을 동그랗게 뜨고 또 다른 자신을 바라보았다.

"슬슬 인정하시지?"

빈이 다시 한 번 주먹을 움켜쥐자 설아는 반사적으로 몸을 틀었다.

퍽!

"으으윽……."

몸을 튼다는 것이 옆에 있던 자신을 미처 생각하지 못했던 바람에 스스로 자신을 박아버렸다.

"바아~ 보오~!"

"꾸우우우."

빈이 직격탄을 날리자 설아는 괴상한 소리를 내며 그녀를 노려보았다.

"인정하라고. 그건 과거의 네 집착이었다는걸."

"…그럼 난 뭐야? 허깨비였다는 거야?"

그녀가 빈과 또 다른 자신을 보며 차가운 목소리로 질문하자 빈은 가벼운 한숨을 내쉬었다.

"너도 인정해야지."

"뭘?"

차갑게 되묻는 그녀를 보며 빈은 천천히 입을 열었다.

"…너 스스로가 이젠 앞으로 나갈 수 있다는걸. 생각보다 그렇게 약하지도, 형편없지도 않다는 걸 인정해야지."

스스로가 생각해서 만들어낸 과거의 자신은 현재의 자신보다 월등히 뛰어난 존재로 보이기 마련이다. 무엇보다 현재의 자신이 극복할 수 없어 패배해 버린 문제들을 그녀는 현재 풀어 나가기 위해, 앞을 향해 나아가고 있던 존재니 말이다.

심리적인 문제가 남아 있는 한 아무리 발버둥 쳐도 '가장 힘든 시기를 건너고 있었을 당시의 자신'을 뛰어넘을 수 없을 테니.

현재는 과거보다 못한 사람인 것 같고, 미래는 너무 멀어서 잡히지도 않을 것같이 느껴지는 한 언제나 가장 초라하고 힘이 없는 것이 현재의 자신일 테니까.

설아는 자신이 생각해 낸 과거의 근성있는 자신에게 인정을 받을 필요성이 있었다.

다시는 자신 스스로가 파낸 무덤에 기어들어 가지 않기 위해서라도.

"내가 강요해서가 아니라 너 스스로 깨달아야 하는 문제잖아. 말해봐, 너 여기 왜 다시 기어들어 온 거야?"

빈의 말에 현재의 설아는 조용히 입을 열었다.

"나 스스로가 다시 한 번 시작하기 위해서… 다시는 나 스스로가 나 자신의 이야기를 버리지 않기 위해서."

설아의 대답에 또 다른 그녀는, 아니, 그녀 자신은 자신과 마주하고 있는 앞의 설아에게 만족한 미소를 지어 보였다.

"너에게 줄게."

그녀는 스스로에게 작은 무엇인가를 건넸다.

"현재를 부탁해."

설아는 자신을 향해 생긋 미소를 지어 보였다.

눈부신 빛이 방 전체를 감쌌고 설아와 빈은 감히 그 엄청난 빛에 눈을 뜰 엄두를 내지 못했다.

"이 이야기는 여기서 끝이야."

설아의 눈에서 쉴 새 없이 눈물이 흘러내렸다. 그녀의 세계에 남아있던 마지막 존재로 느껴지는 부드러운 바람이 그녀를 위로하듯 뺨으로 흘러내리는 눈물을 닦아주었다.

―마스터, 울지 마세요.

그의 부드러운 목소리에 설아는 차라리 눈을 감아버렸고 마지막이었던 바람 역시 공중에서 흩어졌다.

모든 것은 어둠에 휩싸이고 설아와 가희는 바닥에 서 있는 것도, 공중에 떠 있는 것도 아닌 상태로 서로를 마주 보고 있었다.

"…돌아가자."

가희는 설아에게 손을 내밀었고 설아는 힘없이 그녀의 손을 잡았다.

─이 프로그램은 실행 도중에 강제 종료되었습니다. 삭제하시겠습니까?

"뭐?! 안 돼!"

눈부신 빛 가운데 또렷한 자신의 목소리가 날아들자 설아는 눈을 번쩍 뜨고는 자신을 향해 주먹을 날렸다.

퍽!

"으윽!"

눈앞에서 이야기를 삭제시키려던 설아가 사라지고 프로그램의 목소리가 다시 한 번 날아들었다.

─이 프로그램은 실행 도중에 강제 종료되었습니다. 삭제하시겠습니까?

"삭제하지 않겠어. 그리고 이야기도 종료하지 않을 거야."

단호한 설아의 말에 눈부신 빛이 사라졌다.

화려하진 않지만 깔끔하고 실용적인 모습의 방의 풍경이 그대로 빈과 설아의 시야에 들어왔다.

"어라? 이게 어떻게 된 거야?"

"에?"

조금 전까지만 해도 칙칙한 철장 속에 갇혀 있었던 남주와 가희는 갑자기 바뀌어 버린 배경에 놀란 듯 눈을 동그랗게 치켜떴다.

"뭐긴 뭐겠냐? 이제 제정신 차렸다는 소리지."

시큰둥하게 대답하는 빈을 보며 두 소녀의 얼굴엔 활기가 돌았다.

"엇? 그럼?"

"이야기 온전하게 돌려받았습니다."

승리의 브이 사인을 그리며 설아가 생긋 미소를 짓자 두 소녀는 기쁨의 환호성을 지르며 그녀에게 달려들었다.

"으아아악! 왜 그래?!"

'퍽퍽퍽!' 하는 소리와 함께 설아의 비명이 방 전체를 감쌌다.

"그 쌩고생을 시켜놓고 니가 그냥 넘어가길 바랬단 말이야?"

두 사람에게 두들겨 맞고 있는 설아를 보며 빈은 냉정하게 등을 돌려 버렸다.

어쨌거나 이 이야기는 지금부터가 시작인 것이다.

외전

그 녀석의 사정

"으아아! 비켜요! 비켜!"

가까운 곳에서 소녀의 비명 소리를 들은 석진은 반사적으로 몸을 피했다.

우당탕탕! 픽! 철푸덕!

귀엽게 생긴 여학생 한 명이 자신이 들고 있는 물건과 함께 요란하게 굴러 떨어졌다. 워낙 무서운 기세로 굴러 떨어지는지라 석진은 미처 그녀를 잡아줄 생각조차 하지 못했다.

"…에구구, 허리야."

간신히 굴러 떨어지는 것을 멈춘 소녀는 자리에서 벌떡 일어나더니 옷에 묻은 먼지를 탈탈 털어냈다. 여기저기 긁힌 곳에서 언뜻 피가 비쳤지만 그녀는 미간을 찡그려 보일 뿐 흩어진 물건을 모두 주워 들고는 다시 무서운 기세로 1학년 교실로 달려갔다.

그 모든 일은 그녀가 석진의 시야에 나타난 뒤부터 몇 분도 채 걸리지 않아 일어난 일인지라 그는 '괜찮아?' 라는 한마디조차 건네지 못했고, 그녀의 얼굴조차 제대로 보지 못했다.

단지 동글동글한 얼굴이 꽤 귀여운 인상이었다는 것만 기억날 뿐.

"방금… 뭐가 지나갔나?"

석진은 머리를 긁적거리며 대수롭지 않게 넘겼다.

그리고 얼마 지나지 않아 또다시 굉장한 기세로 복도를 뛰어다니고 있는 소녀를 발견했다.

"너! 거기 안 서?!"

"나 잡아봐라~!"

"잡히면 죽이뿐다!!!"

사이가 유난히 좋아 보이는 친구와 함께 케케묵은 옛날 개그 같은 말을 주고받으며 복도를 달리고 있는 것이다.

'저러다가 위험하게 벽에 부딪치는 거 아니야?'

석진은 고개를 갸웃거리며 소녀를 뚫어져라 바라보았다.

"못 잡겠지? 베에~!"

소녀는 혀까지 내밀어 보이며 친구를 놀리고 있었다. 그리고는 아니나 다를까, 쿵! 하는 소리와 함께 털푸덕 넘어지고 말았다.

"아으으윽!"

이상한 괴성을 내며 머리를 감싸 쥔 소녀에게 친구는 한심하다는 표정을 지어 보였다.

"앞도 안 보고 무작정 달리더니 꼴 좋다. 괜찮냐?"

석진은 걸음을 잠시 멈추고는 두 소녀를 바라보았지만 키가 작은 귀여운 이미지의 소녀는 또다시 다다다 하는 발소리와 함께 저만치 사라져 버렸다.

"하!"

석진은 자신도 모르게 웃음이 났다.

저 소녀는 이제 겨우 두 번 만났음에도 불구하고 자신에게 꽤나 강렬한 인상을 심어준 것이다. 그러나 이번에도 소녀에게 괜찮냐고 물어볼 기회를 잡지 못한 석진이었다.

"야, 혹시 걔가 너 좋아하는 거 아니야?"

기묘한 두 번의 만남에 대해 친구들은 책임감없는 말로 석진을 놀려댔다. 그럴 때면 석진은 미간을 찡그리다 이내 피식 미소를 짓고 말았다.

"으아아아—! 비켜요! 비켜!"

세 번째 만남 역시 소녀의 외침으로 시작되었다. 석진은 익숙한 그 목소리에 한 발짝 뒤로 물러섬과 동시에 손을 뻗어 그녀를 잡으려 했다.

퍽!

그러나 결과는 그녀의 배에 멋지게 한 방 먹이는 것으로 이어졌다.

"우에에엑!"

전혀 소녀답지 않은 비명 소리가 터져 나오자 석진은 순간 당황했다.

"아… 아, 괘, 괜찮아?"

"괜찮을 리가 없잖아요!"

버럭 화를 내는 그녀에게 석진은 미안한 표정을 지어 보였다.

"미안, 넘어지는 거 잡아준다는 게 그만……."

그의 말에 소녀는 머리를 긁적거렸다.

"뭐, 괜찮아요. 도와주려다가 그러셨다니까. 게다가 제가 부주의한 탓도 있었고, 남 탓할 일이 아니죠. 그럼……."

꾸벅 목례를 해 보이는 그녀에게 석진은 가벼운 한숨을 내쉬었다.

도와주려다가 느닷없이 펀치를 먹이다니 자신도 꽤 쇼크였던 것이다.

"아! 맞다. 혹시 2학년이세요?"

발길을 돌리던 소녀가 다시 석진에게 다가왔다.

"아, 그런데?"

"잘됐다, 혹시 석진이라는 선배 아세요?"

소녀의 말에 그는 어깨를 으쓱거렸다.

"내가 석진인데 나한테 볼일이 있었던 거야?"

그의 말에 소녀는 다시 석진을 위아래로 훑어보았다. 그리고는 고개를 갸웃거리며 석진을 향해 편지를 내밀었다.

"걔가 너 좋아하는 거 아니야?"

머리 속에서 친구들의 반놀림조의 목소리가 들려오는 듯했다.

그렇지만 러브 레터라니… 이 얼마나 소녀다운 취향인가.

"선배님?"

그녀의 목소리에 다시 현실로 돌아온 석진은 편지를 받아 들었다.

"이거 나한테 주는 거야?"

"네. 그럼 확실히 전했습니다."

그녀의 말에 석진은 고개를 끄덕이다 미묘한 그녀의 말에 편지와 소녀를 번갈아 바라보았다. 소녀는 벌써 저만치 가버린 뒤였다.

"휘이익~! 뜨겁다! 뜨거워! 석진이, 너 인기 많은데?"

"후배로부터의 러브 레터라니… 그렇게 안 봤는데 좋겠다야!"

"쟤도 참 대단하다, 야! 선배 교실까지 찾아와서 편지를 주는 걸 보면 용기가 가상하지 않아? 잘해봐~!"

친구들로부터 부러움 반, 질투 반이 섞인 목소리가 날아들었고, 석진은 다시 망상의 늪에 빠져들었다.

그리 미소녀는 아니지만 평생 처음 받아보는 러브 레터가 아니던가!

게다가 상대 역시 자신이 얼마 전부터 관심을 갖고 지켜봤던 그 소녀다.

좋아서 입이 귀에 걸릴 정도로 히죽히죽 웃어대는 석진을 친구들은 어쩐지 위험해 보인다고 생각했는지 슬금슬금 뒷걸음질쳐서 그로부터 떨어지기 시작했다.

"그런데 러브 레터가 좀 이상하다? 봉투가 왜 노란색이야?"

친구 하나가 유심히 편지를 살펴보더니 의아한 표정을 지어 보였다.

"봉투가 노란색인 게 뭐가 이상해?"

석진은 별걸 다 트집 잡는다는 생각을 하며 봉투를 조심스럽게 뜯어보았다. 편지 봉투 안에는 하얀색의 종이가 조심스럽게 접혀져 있었다.

"야! 우리 궁금하니까 큰 소리로 읽어봐라!"

"그래, 그래. 너도 자랑하고 싶을 테니까 사양 말고 큰 소리로 읽어봐."

친구들의 말에 그는 어쩐지 우쭐한 기분이 들었다.

종이를 조심스럽게 펼치는 순간 그는 한참 동안 몸을 부들부들 떨어야만 했다.

"뭐야? 뭔데 그래?"

옆에 있던 친구가 석진의 손에서 편지를 낚아채며 큰 소리로 편지 내용을 읽어 내려갔다.

몇 차례의 경고에도 불구하고 과제를 제출하지 않았기에 귀하의 이번 학점은 유감스럽게도 F로 처리되었음을 알려드립니다.

학점에 대한 의논은 과목 교수님께 상의하십시오.

· 해당 과목: 프로그램 이해
· 교수: 이정혜

아다마스 학교장

"너 F 떴었냐?"

친구의 확인 사살에 친구들의 기대에 찬 표정들은 하나둘 폭소로 바뀌어갔다.

"푸하하하! 그럼 그렇지. 네가 무슨 러브 레터냐. 죽겠다, 진짜!"

"이제 큰일 났다. 이정혜 교수님이면 봐주지도 않으실 텐데. 그러다가 이번 학기 실습도 못 나가는 거 아니야?"

석진은 무안함과 부끄러움과 낭패감이 골고루 섞인 신기한 표정을 지어 보이며 편지를 꾸깃꾸깃하게 구겨 버렸다.

"젠장! 왜 이렇게 되는 일이 하나도 없냐! 야! 나 교무실 다녀올게."

그는 차마 떨어지지 않는 발걸음을 교무실 쪽으로 돌리고는 고개를 푹 떨구었다. 등 뒤에선 '야! 이번 학기에는 전공이랑 찐~하게 사귀는 거야!', '쯧쯧쯧. 불쌍한 놈, 지지리 복도 없지' 라는 친구들의 동정과 놀리는 듯한 말들이 날아들었다.

'그럼 그렇지, 러브 레터는 무슨 놈의 러브 레터. 이번 학점도 총질하면 아버지께서 죽인다고 하셨는데. 하필 F 뜬 학점이 전공일 건 뭐람.'

그는 도살장에 끌려가는 소가 된 기분으로 교무실의 문 앞에 서 있었다. 신원 확인이 끝나고 문이 자동으로 열리자 그는 90도 각도로 각듯이 교수님들께 인사를 하고는 자신의 용건을 꺼냈다.

"이정혜 교수님을 찾아왔습니다."

그의 목소리를 들은 것일까.

차가운 인상을 지닌 30대 중반의 여교수가 그의 앞으로 다가왔다.

"석진 군, 드디어 옐로우 카드를 받으셨군?"

작년 담임이기도 했던 그녀는 그의 재능을 높이 사기는 했지만 게으른 천성을 가진 그를 뜯어고치기 위해 종종 혹독하게 부려먹기도 했다.

"교수님… 목숨만 살려주세요."

석진은 그녀의 앞에 무릎까지 꿇고는 애원하기 시작했다.

"이대로 집에 성적표 날아가면 저 죽습니다."

불쌍하게 느껴질 정도로 애처로운 표정을 짓고 있는 석진에게 그녀는 아무런 감흥이 없는지 냉정하게 고개를 흔들었다.

"그러게 누가 농땡이 치라고 했어? 이번 과제는 무척 쉬웠기 때문에 평균이 C 이상이야. 다른 과목 점수를 얼마나 잘 받았는지 모르겠지만 전공이 그 꼴이면 실습 못 나갈 텐데 어떻게 할 거야?"

팔짱을 끼면서 자신을 내려다보는 교수에게 그는 그저 '죽이지만 말

아주세요' 라는 표정을 지어 보일 뿐이었다.

"어떻게 좀 안 될까요? 계절 학기라거나 며칠만 여유를 주신다면 죽어도 이 은혜 안 잊을게요. 부탁드립니다."

그녀는 생긋 미소를 지으며 석진의 머리에 손을 올렸다.

"석진아."

"네, 교수님?"

"내가 네 기억력을 어떻게 믿겠어? 다음 과제 나올 때 되면 어김없이 잊어버리고 해오지도 않을 거면서 지금 나보고 널 믿으라는 거야?"

냉정하게 잘라 말하는 그녀를 보며 석진은 식은땀을 흘렸다.

사실 입학해서 지금까지 기간 내에 과제를 제출했던 기억이 열 손가락 안에 꼽힌다면 말 다 한 거겠지만 워낙 교수님들께서 예쁘게 봐주셨던 터라 별 어려움 없이 지냈던 것이다. 들어올 때부터 스카웃을 받고 들어온 데다가 남들이 천재라고 부추겨 주니 게으름이 하늘 높은 줄 모르고 자꾸만 쌓여갔다.

수업 시간에 배우는 것들은 이미 교수님들보다 더 잘 알고 있으니 무슨 재미가 있겠는가?

"어… 떻게 안… 될까요?"

얼굴이 흙빛으로 변한 석진을 보며 그녀는 자신의 손톱을 매만졌다.

"사실 네가 구제받을 수 있는 방법이 전혀 없는 건 아닌데 말이야, 체질에 안 맞아도 해볼래?"

마치 끓어오르는 용암 속으로 번지 점프 하는 기분을 느끼고 있던 석진에겐 더 이상 선택의 여지가 없었다.

"뭐든지 시켜만 주십시오."

"오, 든든한데. 그럼 지금부터 1학년 과제에 쓸 프로그램들 좀 만들어라. 작가 양성반 애들이 쓸 만한 프로그램으로."

석진은 그녀를 보며 잠시 침묵을 지켰다.

"…지금 저 보고 교수님께서 하실 일을 하라고 하시는 겁니까?"

"왜? 싫어?"

교수님은 자신의 귀를 만지작거리며 그를 바라보았다.

"어차피 너 과제 내줘봐야 시시해서 재미도 없을 테니 네 레벨에 맞
게 놀아야지, 안 그래? 이번에는 낙제받은 학생수가 워낙 적어서 계절
학기도 없으니까 알아서 해. 어쩔래?"

반쯤 협박 섞인 교수님의 발언에 석진은 가벼운 한숨을 내쉬었다.

처음부터 만만하게 넘어갈 거라는 생각은 하지 않았었다. 하지만 이
건 좀 정도가 심하다는 생각이 들었던 것이다.

"시간은 얼마나 주실 수 있습니까?"

"한 이 주일 정도?"

이 주 정도면 까짓거 못할 것도 없지만 문제는 버그가 없어야 한다
는 것이다.

"어떤 프로그램을 만들면 되는 거죠?"

"뭐, 걔들 쓰는 거야 이야기 만드는 프로그램이니까 그런 건 네가 알
아서 만들어야지. 그리고 어지간하면 기존 프로그램이랑 차이가 많이
나도록 만들어야 해. 그렇지 않으면 새로 만드는 의미가 없으니까. 감
정 이입이 될 수 있도록 배려해서 말이야."

석진은 가벼운 한숨을 내쉬며 그녀를 바라보았다.

"테스트는 어떻게 합니까? 안전해야 학생들이 사용을 하든 말든 할
텐데 테스트도 거치지 않고 내놓을 순 없지 않습니까?"

그의 말에 교수님께선 생긋 미소를 지어 보였다.

"그것도 네가 재주껏 알아서 해야지. 넌 지금 벌을 받고 있는 거야. 벌을 받는 사람에게 내가 벌받는 방법까지 친절하게 설명해 줘야 하는 거야?"

교수님께선 어깨를 으쓱거리며 석진의 대답을 기다렸다.

석진은 이제 이대로 이 주일 동안 죽어라고 노가다를 하느냐, 그렇지 않으면 아버지께 죽지 않을 정도로만 얻어터지느냐 하는 기로에 서 있었다.

'맞아 죽는 거보단 과로사로 죽는 게 더 폼나겠지.'

간신히 마음을 정한 석진에게 교수님은 시큰둥한 표정을 지었다.

"할 마음이 없나 보구나? 그럼 이건 없었던 일로 하자."

교수님의 매몰찬 목소리에 그는 황급히 고개를 저었다.

"아닙니다, 교수님. 하겠습니다. 제가 지금 이것저것 가릴 처지가 아니니까 하긴 하겠는데 교수님께서도 제 부탁을 들어주셔야 합니다."

"부탁?"

그녀는 지금 흥정을 하려는 장사꾼 같은 석진의 표정을 보며 의아한 듯 고개를 들었다.

"네. 부탁이라고 해서 어려운 게 아니라 작은 소동 같은 게 일어나면 교수님께서 조금 도와주셨으면 하는 겁니다."

석진의 말에 그녀는 흔쾌히 고개를 끄덕였다. 그 정도 부탁은 그리 어려운 일도 아니니 얼마든지 도와줄 수 있다고 생각한 것이다.

"그럼 가보도록 하겠습니다."

다시 90도 각도로 깍듯이 인사를 하고 그는 교실로 돌아갔다.

여전히 수업은 그의 흥미를 끌지 못했다. 대학생이 유치원생의 과제에 흥미를 느끼지 못하는 것처럼 보기만 해도 이미 답이 다 나와 버리는 것에 무슨 재미를 느낄 수 있겠는가.

　'골치 아프네. 감정 이입에 대한 배려… 그런 거라면 그 세계에 들어가 보는 게 제일 좋지 않나?'

　프로그램에 대한 것을 떠올리자 마치 기계처럼 그의 머리 속엔 대략의 설계도가 짜여지기 시작했다.

　기숙사에 돌아가서 밥 먹는 시간도 아껴가며 프로그램에 매달리자 일주일 정도에 모든 것이 완성되긴 했지만 실험할 대상이 문제였다.

　"야, 너희 교수님 요즘 과제 안 내주냐?"

　발로 툭툭 사촌 동생인 민식을 건드리며 그에게 말을 걸었다.

　"형, 아무리 내가 동생이라지만 제발 발로 건드리지 좀 마. 지저분하잖아. 씻긴 씻는 거야? 양심이 있으면 스스로 자기 발 냄새 좀 맡아봐. 한 일 년은 안 씻었겠다."

　"내가 왜 네 자기냐? 큰일 날 소리 하고 있군."

　발로 그의 허리를 툭툭 걷어차며 민식을 갈구던 그는 방금 완성시킨 따끈한 프로그램을 내밀었다.

　"이거 이번에 내가 만든 건데 너희 과제 없어? 배경 프로그램이니까 너희 과제에 맞춰서 만들어줄게."

　생글생글 상냥한 미소를 짓는 자신의 사촌 형을 보며 민식은 본능적으로 저 프로그램이 위험한 물건임을 깨달았다.

　"보나마나 테스트도 제대로 거치지 않았겠지? 난 형의 실험용 쥐가 아니야."

　"눈치만 빨라서는. 그래서 귀염성없는 동생아, 너희 과제 없다는 소리야?"

　그의 말에 민식은 기분 좋은 미소를 지어 보였다.

"우리 과에 과제가 없다면 그건 거짓말이지. 매일 쌓이는 게 과제잖아. 왜? 정말 실험용 쥐가 필요한 거야?"

"…어째 묘하게 좋아한다, 너?"

그의 말에 민식은 어깨를 으쓱거리더니 지나가는 듯한 말투로 설아의 이야기를 꺼냈다.

"그런 거라면 설아한테 맡기지 그래? 형이랑 친하잖아. 그렇지 않아도 그 녀석 지금 프로그램 구하느라고 진 빼고 있을 테니까 말이야."

민식의 말에 석진은 미간을 찡그렸다.

설아라면 자신과 말도 잘 통하고, 애교가 없어서 탈이긴 하지만 뒤끝없는 성격이라 자신이 아끼는 몇 안 되는 후배들 중 한 명이었다. 그런 그녀를 실험용 쥐로 만들 생각은 전혀 없었기에 그는 고개를 설레설레 흔들었다.

"아무리 그래도 검증받지 않은 프로그램을 쓰게 할 수는 없지."

"형, 그거 나한테 써보라고 하지 않았어? 그런데 왜 설아는 안 된다는 거야?"

눈살을 찌푸리는 그에게 석진은 가벼운 한숨을 내쉬었다.

"그러는 너야말로 갑자기 왜 그렇게 이 프로그램에 집착하는 건데? 아니면 설아를 좋아하기라도 하는 거야?"

석진의 말에 민식은 말도 안 된다는 표정을 지으며 버럭 성질을 부렸다.

"세상에 여자란 여자가 모두 사라진다고 해도 그 녀석만은 절대로 싫어! 뭐, 형이 싫다고 하면 나도 더 이상 권유하진 않겠지만 설아를 제외하고는 우리 과 애들 모두 그 이야기 만드는 프로그램을 가지고 있을 거야. 형이 자기가 만든 프로그램에 책임을 지지 않는다는 소문이 파다한데 자기들 것 놔두고 형이 만든 프로그램을 쓰려는 사람이 과연 있을까?"

민식의 말에 그는 기분이 상했지만 말은 맞는 말이었다.

어차피 선배든, 후배든, 교수든 간에 자신의 프로그램을 신용하지 않았다.

재미없는 학교 생활을 조금이라도 재밌게 보내기 위해 종종 짓궂은 장난친다고 만든 악질 프로그램들을 뿌리고 다녔으니 소문이 좋게 날리가 없었다.

'지금은 아끼는 후배고 뭐고 내 코가 석 자야. 어차피 선택권은 그 프로그램을 받는 사람에게 있지, 나한텐 없잖아? 일단 가져나 가볼까?'

지금은 아무렇지도 않게 흘러가고 있는 이 시간들이 너무나 아까웠다.

"아아… 정말 난감하게 됐군."

그는 앞으로 어떤 일이 벌어지게 될지 전혀 알지도 못하는 상태에서 자신이 완성시킨 프로그램을 조심스럽게 집어 들었다.

그리고는 학교에 다다랐을 때 그다지 멀지 않은 곳에서 익숙한 설아의 목소리가 들려왔다.

"쳇! 비교할 걸 해라. 나는 그래도 낯은 가린다 뭐. 거기다 소심한 면도 있어서 그래도 좀 인간 같잖아."

"그래, 그래."

무슨 이야기를 하고 있었던 건지는 모르겠지만 아무튼 자신의 이야기를 하는 것 같은 느낌에 석진은 설아의 어깨를 툭툭 치며 그녀들의 대화에 끼어들었다.

"푸헐~ 그럼 난 인간 아니야?"

"허어어억~! 선배?!"

석진은 설아의 커다란 비명 소리에 깜짝 놀란 듯 흠칫 그녀의 어깨에서 손을 내렸다.

"깜짝이야! 왜 못 볼 거라도 봤어?"

"당연하죠. 선배가 아침부터 학교에 나오다니."

설아가 정색을 하며 수상쩍다는 듯 석진을 바라보았다.

평상시 같으면 귀라도 쭉 잡아당겼을 테지만 오늘은 그 자신이 아쉬운 처지인 터라 사람 좋은 미소만 지어 보였다.

"무슨 그런 섭섭한 소리를. 그보다 오늘은 조용하네? 내가 이긴 걸로 해도 돼?"

"쿠쿠쿠쿠… 그야말로 섭섭한 소리죠. 아침부터 시답지 않은 소리 말고 하던 이야기나 계속해 봐요. 수업이라도 있는 거예요?"

"아니, 너한테 좋은 걸 줄려고 이렇게 왔지."

석진의 의기양양한 목소리에 설아는 눈을 반짝거렸다.

"좋은 거?"

"원래는 돈 주고 사야 하는데, 너 이번 학기 돈 많이 나간 것 같아서 말야."

"뭔데 그래요?"

"음… 너네 교수 중에서 매번 레포트 많이 내주는 교수 있잖아. 그 교수가 이번에는 판타지를 한 편씩 써오라고 한다더군. 이건 판타지 배경 프로그램이야. 네 성격상 이런 간단한 프로그램을 돈 주고 사려니 아까워할 것 같아서 내가 만든 거 가지고 온 거야. 단 에러라던가, 다른 녀석들의 프로그램에 비해 부실하다던가 하는 책임까진 못 지니까 받으려면 받고 말려면 마."

석진의 말이 끝나기가 무섭게 설아는 잽싸게 그가 들고 있던 소프트를 낚아챘다.

"고마워요. 내가 설마 공짜를 마다하겠어요? 에헤헤."

"너라면 그럴 줄 알았지. 훗! 가희는 어쩔래?"

주머니에서 또 다른 프로그램을 꺼내 보이며 가희를 바라보자 그녀는 얌전하게 손을 내밀었다.

"저도 주신다면 사양은 안 할게요. 훗후후."

"그래. 그럼 다 쓰고 나면 나도 좀 보여줘. 나도 간만에 판타지 좀 읽어보게."

"'대작가 설아님 보여주십시오'라고 하면 보여 드리죠. 헤헷. 가희야, 튀엇!"

석진과 설아, 그리고 가희는 가까운 미래에 어떤 일이 있을지 전혀 짐작도 하지 못한 채 해맑게 웃었다.

각자 자신의 목적을 이루었다고 생각하면서.

재능 VS 노력

나는 목소리 큰 여자애가 싫다.

자기 주장이 너무 강한 여자도 피곤해서 싫다.

사사건건 나서기 좋아하고, 튀지 못해서 안달하는 여자애도 밥맛이다.

능력은 되지도 않으면서 억척스럽게 자신의 능력 밖의 일에 매달리는 여자도 짜증난다. 그리고 그것보다 더 짜증나는 것은 그걸 무사히 끝내고 나면 다음엔 더 큰일에 달라붙는다는 거다.

내가 싫어하는 모든 조건을 갖춘 여자가 바로 설아다.

아이디어가 참신한지 어떤지는 잘 모르겠지만, 내가 보기에는 썩 잘난 구석도 없고, 여자다운 구석도 없다. 어디까지나 여자는 여자다워야 하는 법인데 말이다.

내가 하는 일에 사사건건 시비를 거는 흔히 말하는 재수없는 타입이 바로 그 녀석이다.

토론이라는 것은 서로의 의견을 교환해서 상대방을 발전시켜 나가는 수단이지만 전혀 말이 통하지 않는 상대와의 토론은 그저 말싸움에 지나지 않는다.

문제는 토론 시간마다 설아가 내게 시비를 걸어온다는 것이다. 도대체 나의 어디가 그렇게 마음에 들지 않는 건지는 모르겠지만 이렇게까지 노골적으로 적의를 드러낼 것까진 없지 않느냔 말이다.

작가라고 해서 다 같은 작가가 아니다. 어떤 직업이든 그렇겠지만 작가에도 일류가 있고, 삼류가 있다. 그것은 작가 지망생에게 있어서도 마찬가지라고 생각한다.

설아는 무리해서 일류의 흉내를 내고 있지만 내가 보기엔 삼류 수준일 뿐이다.

우리 학교에는 한 달에 한 번 정도 본인을 제외한 같은 과 친구들이 모여서 자리에 없는 사람에 대한 평가를 내리는 시간이 있는데—돌아가면서 한 사람씩 평가를 내리면 다음 사람이 밖으로 나가고, 밖에 있던 사람이 안으로 들어오는 약간은 원시적인 방법으로 평가를 내린다—설아에 대한 평가는 뭔가 미심쩍은 생각이 들 정도로 후했다.

"설아는 아이디어가 좋지 않아? 뭐, 문장력은 아이디어에 비해 좀 떨어지긴 해도 그거야 가다듬다 보면 좋아지는 거고, 저런 센스도 아무나 가질 수 있는 게 아니잖아?"

평상시 말이 없는 녀석 중 한 명이 설아에 대한 칭찬을 늘어놓자 다른 누군가가 그의 말을 받았다.

"우리들 중에서 이, 삼 년 지나고 나면 설아가 가장 앞서 있을 것 같지 않아? 요즘엔 문장력도 많이 는 것 같던데. 게다가 열심히 하잖아.

보는 사람이 자극될 정도로 말이야."

그의 말에 누군가가 또 동의를 하는 듯했다.

"뭐랄까… 아직 아마추어인데도 작가 정신 같은 게 느껴져서 가끔씩 설아를 보고 있으면 작가는 저런 녀석이 될 것 같다는 생각이 들기도 해."

나는 듣고 있기가 불쾌해져서 살짝 미간을 찡그렸다.

"잘 나서는 데다가 고집 센 점이 작가답다면 작가답지. 삼류 작가. 잘 어울리네. 그 녀석 흥분도 잘하잖아. 생각하는 게 단순해서."

"설아가 잘 나서는 편이던가? 오히려 자신의 실력에 대해서 자신이 없어하는 쪽 아닌가? 뭐, 수업에 적극적인 거야 나도 인정하고 있지만 평상시에는 오히려 눈에 띄지 않을 정도로 조용하지 않아?"

처음 설아를 칭찬하던 녀석이 이제는 아주 드러내 놓고 그녀를 감싸는 것 같아 나는 기분이 몹시 불쾌해졌다.

"야, 말은 바로 하자. 그 녀석 어디가 조용하다는 거야? 쉬는 시간마다 가희랑 찰싹 달라붙어서는 어쩌고저쩌고 쫑알쫑알 시끄러워 죽겠던데. 솔직히 말해 봐, 너 설아 좋아하냐?"

나는 순간 말해 놓고 '아차!' 싶은 생각이 들었다.

"어머, 그렇게 시끄러워하는 줄은 미처 몰랐는데 거슬렸다면 미안해."

가희의 말에 나는 순간 사과를 해야 하는 건지, 가만히 있어야 하는 건지에 대해 갈등해야만 했다. 본인이 옆에 있다는 사실을 잊고 있었다니 나도 참 바보 같았다.

"뭐, 네가 시끄러웠다는 건 아니니까 사과할 필요 없어. 나는 설아가 시끄러웠다는 소리를 했을 뿐이니까."

분위기가 거북해지자 나는 그냥 슬쩍 자리에서 일어나 버렸다. 밖으로 나가려는 차에 뒤에서 수군수군하는 목소리가 들려왔다.

"민식이 쟤는 왜 설아만 보면 못 잡아먹어서 안달이야?"

"그러게 말이야, 처음엔 설아가 민식이를 싫어한다고 생각했는데 은근히 보면 민식이가 더한 것 같지 않아?"

"혹시 지난번 토론 때문에 그런 거 아니야?"

"토론?"

"그래. 설아가 민식이 물 먹였잖아. 솔직히 난 민식이 잘난 척하는 꼴 보기 싫었는데 속이 다 시원했어. 설아를 누가 말발로 이기겠어?"

"쉿! 다 들리겠다."

'이미 다 들어버렸다! 젠장, 저렇게 말하면 안 들릴 거라고 생각했나?'

나는 그들을 한 번 노려봐 주고는 교실 밖을 나왔다.

누가 누구를 물 먹였다는 건지.

토론이라고 해봐야 토론 같지도 않았던 그 시간을 같은 과 녀석들은 날 물 먹인 사건으로 기억하고 있다. 아무리 생각해 봐도 여자애라서 패주지도 못하고, 거슬리기 짝이 없는 녀석이다.

"자네들은 판타지가 무엇이라고 생각하나?"

판타지 강의가 있는 시간에 교수님께서 던지신 질문이었다.

너무나도 쉬운 질문에 나는 시큰둥한 표정으로 대답했다.

"환상 문학입니다."

교수님께선 그 대답이 마음에 들지 않으셨는지 이내 또 다른 질문을 던지셨다.

"그것이 자네의 머리 속에서 나온 대답인가, 교과서에서 나온 상투적인 대답인가?"

나는 판타지라는 문학이 그리 마음에 들지 않는다.

소설의 허구성을 무시하는 것이 아니라 뭔가 재미가 없다.

조금 인기있다 싶은 책 한두 권만 읽어보면 독자들의 취향과 요즘 잘 나가는 책들의 줄거리를 대강 알 수 있다.

팔리고 싶다면 대중의 취향을 맞추면 그뿐이고, 자신의 세계를 고수하는 사람은 우리 나라 판타지 계에서 발붙이기 힘들다. 팔리지 않는 글로는 먹고 살기도 힘들 뿐더러 읽히지도 않는 책을 출판해 주려는 출판사는 존재하지 않는다.

당연히 작가 지망생의 입장으로서는 판타지라는 것이 재밌을 리가 없다.

그래도 이 수업을 듣는 것은 빌어먹을 학점 때문이다.

이 학교에 입학했을 때부터 졸업할 때까지 장학생으로 있게 되면 알게 모르게 연줄이 쌓이게 된다. 나의 최종 목표는 바로 거기에 있었다.

나에겐 재능도 있고, 이 길로 성공할 자신도 있었다. 이곳에 있는 학생들과는 레벨이 다르다.

특히 사사건건 나에게 시비나 걸어대는 설아와 나의 차이는 삼류와 일류의 차이라고 할 수 있다. 뛰어난 사람은 어딜 가나 시샘을 받기 마련이고, 나는 설아에게 그저 여유있는 미소나 지어 보이면 된다.

네 질투 따위는 가소롭다는 듯이.

"오늘은 자네들에게 과제를 내주겠네. 각자 자네들이 생각하는 판타지를 써오게. 다음 시간까지 제출하도록! 시간이 없으니 공동 작품도 인정해 주겠지만 그건 완성했을 때만일세. 개인 작품은 세계관까지 제출한다고 해도 이해하겠네. 요는 내게 자네들이 글을 쓴다는 것을 보여달라는 것이니까 말일세."

교수님께서는 한 시간 내내 판타지에 대한 강의를 시작했고, 열띤 분위기에서 강의는 마무리되어 갔다. 나는 수업 시간 내내 나를 노려보는 설아의 시선에 자리가 불편해졌다.

도대체가 자신이 이 교실에 어울린다고 생각하는 걸까?

어딜 봐도 저렇게 평범한 녀석이 작가가 되겠다고 이 교실에 앉아 있는 것 자체가 모순처럼 느껴졌다. 그럼에도 녀석은 나를 노려보고 있다.

설마 기가 막히게도 나를 라이벌이라고 생각하고 있는 걸까?

그렇게 생각하니 나는 도저히 한마디 해주지 않고는 못 배길 것만 같았다.

"뱁새가 황새 쫓아다니면 가랑이 찢어진다."

교실 밖으로 나가자 교수님께서 나를 불러 세웠다.

"민식 군, 잠깐 나랑 이야기 좀 할까?"

"무슨 일이십니까?"

"다른 게 아니라 자네의 글에 대해 충고 한마디만 해주려고 그러네."

교수님께서 따로 관심을 가져 줄 정도로 내 글이 떨어진다는 생각을 하진 않았지만 나는 공손하게 교수님의 말씀을 기다렸다.

"자네의 글은 말일세, 기존의 문인들 못지않다고 생각하네. 어린 나이에 굉장한 재능이라고 생각하고 있다네. 그렇지만 한 가지 아쉬운 점이라면 자네 글은 너무 **딱딱**하네."

"…딱딱하다는 말씀이십니까?"

"자네는 나이도 젊은데 어째서 그렇게 안정된 틀에서만 움직이려 하는 건가? 뭔가 새로운 시도를 한다거나 젊은이다운 신선한 아이디어를 사용할 수는 없는 건가?"

"신선한 아이디어 말씀이십니까?"

교수님께서는 나를 한번 흘깃 바라보시더니 고개를 끄덕거렸다.

"비교할 생각은 없지만 나는 아이디어 면에 있어서는 설아 양을 꽤 높이 평가한다네. 자네도 조금 지나면 알겠지만 이 계열에선 신선한 아이디어가 곧 생명일세."

이 교수님께서도 설아를 운운하는 건가.

도대체 그 녀석의 어디가 나보다 시선을 끈다는 거지?

인정할 수 없어. 도대체 어디가?

"이번 일로 자네가 너무 마음 상하지 않았으면 하네. 그럼 과제 기대하고 있겠네."

"충고 감사드립니다."

나는 교수님께 가벼운 목례를 해 보이고는 다시 교실로 돌아갔다.

"아, 이런. 우울해져 버렸다."

그때의 일을 떠올리는 것만으로도 나는 충분히 기분이 상했다.

스스로도 자존심이 센 편이라 생각하고 있었기에 저런 식의 충고는 달갑지 않았다. 나는 무심코 주머니에 손을 집어넣고는 뭔가가 허전하다는 것을 깨달았다.

"지갑을 두고 와버렸군."

미간을 찡그리며 교실로 들어가려는 순간 귀에 익은 목소리가 자신의 이름을 말하고 있는 것이 들려왔다.

"민식이는 글 잘 쓰잖아. 재능도 있고, 감각도 있고, 완벽한 문인을 보고 있는 것 같은 기분이야."

"설아, 너 민식이 싫어하는 줄 알았는데 의외로 평이 좋다?"

누군가의 목소리에 설아는 당연하다는 듯한 말투로 긍정했다.

"싫어. 당연히 싫지! 내가 왜 그 녀석을 싫어하는 줄 알아?"

나는 발길을 돌리려다 계속해서 호기심을 자극하는 그녀의 말에 그 자리에 가만히 서 있었다. 나는 무엇 때문에 그녀가 나를 싫어하는지 전혀 짐작조차 할 수 없었다.

"뭐 때문에 싫어하는 건데?"

"나는 민식이가 너무 쉽게 글을 쓰길래 물어봤었어. '넌 어떤 작가가 되고 싶어?' 라고 물으니까 '돈 잘 버는 작가' 라고 대답하더라. '돈 잘 버는 작가?' 라고 되물으니까 '뭐, 굳이 소설이나 시를 쓰지 않더라도 연줄만 닿으면 비평가 쪽으로 나가도 수입이 좋다고 하던데 그런 쪽으로 나가도 상관없고'. 이게 말이 돼? 우리 부모님께선 나 작가 되고 싶다니까 그거 해서 입에 풀칠이나 하겠냐고 걱정하시던데 그 녀석은 돈 잘 버니까 작가가 되고 싶다고 대답하더라고. 뭐, 잘 나가는 인기 작가라고 하면 먹고 살 걱정은 없겠지. 자기는 글 잘 쓰니까 상업적으로 철저하게 계산해서 글 쓰면 잘 나가게 될지도 모르고. 그런데 말이야, 한 번 그렇게 상업주의로 나갔던 사람이 지명도를 얻게 됐다고 해서 자기가 원하는 글을 쓰게 될 수 있을까? 만약 상업주의에서 벗어나 자기가 원하는 대로 거창한 글을 써서 인기를 잃게 되면 '이런 썩은 나라에서 글 못 쓰겠어. 난 이민이나 가야겠다!' 라고 말할지도 모르지. 재수없어. 한마디로……."

설아의 목소리에서는 냉기가 풀풀 날렸다.

"뭐, 어느 정도는 민식이 마음을 이해할 수 있을 것 같은데. 태의 선배 봐. 지난번에 자기는 무뇌아 학원 평정기 만화는 못 그린다고 버티다가 결국 짤렸다잖아. 지금이야 나이가 어리다고 부모님 곁에서 밥은 얻어먹는다지만 나이 들어서는 어쩔 거야? 돈을 번다는 게 나쁜 일은 아니잖아. 작가는 꼭 밥을 굶어가면서 작품 활동 해야 대단한 거야? 그렇게 산다고 누가 알아주기나 한대? 야, 나는 누가 알아준다고 해도 굶는 건 싫다."

누군가의 목소리가 들려왔고, 교실에서는 킥킥거리는 웃음소리가 들려왔다.

"누가 굶으래? 그러니까 선택은 작가 몫이지. 타협을 하든, 아르바이트를 해서라도 자기가 하고 싶은 것만 하든, 아니면 철저하게 상업적으로 나가든 그건 자기가 알아서 할 일이야. 그런데 말이야, 그걸 자기가 알아서 선택했으면 나중에 원망의 화살을 다른 데로 돌리지 말라는 말이다. 내 말은… 사실 나 소설이든, 만화든, 이야기라는 종류들은 거의 대부분 좋아하는 편이지만 항상 사서 보는 편은 아니야. 골라서 사지. 친구들한테 빌려보기도 하고, 그거 봤다는 사람한테 대충 어떤 내용이냐고 물어보기도 하고, 대여점 이용할 때도 있어."

설아의 말에 대부분의 아이들이 공감한다는 듯 고개를 끄덕거렸다.

"내 용돈의 대부분을 책 사는 데 쓰지만 용돈에는 한계가 있고, 보고 싶은 책은 잔뜩 있거든. 그러니까 빌려보는 빈도수가 높아지지. 사실 모든 사람에게 '대여점을 이용하지 마세요!' 라고 말하기엔 무리가 있다고 봐. 한 번 빌린 책이 두세 번 볼 정도로 감명 깊다면 그건 자연스럽게 사게 돼. 뭐, 나 같은 경우는 말이야. 그런데 사지 않을 거면 보지도 말라고 하는 이야기는 납득하기 힘들어. 어떤 내용인지도 모르고 그냥 사라는 말이잖아."

그녀의 말에 누군가는 살짝 인상을 찡그렸다.

"'이 책 꽤 괜찮네' 라고 생각하면 무조건 산다는 말에 책임질 수 있어? 사람의 마음이라는 게 참 간사해서 한 번 보고 나면 '돈도 없는데 그냥 '참자'라고 생각하게 되는 경우도 꽤 있을 텐데?"

"물론 있지. 그러니까 하는 말이잖아. 두세 번 손이 갈 정도로 감명 깊게 보면 산다고. 싸가지없는 말처럼 들릴지 모르지만 우리 동인지 만들 때 생각해 봐."

"뭐가?"

"우리는 우리 돈 내면서 회지 만들고, 사람들 모아서 팔고, 사주진 않더라도 관심 갖고 읽어주는 사람 있으면 엄청 고마워하지 않아?"

설아의 말에 그녀는 피식 미소를 지었다.

"생계가 달린 문제가 아니잖아."

"그걸 위해서 아르바이트로 생계를 꾸리는 사람도 있어."

"그래서 뭐야? 결국은 작가만 죽어나라 이거야?"

작가 지망생들답게 무척이나 민감한 반응들을 보이는 그녀들에게 설아는 어깨를 으쓱해 보였다.

"이봐, 작가는 작품으로 말하는 사람이야. 난 지망생이라서 이런 꿈 같은 소리를 지껄여 대는지도 모르지만, 적어도 내 이야기를 재밌게 봐 줬다는 사람들한테 욕하면서 '내가 너 같은 것들 때문에 굶어 죽을 거 다, 어서 꺼져!'라고 하진 않았으면 좋겠다는 말이야. 솔직히 말해서 나는 지금 내 원고 재밌게 봐준다는 사람 있으면 좋아서 입을 귀에 걸고 다닐 거다. 물론 진짜로 두세 번 감명 깊게 봤음 당연히 사야지. 그래야 독자지, 아니면 도둑놈이게?"

"요는 갖고 싶은 마음을 갖게 만들라는 거구나?"

"그래. 뭐, 적어도 작가는 잘못한 거 없고, 독자만 잘못했다고 말하지는 말라는 거지. 반성은 자기 자신으로부터 비롯돼야 하는 거잖아. 뭐, 말은 이렇게 하지만 나도 책은 사서 보는 주의라고. '사실 그런 거

왜 사는데?' 라고 묻는 사람 보면 혀를 뽑아버리고 싶을 때가 있거든."

그녀의 말에 가희가 툭! 하고 어깨에 손을 얹었다.

"그런 건 모순이야, 친구."

"맞아, 모순이지."

어깨를 으쓱거리며 자신의 말을 순순히 시인하는 그녀를 보며 다시 한 번 교실에선 웃음소리가 터져 나왔다.

정말 어이가 없어서 화도 나지 않았다.

그런 하찮은 이유로 사람을 싫어한다니.

차라리 내가 그녀를 싫어하는 이유가 더 그럴듯하다는 생각이 들었다.

아무리 많은 시간이 지나간다고 해도 나는 결코 그녀와 친해질 수 있을 것 같지 않았다.

얼마 지나지 않아 나는 갑자기 기숙사로 들이닥친 혜령 선배와 가희 일행으로 인해 설아가 석진 형이 만든 프로그램 안으로 들어갔다는 소리를 들었다.

처음에는 짜증나기도 하고, 기분 나쁜 분위기에 집에 남아 있을까 했지만 문득 설아의 이야기에 호기심이 일었다.

나는 잠시 자존심을 접고 그들을 따라나섰다. 그리고 그곳에서 처음으로 설아의 이야기를 진지하게 접하게 되었다.

판타지라는 장르에 관심이 가지 않는 것은 여전했지만 서툴고, 허점투성이의 이야기에서 눈을 떼지 못하는 자신을 발견한 나는 뭔가 용납할 수 없는 기분에 휩싸였다.

다른 사람도 아닌 설아의 이야기에 감탄하다니 뇌수가 썩기라도 한 걸까?

어쨌거나 나는 이 기분 나쁜 분위기에서 벗어나기 위해 프로그램을 들고 자리에서 일어났다.

"마음대로들 해보라고 어디. 아무튼 난 이제 빠지겠어. 이런 바보 같은 놀이는 짜증이 날 것 같아. 이건 내가 문제 생기기 전에 없애도록 하지."

프로그램을 챙겨 들고 나온 나는 물끄러미 눈에 띄지도 않을 정도로 작은 칩을 꺼내 들었다. 누군가를 부럽다고 느껴본 적은 단 한 번도 없었다.

나는 심심풀이 삼아 글을 쓰고 있으며, 재능이 있으니까 무슨 이야기든 골치 아프지 않게 써 내려갈 수 있었다. 그러나 단 한 번도 스스로가 매달려 본 적이 없었다. 그렇기 때문일까, 글을 쓴다는 것에 대해 별 재미를 느끼지 못하고 있었다.

'이건 미친 짓이야.'

나는 프로그램을 실행시켜서 캐릭터들의 이름을 바꾸었다.

어차피 완성된 글도 아닌 데다가 지금 상황으로 봐선 설아의 이야기는 공중분해될 확률이 컸다. 그렇게만 된다면 완벽한 증거 인멸이었다.

'이건 정말 미친 짓이지만 꽤 재밌겠는데……'

프로그램 위로 일그러진 설아의 표정이 보이는 듯했다.

"이젠 내가 한 방 먹여줄 차례야."

〈제5권 끝〉

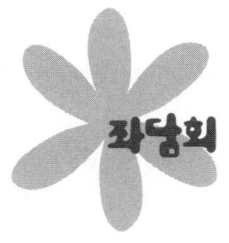

좌담회

AM 11시 정각.

일요일이라는 특성에 어울리게 시끌벅적한 카페에 시커먼 로브를 두른 채 어둠의 기운을 풀풀 풍기는 한 무더기의 사람들이 나른한 표정을 짓고 있었다.

테이블 위에는 '일요일 날 할 일도 없는 우중충한 솔로들의 모임' 이라는 잔인한 팻말이 꽂혀져 있다.

"이런 꼭두새벽부터 사람을 불러낸 이유가 뭐야?"

설아가 반쯤 감긴 눈으로 티로를 노려보자 티로는 특유의 까마귀 같은 목소리를 내기 시작했다.

"좌담회― 좌담회― 시작해! 어서! 빨리!!"

마치 노래를 부르는 듯한 어조로 목청껏 소리 지르는 그녀를 보며 다들 귀를 틀어막았다. 티로는 즐거운 표정으로 테이블 위로 올라가 춤을 추기 시작했다.

나른한 표정을 짓던 사람들 중 예쁘장한 소년이 성큼성큼 걸어나와 티로의 뒤통수를 퍽 소리나도록 치더니 파란색의 단발을 찰랑거리며 테이블 아래로 티로를 끌어 내렸다.

"신경 쓰지 말고 진행해."

그의 차가운 목소리에 빈이 마이크를 잡았다.

"이렇게 우리가 모인 것은 우리에게도 찾아올 봄날을 위해서 단체 미팅을 하자는 겁니다!"

"호오! 그게 정말인가?"

텁수룩한 수염을 매만지며 데우투스가 눈빛을 빛내자 남주는 빈에게서 마이크를 빼앗아 버렸다.

"그런 게 아니잖아. 오늘의 주제는 대여점이 국내 판타지와 만화 시장에 미친 영향에 관한 거라고! 자꾸 헛소리하면 다들 뮤 안으로 집어넣어 버릴 거야!"

남주의 말에 뮤는 위협적으로 입을 벌렸다.

"나참, 몇 번이나 같은 소리를 반복해야 직성이 풀린다는 거야? 이 작가는."

민식이 지겹다는 표정으로 남주를 바라보자 남주는 어깨를 으쓱거렸다.

"그만큼 민감한 사항이라는 거겠지. 어이! 설아, 너 자꾸 졸 거야?"

남주는 졸고 있는 설아를 향해 뮤를 집어 던졌다.

설아는 평소 단련해 온 쿠션 받기 기술을 응용해 뮤를 받아내고는 척 승리의 브이 사인을 해 보였다.

"그치만 이 꼭두새벽에 멀쩡한 정신으로 있으라는 건 나에겐 무리야."

반쯤 울상을 짓는 그녀에게 남주는 어쩔 수 없다는 표정을 지어 보였다.

"보통 11시면 오전이라고 말하기도 민망해하지 않아?"

"이래서야 끝이 없겠군. 인간, 대여점이라는 거부터 설명을 해봐. 우린 그런 거 모르니까 말이야."

라이더가 설아를 향해 한심하다는 눈빛을 해 보이며 남주에게 진행을 재촉했다.

"그럼 설명해 드리도록 하죠. 대여점이라는 건 동네 서점 규모의 책방을 상상하시면 됩니다. 서점은 한 사람의 소비자가 책값을 주고 사서 소장하기 위해 찾는 곳이고, 대여점은 책값의 대략 1/10을 내고 빌려보는 곳이니까 아무래도 다수의 소비자가 책을 빌리기 위한 공급처죠. '산다' 는 것과 '빌린다' 는 차이로 일단 큰 특징을 나눌 수 있습니다. 그 외엔 책의 상태나 경영 시스템 문제가 있긴 하지만 일일이 설명하다간 끝이 없을 테니 이 정도만 해두도록 하죠."

남주의 설명에 티먼트는 골드 드래곤답게 눈을 빛냈다.

"호오, 그렇다는 것은 대여점은 다수의 이용자가 손쉽게 찾을 수 있는 일종의 도서관이라는 뜻인가?"

그의 말에 가희는 잠시 생각에 잠긴 듯하다 이내 고개를 끄덕였다.

"그런 셈이죠."

"뭐야? 그럼 굉장히 좋은 거잖아. 적은 값으로 다양한 책을 골라 볼 수 있다는 점이 굉장히 큰 매리트가 될 수 있을 것 같은데 아니야?"

라이더가 의아한 표정을 짓자 티먼트가 고개를 끄덕였다.

"많은 사람들이 읽는다면 그만큼 작가들이나 출판사의 수입도 좋을 테고 보다 양질의 책을 낼 수도 있을 테지."

그의 말에 남주는 고개를 설레설레 흔들었다.

"이 세계는 그렇게 원칙적인 세계가 아니에요. 많은 사람들이 읽었다고 해서 그 책이 많이 팔리진 않거든요."

그녀의 말에 라이더는 고개를 갸웃거렸다.

"어째서? 아, 빌려본다는 것 때문에?"

"그렇죠. 한 권의 책이 대여점을 거쳐서 완전히 읽지 못할 정도로 너덜너덜해져서 다시 살 때까지 몇 사람이 볼 수 있을 것 같아요? 그렇게 망가질 정도로 보고 나면 볼 사람은 이미 다 봐서 대여점에서조차 사들이지 않습니다."

"으음… 그렇다면 서점에 꽂힌 베스트셀러는 뭐야? 대여점이 있어도 책을 사는 사람은 산다는 거잖아."

유스가 머리를 긁적이며 그들 일행에게 다가왔다. 남주는 갑작스런 뉴 페이스의 등장에 빠직 힘줄이 돋았다.

"넌 누구야?"

"나? 니들이 묵었던 여관 종업원. 여기선 써빙 알바를 하고 있어. 우리 아줌마가 주문받아 오래. 뭐 마실 거야?"

그는 엑스트라라고 쓰인 명찰을 달고 있었다.

"니가 엑스트라 주제에 그런 어려운 질문을 했겠다?"

팔짱을 낀 남주는 괴력을 발휘해 유스를 뮤의 입속에 밀어 넣고는 손바닥을 탁탁 털어댔다.

"다음 질문!"

의기양양한 그녀의 목소리에 가희는 가벼운 한숨을 내쉬며 보조 마이크를 잡았다.

"베스트셀러는 많은 사람들이 읽고 검증을 거친 책들이죠. 실제로 사서 보든 대여점에서 빌려보든 무슨 상관이냐고 하시겠지만 사서 보는 사람의 숫자가 그만큼 많으니까 베스트셀러의 대열에 오를 수 있었던 거예요. 가장 이상적인 조합이죠. 베스트셀러가 있다고 해서 문제가 없는 게 아닙니다."

어디서 꺼냈는지 커다란 차트를 장신의 라이더와 샤베르 형제에게 들라고 맡겼다.

"모든 책이 베스트셀러가 될 수는 없습니다. 베스트셀러의 요인 중 대표적인 게 잘 쓰여졌다는 점과 잘 팔린다는 점이니까요. 출판사는 회사입니다. 당연히 이윤을 남겨야 하죠. 보다 다양하고 양질의 책을 만들기 위해서는 자금이 필요합니다. 베스트셀러가 하나 나왔다고 모든 작가가 베스트셀러를 흉내 내면 어떻게 될 것 같아요? 이야기는 단조로워지고 독자는 지겨워하겠죠.

출판사가 손해를 감수해 가면서 새로운 이야기를 개척해 갈 때 독자의 평가는 '좋다, 보통이다, 이건 별로다' 라는 3단계의 반응을 보입니다. '보통이다' 라는 것은 재밌긴 한데 지금 사정상 전권을 소장하긴 무리라는 정도의 평가겠죠. 대부분 책들의 평가가 '보통이다' 에 놓입니다. 대여점은 바로 이 '보통이다' 라는 평가를 받은 책에게 많은 악영향을 끼칩니다."

메이드 복장의 트롤이 '러브리 라니' 라는 수가 놓인 앞치마를 펄럭이며 메뉴판을 내밀었다.

"아! 그러고 보니 주문을 하지 않았군요."

가희는 생긋 미소를 지으며 한숨을 돌렸다.

메뉴판에는 오늘의 특선 메뉴 러브리 라니 세트만 쓰여져 있을 뿐이었다. 한스는 메뉴판을 바라보며 사람 좋은 얼굴로 생긋 미소를 지어 보였다.

"이 러브리 라니 세트라는 게 뭡니까?"

"저희들의 주인님이신 라드니르님께서 변신했던 동물들을 데코레이션한 케이크와 홍차입니다."

'보다 원활한 진행을 위해 정확한 발음을 내고 있습니다' 라는 간판을 들어 보인 그녀는 묵묵히 이 좌담회에 참여하고 있는 사람들의 몫만큼 주문을 받아갔다.

"자, 마저 설명을 해야지."

티먼트의 말에 가희는 어색한 미소를 지으며 고개를 끄덕였다.

"어째서 '보통이다' 라는 평가를 받는 책이 대여점에 희생을 당하냐고 질문하신다면 '대여점이 없을 때를 생각해 보세요' 라는 대답이 가장 쉬운 답이죠. 지금처럼 대여점이 대중화되기 전에는 전권을 소지하기 힘들 경우 친구들끼리 분담해서 산다든가, 가장 좋아하는 권만 돈을 내고 책을 샀습니다. '산다' 는 구매 행위가 있었던 거죠."

그녀의 말에 라이더는 어깨를 으쓱거렸다.

"대여점이 생기고 나서부터는 '산다' 는 개념이 줄었다는 거지?"

"문제는 그것뿐만이 아닙니다. 대여점에서 책을 빌려보면 작가와 출판사가 가난해진다는 겁니다. 쌀값이 없어 라면을 끓여 먹는다는 것은 그렇다고 치지만 집세가 없어서 노숙자로 전락해 버린 작가들도 있다죠."

빈의 말에 이제까지 부스스한 얼굴로 그녀들의 말을 듣고 있던 설아가 눈을 비벼댔다.

"갑자기 분위기가 암울해지는군."

"주문하신 것 나왔습니다!"

트롤은 향긋한 홍차와 케이크를 내려놓고 저만치 가버렸다. 바퀴벌레 모양과 검은 물소 모양이 인상적인 케이크를 보며 다들 식욕이 달아남을 느꼈지만 티로만이 쌩쌩한 표정으로 케이크에 손을 가져다 댔다.

"케이크! 케이크! 먹을 거~! 먹을 거~!"

다들 귀를 막으며 괴로워하자 피란트는 케이크를 휙 던져 버렸다.

"캬아악! 내 케이크!"

티로는 눈에 불을 켜고 케이크를 쫓아 달리기 시작했다.

"신경 쓰지 말고 계속 진행해."

피란트의 말에 다들 고개를 끄덕였다.

"흐음, 그렇군. 그 대여점이라는 게 아주 나쁜 것이라는 말이구나?"

라이더가 팔이 아픈지 은근슬쩍 차트를 치워 버리며 질문하자 가희는 뭐라고 대답하기 곤란한 표정을 지었다.

"검(劍)에는 양날이 있다는 말을 들어본 적 있나요?"

설아가 안경을 치켜 올리며 질문하자 라이더는 어깨를 으쓱거렸다.

"그게 무슨 소리야?"

"사람들은 바보가 아니랍니다. 대여점 시스템은 책이 보다 사람들과 가깝게 하고 안정적인 자금 시장을 만들기 위함이었죠. 판타지와 만화의 인지도는 대여점 때문에 그 시장이 커졌다고 해도 과언이 아닙니다. 잡지라는 거 아세요?"

설아의 말에 티먼트가 고개를 끄덕였다.

"알지. 이것저것 여러 가지가 섞여 있는 책 말이지?"

"네. 우리 나라는 잡지가 안 팔리는 나라예요. 잡지 가격이면 단행본 한 권을 살 수 있으니 단행본을 사는 사람이 더 많죠. 잡지는 싼 값에 여러 사람들의 작품을 접하게 해줍니다. 그렇지만 팔리지 않으면 망하는 수밖에 없죠. 자리도 많이 차지하고 어느 사이엔가 대여점이 잡지 역할을 대신하게 된 걸 가지고 이제 와서 누굴 탓하겠습니까?"

그녀의 말에 샤베르는 고개를 갸웃거렸다.

"책을 쉽게 접하기 위해 대여점을 만들었다. 그런데 이 대여점이 생각보다 성능이 뛰어나서 서점의 기능을 마비시키고 있다는 의미입니까?"

샤베르의 질문에 설아는 생긋 미소를 지었다.

"와아! 역시 지혜의 종족답게 핵심을 잘 짚어내는군요. 솔직히 말하자면 워낙 책을 읽지 않는 탓에 출판사들과 작가들이 어려워져서 궁여지책으로 만든 것이 대여점이고 지금은 이 대여점 때문에 문제들이 생긴다고 말해요. 대여점이 없어진다고 모든 문제가 한꺼번에 해결되는 것도 아닌데 산을 보고 발 앞의 계단은 생각하지 못한 거죠. 구체적인 해결책을 만들고 행동하면 좋을 텐데."

그녀의 말에 민식은 고개를 설레설레 흔들었다.

"넌 대여점 지지파냐?"

"그렇게 말할 줄 알았어. 파벌 가르기. 우리 편 아니면 적이라는 건 예전에 많이 해봤던 놀이 아니야? 결과가 뭔데? 자신의 책을 읽고 재밌었다고 말하는 독자에게 너처럼 빌려보는 독자는 필요없다고 소리 지르는 것?'

설아는 홍차를 홀짝거리고는 자신의 말을 이어 나갔다.

"대여점은 책을 보고 마음에 들면 사라고 만든 거야. 마치 잡지처럼. 이건 처음부터 극약 처방이었지만… 생각해 봐, 영양실조에 걸린 환자에게 언젠가는 밥을 먹여야 한다지만 그렇다고 소화도 못하는 사람을 붙잡고 당장 주사 맞는 거 그만두고 밥 먹으라고 윽박지르면 어떻게 될 것 같아?'

"계속 병원 신세겠지."

라이더의 대답에 설아는 고개를 끄덕였다.

"이상적인 삶을 강요할 순 없어. 당장 내일 먹을 쌀이 없어 굶어야 할 작가가 자신의 책을 빌려 읽으라고 미소 지을 수는 없을 테니까. 그렇지만 몇 번이고 자신의 책을 감동적으로 읽었다는 독자에게 욕설을 내뱉는다는 것은 작가 자격을 의심해 봐야 하는 게 아닐까? 작가는 멋진 글을 쓰고 독자는 적어도 두 번 이상 손이 가는 책은 반드시 사서 읽으라는 것, 계단을 한 발짝 올라서는 방법이 아닐까?'

찻잔에 남은 마지막 한 모금을 입으로 가져가며 아쉬운 표정을 짓는 설아에게 티먼트는 가벼운 한숨을 내쉬었다.

"과연 검(劍)에는 양날이 있다는 건가?'

"작가(作家)라는 말에 무슨 뜻이 담겨 있는 줄 알아? '작(作)'이라는 글자는 저작, 제작의 뜻 말고도 농작, 경작의 뜻이 있어. '가(家)'라는 글자에도 그 방면의 일을 전문으로 하는 사람이란 뜻이 있지. 농사는 아무나 짓니?'

그녀의 말에 민식은 재미없다는 듯 슬그머니 밖으로 나가 버렸다.

"글을 쓴다는 것은 어떤 의미로는 농사를 짓는 것과 비슷한 거로군요."

한스의 말에 라이더는 어깨를 으쓱거렸다.

"작가는 아무나 되는 게 아니구나."

그의 말에 설아는 고개를 흔들었다.

"그렇지 않아. 농사를 시작하는 건 아무나 할 수 있잖아? 정말 힘든 건 계속 훌륭한 농부로 남아 있는 거야. 작가가 되는 것보다 작가다운 작가로 남아 있는 게 힘든 거지."

그녀는 어깨를 으쓱거리며 남주와 가희를 바라보았다.

"우리는 그런 사람이 되자고."

"자신의 글을 재밌게 봐주는 사람에게 언제까지 감사하는 마음을 갖는."

가희의 말에 남주는 생긋 미소를 지으며 자연스럽게 그녀의 말을 이었다.

"스스로가 납득할 만큼 멋진 글을 쓸 수 있도록 노력하는."

"진짜 작가다운 작가가 되는 거야."

설아의 마무리에 빈은 어깨를 으쓱거렸다.

"그래서 오늘 좌담회의 결론은?"

모두들 침묵에 잠기자 지금까지 조용히 있던 피란트가 입을 열었다.

"뭐, 너희들의 수다를 듣고 있던 사람들이 내려주지 않을까?"

"이 녀석! 네가 지금 나를 너희들이라고 했겠다?!"

티먼트가 피란트를 향해 버럭 화를 내자 피란트는 냉큼 워프 게이트를 열어 자리에서 벗어나 버렸다.

"이 녀석! 잡히기만 해봐라! 내가 아주 가죽을 벗겨서 미꾸라지를 만들어 버릴 테닷!"

무서운 기세로 워프를 열어 사라지는 그를 보며 검은 양복을 입은 오크가 '원활한 진행을 위해 정확한 발음을 내고 있습니다' 라는 팻말을 목에 걸고는 그들을 향해 다가왔다. 그리고는 계산서를 내밀었다.

"에엑?! 뭐가 이렇게 비싸?"

"오늘의 특선 메뉴를 드셨으니까 비쌀 수밖에 없습니다."

"메뉴판에는 그것밖에 없었습니다만?"

한스와 설아가 터무니없는 가격에 항의하는 동안 다들 스르륵 자리에서 일어나 밖으로 나가 버렸다.

"그래서 지금 공짜로 먹고 튀려는 겁니까?"

우둑 우두둑! 오크 관절 꺾는 소리에 설아는 비굴한 미소를 지으며 도움을 요청하기 위해 주변을 둘러보았지만 수줍은 골렘만이 바닥을 닦고 있을 뿐이었다.

"에… 에헤헤헤."

"'에헤헤헤'가 아니잖습니까? 이렇게 되면 몸으로 때우는 수밖에 없죠. 오늘 청소는 두 사람이 알아서 하도록 하십시오."

오크의 말에 한스와 설아는 서로를 바라보며 가벼운 한숨을 내쉬었다.

"역시 꼭두새벽부터 사람 불러낼 때부터 알아봤어—!"

설아의 절규와 함께 달콤한 휴일이 날아가 버린 하루였다.

※ 좌담회 속 이야기들은 설아 쪽 세계의 이야기가 아닌 현실 세계의 이야기입니다. 한 번쯤은 진지하게 생각해 주시길 바랍니다.

설정집

"이번엔 하나밖에 설명할 거 없지?"

남주의 말에 설아는 고개를 끄덕였다.

"응."

"그게 뭔데?"

가희가 눈을 초롱초롱하게 빛내자 설아는 휙 고개를 돌려 버렸다.

"어이, 어이! 혹시 이거냐?"

팔랑~

오늘의 설명이라고 쓰여진 종이에는 단 한 줄이 쓰여져 있을 뿐이었다.

'차라리 야오이를 한 편 쓰지 그래? 이 녀석은 이래 봬도 여자란 말이다!'

"야오이? 그게 뭐야?"

가희가 고개를 갸웃거리자 설아는 주춤주춤 도망가기 시작했다.

"난 순진해서 그런 거 몰라~!!!"

"빈아, 저거 잡아!"

남주의 말에 빈은 슬쩍 설아의 다리를 걸어버렸다.

"우아아앗!"

쾅당!

"나참, 뭘 생각하고 있는 거야? 그건 やおい라는 일본의 문학 용어에서 파생된 말이야. 기승전결이 없는 글이라는 말이지. 현재는 Boy's Love 물, 즉 남성 간의 사랑 이야기로 통용되는 말이 되긴 했지만 말이야."

어이없다는 표정으로 설명하는 빈에게 다들 감탄의 눈빛을 내보였다.

"그런데 남성 간의 사랑이라면?"

가희가 좀 더 설명해 보라는 듯한 표정을 짓자 빈은 생긋 미소를 지었다.

"그럼 6권에서 만나요."

"에? 빈아?"

의아한 표정을 짓는 가희를 모르는 척하며 얼른 설아가 마무리를 지어버렸다.

"어드벤처 재밌게 봐주셔서 감사합니다. 그럼 다음 권에서 뵐게요."

"에? 설아야?"

남주는 그런 가희를 질질 끌고 나가며 생긋 미소를 지었다.

"그럼 바이바이~!"

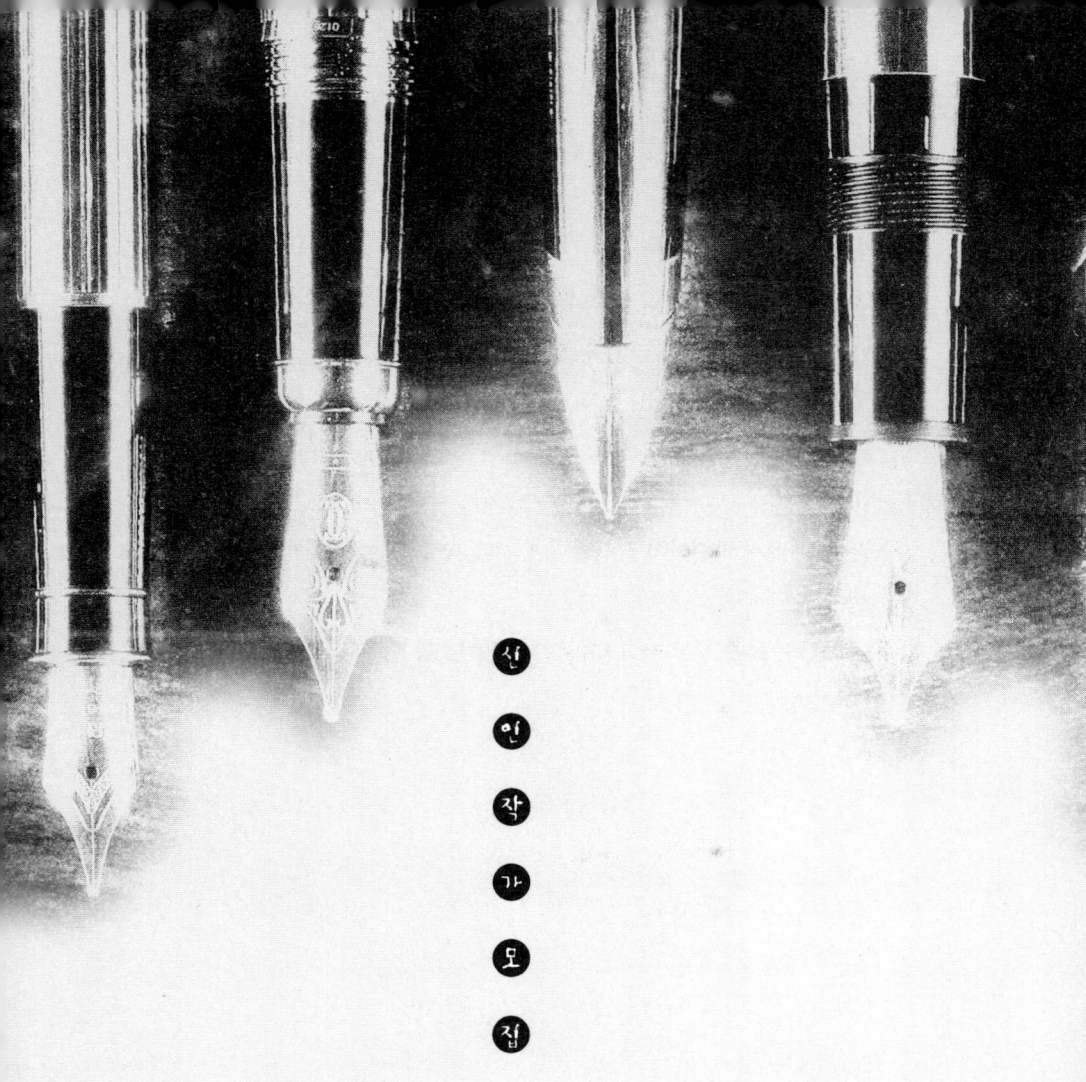

신인작가모집

시작이 반이라고 했습니다.
작가의 길에 대한 보이지 않는 벽을 과감히 깨뜨리십시오!
청어람은 작가 지망생 여러분들의
멋진 방향타가 되어드리겠습니다.

저희 도서출판 청어람에서는
소설 신인 작가분들을 모집합니다.
판타지와 무협을 사랑하시는 분들의 많은 참여를 바랍니다.
소정의 원고(A4용지 150매)를 메일이나 우편으로 보내주시면
검토 후 출판 여부를 알려드리겠습니다.

주소:경기도 부천시 원미구 심곡1동 350-1 남성B/D 3F 우편번호420-011
TEL:032-656-4452 · **FAX**:032-656-4453
http://www.chungeoram.com
e-mail:chungeoram@chungeoram.com